阅读之前 没有真相

午夜文库

鮎川哲也作品集

鲇川哲也 Tetsuya Ayukawa（1919–2002）

　　本名中川透。一九一九年出生于东京，童年在中国大连度过。一九五〇年，以长篇《佩特罗夫事件》参加《宝石》杂志的长篇小说百万元大奖赛，最终获得第二名。一九五五年，讲谈社运作的"新作侦探小说全集"计划登场，其第十三卷是面向社会征集新人的作品。一九五六年，鲇川哲也以《黑色皮箱》应征，击败众多高手，最终一举夺得了这第十三把交椅。一九六〇年鲇川哲也又凭借《憎恶的化石》和《黑色天鹅》拿下了日本推理作家俱乐部奖，进一步奠定了其宗师级别的地位。他后期创作的《紫丁香庄园》，则被誉为"几乎完美的本格推理小说"。

　　鲇川哲也是与横沟正史、高木彬光齐名的推理文学大师。他创作的鬼贯警部系列和星影龙三系列，已经成为日本推理史上无法忽视的作品。他一生坚持创作最正统的本格作品，即便在社会派推理小说盛行的年代也不曾动摇。他的作品朴实而精巧，是经得起时间检验的经典，为后来的新本格推理引领了方向。

　　一九八八年，"鲇川哲也与十三个谜"评选启动，并于一九九〇年发展为"鲇川哲也奖"，专门鼓励新人创作本格推理。今邑彩、山口雅也、二阶堂黎人、芦边拓、贯井德郎等知名作家先后通过此奖出道。二〇〇一年，鲇川哲也荣获日本本格推理大奖特别奖，以表彰其对本格推理无法磨灭的贡献。二〇〇二年，鲇川哲也因病逝世，享年八十三岁。

黑色天鹅

[日] 鲇川哲也 著
王倩 译

新星出版社 NEW STAR PRESS

目录

1	**出版前言**
5	厄　日
23	秘　书
35	横尸铁路
53	可疑的外出
79	用双脚询问
105	保险箱
127	死于旅途
155	北陆之都
187	声优知道了什么？
211	仙人掌俱乐部
237	寻找头部
271	两个不在场证明
301	筱　饴
337	意外的事实
365	屋顶上的对话
395	尾　声
411	**创作笔记**
419	**两大师桥**

登场人物

西之幡豪辅　　　东和纺织公司社长
灰原猛　　　　　东和纺织公司社长秘书
须磨敦子　　　　东和纺织公司常务的女儿
菱沼文江　　　　东和纺织公司专务的妻子
恋洼义雄　　　　东和纺织公司工会委员长
鸣海秀作　　　　东和纺织公司工会副委员长
知多半平　　　　沙满教核心人物
村濑俊夫　　　　声优
楢山源吉　　　　曾从事园艺师
须藤部长刑警　　上野警署搜查官
关刑警　　　　　上野警署搜查官
鬼贯警部　　　　警视厅搜查官
丹那刑警　　　　警视厅搜查官

出版前言

一直以来，中国内地读者对于日本推理作家鲇川哲也知之甚少。一方面，这是一位足以比肩江户川乱步、横沟正史、松本清张等大师的推理文学巨匠，另一方面，由于他的作品迟迟未能在内地出版，致使读者无法了解这位大师级作家及其作品。这不能不说是一种遗憾。

鲇川哲也童年成长在中国大连，大学时期才回到日本。第二次世界大战之后，他不幸患上了肺结核，只能长期卧床从事推理小说的创作。一九五〇年，鲇川哲也创作的推理小说《佩特罗夫事件》获得了《宝石》杂志举办的征文大赛二等奖。按常理推算，他的创作道路理应从此一帆风顺。令人意想不到的是，不知何故，《宝石》杂志并没有如约全额支付其奖金。鲇川哲也对此十分恼火，和杂志社的关系一度恶化，最终遭到了封杀。《宝石》杂志是当时日本最具影响力的推理文学杂志，因此，鲇川哲也一时失去了展示推理才华的舞台。

直到一九五五年，日本讲谈社策划的"新作侦探小说全集"计划开始运作，其第十三卷是面向社会征集新人的作品。

一九五六年，鲇川哲也以《黑色皮箱》应征，击败众多高手，最终一举夺得了这"第十三把交椅"。至此，鲇川哲也才开始确立自己在推理文学领域不可取代的地位。其后，经营状况逐渐恶化的《宝石》杂志聘请江户川乱步出任主编。以此为契机，鲇川哲也和杂志尽释前嫌，其创作之路最后的障碍被一扫而空。一九六〇年，鲇川哲也凭借《憎恶的化石》和《黑色天鹅》拿下了日本推理作家俱乐部奖，进一步奠定了其宗师级别的地位；而他后期创作的《紫丁香庄园》，则被誉为"几乎完美的本格推理小说"。

纵观鲇川哲也一生的创作经历，读者不难发现，"坚持"是他的一个贯穿始终的主题。从出道开始，鲇川哲也便坚守本格阵地，一生不曾动摇——在本格推理盛行的年代如此，在本格小说日渐式微、社会派推理盛行的三十余年里更是如此。考虑到在日本，推理作家是一个竞争极其残酷、具有高度商业属性的职业，鲇川哲也这种"坚持"，更显得难能可贵，令人尊敬。

鲇川哲也的作品精致朴素，情节紧凑，谜团炫丽，解答严谨，同时兼具足够的意外性。他和高木彬光、横沟正史被誉为"战后本格三大家"，是继横沟正史之后日本最伟大的本格推理作家之一。崛起于二十世纪八十年代的新本格派推理，在很大程度上受到了鲇川哲也的影响，可见其作品经受住了时间的检验，足以被奉为经典。

一九八八年，根据鲇川哲也的经历，日本的东京创元社推出了"鲇川哲也与十三个谜"活动，大力发掘新人新作。一九九〇年，"鲇川哲也与十三个谜"发展为"鲇川哲也奖"，成为日本推理文坛最重要的奖项之一。我们今天耳熟能详的众多日本推理作家，如今邑彩、山口雅也、芦边拓、二阶堂黎人、宫部美雪、青崎有吾等，都是凭借此奖出道，得到了读者的认可；而日本推理名宿岛田庄司和笠井洁则长年以来一直从事"鲇川哲也奖"的评审和推广工作。鲇川哲也的地位和影响力，由此可见一斑。二〇〇一年，鲇川哲也荣获日本本格推理大奖特别奖，以表彰其对本格推理无法磨灭的贡献。

为了让内地读者了解鲇川哲也的作品，作为中国最大、最专业的推理文学出版平台，"午夜文库"推出了这套"鲇川哲也作品集"。我们甄选了鲇川哲也最优秀、最具代表性的几部作品，从各个角度，全面而系统地诠释鲇川哲也辉煌的创作生涯。

"鲇川哲也作品集"每册具体内容为：

1.《紫丁香庄园》。长篇。一九五六年开始连载，一九五八年推出单行本。星影龙三系列。

2.《黑色皮箱》。长篇。一九五六年推出单行本。鬼贯警部系列。

3.《憎恶的化石》。长篇。一九五九年推出单行本。鬼贯警部系列。

4.《黑色天鹅》。长篇。一九五九年开始连载，一九六〇年推出单行本。鬼贯警部系列。

5.《佩特罗夫事件》。长篇。一九五〇年开始连载，一九六〇年推出单行本。鬼贯警部系列。

新星出版社"午夜文库"编辑部

厄 日

1

敦子和文江迈着悠闲的步伐,沿着满是服装店的林荫道,一边参观着橱窗陈列,一边朝着新桥方向走去。在晚春接近正午的阳光的映衬下,两人身上和服与西装的色彩显得分外鲜明。在银座,一过五月中旬,原本随处可见的风衣也完全销声匿迹,初夏的服装开始登上舞台,逐渐多了起来。敦子身着蕾丝衬衫,若在别的地方或许会显得为时过早,但在这里却与周围环境融为一体,十分协调,越发突显出她的活泼轻盈与天真可爱。

不知到了第几家饰品店前,她们停了下来,望着橱窗里面。

"啊,你看那个领带夹,不觉得很漂亮吗?"

文江指着小小的玻璃架上,一个金色的军刀状领带夹说道。这句话在敦子看来并非是在寻求认同,而是一种感叹。文江的丈夫为了出席在兰开夏①举行的纺织会议,大约十天前去了英国。回来时会参观沿途各国的纺织工厂,因此预计抵达羽田机场大约就到九月份了。文江定是在心里想象着深爱的丈夫佩戴着领带夹时的模样,不由得发出了这句感叹。

"很漂亮啊,我觉得挺配身材偏瘦、小麦肤色的人呢……"

---

① 兰开夏(Lancashire)是英国英格兰西北部的郡,英国工业革命的发源地。

这个让人联想到豆娘躯干的狭窄弯曲的夹子究竟是适合肤色偏白的男性，还是肤色偏黑的男性，敦子可是完全不懂的。她只是照着文江丈夫的特征才附和了这么一句。

"哎哟，敦子你这小嘴甜的，这下我不请你吃饭倒是我的不是了。"

文江像是一眼看穿她似的，高兴地发出爽朗的笑声。她笑了起来，露出一排漂亮的皓齿，左边的脸颊上浮现出一个深深的酒窝。

文江看了一眼手表。

"差不多也到午饭时间了，正好去吃饭。从第三个拐角转过去有一家意大利餐厅，很近的。"

敦子还在想着自己有没有去过这家餐厅，一回神文江已经拉着她的胳膊朝那边走了。从这些细节就可以看出，文江是一个决断迅速、行动力强的人，对此，敦子心里很是羡慕。不过，这是因为敦子完全不知道文江邀请她来银座的真正目的，否则的话，她就要发出完全不同于此的感慨了。

第三个拐角处有一家咖喱店，与它隔着一家店的路边，就是文江说的那家意大利餐厅了。在红绿相间色彩鲜艳的横条纹状的遮阳帘下方，挂着一个写着"普斯里普[①]"的招牌。敦子是第一次来这家餐厅，而文江像是这里的常客似的，熟练地上了二楼，然后在棕榈树盆栽旁边的座位坐下了。这个位子离仅有的几个客

[①]普斯里普（Posillipo），意大利语。

人都有一段距离，事后想来，文江定是出于方便说话的考虑，才尽量选择了这个不会被他人听到的位置。

作为位于银座的餐厅，这家叫作"普斯里普"的店里居然很少见地没有播放音乐，为就餐的客人们伴奏的仅有地板上两处贴了瓷砖的水池里喷水的声音。在初夏正午的阳光中散步之后再听一听这里的水声，就仿佛往拭去汗水的皮肤上喷上科隆香水般，整个人都清爽起来了。文江选择"普斯利普"或许有菜品美味的原因，但肯定也是被池中的喷水声带来的清凉感所吸引，而且这里安静的氛围正适合坐下来进行交谈，这也是她所需要的。

"这可是我第一次吃意大利菜。"

敦子看了一眼远处座位上一对身材发胖貌似意大利人的夫妇，如是说道。

"这里有许多精致的菜品哦。"

说着，文江把菜单递过来。菜单上全是意大利语，敦子完全看不懂。

"啊，有卡鲁索通心粉！我就要它了。"

只有这道名字源于一位隐退的男高音歌唱家恩里科·卡鲁索的菜品，敦子曾经在某本杂志中见到过，她所知道的也仅此而已了。

"我第一次来这儿的时候吃的也是它。"

文江欢快一笑，叫来了服务员。穿着白色衣服的男服务员宛如拉丁民族般头发乌黑，皮肤被太阳晒得黝黑。

吃饭的时候，两人聊起了方才看到过的耳环、项链和镶着人造宝石的戒指。女性在谈论饰品的时候，即使它们对自己来说是可望而不可即的，她们也会乐此不疲。更何况这两人家庭条件优越，凡是看上的东西都能搞到手。敦子觉得"普斯里普"的意大利菜比想象中要美味，或许也是因为有这些话题当佐料，恰好弥补了菜肴的不足。

吃完饭，接着上来的是浓厚的那不勒斯风味咖啡。文江用纸巾轻轻擦了擦嘴唇，突然露出意味深长的笑容看着敦子：

"敦子，虽然这么问有点唐突，不过，你有没有喜欢的人呀？"

敦子被这个猝不及防的问题吓了一跳。为了掩饰自己的慌乱，她漫不经心地用勺子搅拌着杯子里的咖啡。

"没有……怎么了？"

"想跟你说个事儿。"

"哦，什么事情？"

不用问敦子也知道，文江要给她做媒了。

"是这样的，有一个人，他想娶你。"

仿佛要倾诉一件重大的事情般，文江压低了声音。

文江的五官中，最有特点的要数一双大眼睛了。她的眼睛不仅是大，而且很深邃很澄澈。敦子不是诗人，所以看到文江的双眼不会联想到深山中清冷的湖水，但是被这双清澈的眸子窥探般静静地注视着，敦子感觉自己的心事像是被看穿了一样，不自觉地惊慌失措起来。她试图掩饰自己的狼狈，脸却不听话地越来越红。

"突然跟你说起这事儿，吓了一跳吧。真是抱歉。"

"没关系的。"

敦子若无其事地说道。她对于对方是谁一点兴趣也没有，但是若沉默着不问，反倒有可能被察觉出什么。

"那个人，是哪一位呢？"

"灰原先生，你应该认识的吧？就是社长的秘书。"

敦子的脑中立刻浮现出一个肩宽体肥的男人形象。刚听到的一瞬间她也有些意外，但是静下心来想一想的话，灰原会跟自己求婚，其实一点儿也不意外。他们在公司的园游会、敦子的舞会等场合碰过两三次面，每次灰原都会跟她说上几句话。

"我觉得你们俩能成为一对理想的夫妇呢。灰原很会为别人着想，在女性面前也很有绅士风度，如果能成为他的夫人，一定会很幸福的。"

文江的这份热心劲儿，仿佛是在替自己的弟弟说媒一样。

然而，在敦子的眼里，灰原并不是一个会替别人着想的男人。的确，每次见面他都会亲切地事事给予关照，但是敦子觉得他努力接近自己的本意其实昭然若揭。敦子的父亲是同一家公司的常务，如果能娶到他的女儿，那离出人头地的日子也就不远了，精明的灰原不可能没有意识到这一点。敦子还没傻到或是老好人到明知对方要射将，自己还去当那匹马。

敦子一言不发地喝着咖啡，文江根本不会知道她心里是怎么想的。

"他作为秘书相当能干，深得社长的赏识。家累又少，人也稳重，从来都没听说过他的花边新闻。家累多可是件很麻烦的事儿，光是跟亲戚打交道就会累得你够呛。"

文江好像是发自内心地觉得这是门好亲事，不断地劝说着敦子。这位年过三十仍怀不上孩子的专务夫人，或许是为了排解内心的寂寞，平日里特别喜欢关照别人。她常常主动做媒撮合公司年轻职员与女事务员之间的恋情，也曾经在公司内部促成了三四段姻缘。更不用说这次是读女子大学时关系要好的师妹的亲事，她会如此上心或许也是理所当然的。

敦子也很明白，文江完全是出于一番好意的。她也曾从父亲那里听过灰原可能不久就会当上公司干部的传言。当时父亲还感叹说，在上进这方面他可真是个拼命三郎。或许是因为听了父亲这些话的原因，连母亲也对他抱有好感。

"本来我想跟你父亲说这门亲事，但是想了想，还是直接跟你本人说比较好。不过你也不用急着给我回复，好好跟你父母商量，仔细斟酌一下。不管怎么说，现在这情形，罢工问题解决不了的话，什么都干不成。"

说到最后，文江的声音听着像是在叹气。这两人都有充足的理由叹气。东和纺织公司的工会大约在一个月前提出了四项要求，与资本家对立，开始了罢工。事态不断恶化，完全没有解决的头绪。

"敦子，你真不去日比谷看路演？现在过去的话刚好能赶上。那个惊悚片，我可是从很久之前就想看了。"

文江像是为了一扫不愉快的心情似的，欢悦地说完这句话，然后拿起了鳄鱼皮包。

2

和文江分别后,敦子坐上了开往涩谷的地铁。由于离晚高峰还有一会儿,所以地铁里和车站上都不是很挤。就在她从涩谷下了地铁,正要去井之头线的站台时,那个男人找上了她。

起初,敦子以为他认错人了,因为这是一张完全陌生的脸。他的脸白皙细长,乍一看是那种温文尔雅的类型,可是他的眼睛很小,一双单眼皮下散发着锐利的光。

"是须磨敦子吧?"

连名字都叫出来了,敦子终于知道对方没有认错人。从他失礼的说话方式和恶狠狠的目光来看,敦子推断他是个刑警喽啰。只是,她完全不记得自己有什么事会跟刑警扯上关系。

"不会占用你太多时间的,能否就跟我来一下?"

"你有什么事?"

"你跟我来就知道了。"

"我不愿意,有事的话就在这里说吧。"

"这里不方便。"

男人迅速地环顾了一下四周说道。如果是刑警的话未免感觉有些可疑。

"你究竟是谁?你再这样我喊人了。"

敦子说这话时声音已经变大了。

如果把井之头线和玉川线的站台上来来往往的人群比作河流

的话，这两个人就是河水中央立着的两根桩子。如果要求救，敦子只需大喊一声，四周的行人、站务员还有警官都会立刻跑过来，所以她一点儿也不觉得害怕。

"别说蠢话。"

他用低沉的声音说道。虽说声音很低，但却有种令人毛骨悚然的恐怖感。

敦子想，匪帮小说中经常出现的恐怖声音，大抵就是这样的了。

"我原本是想息事宁人的，难不成你要敬酒不吃吃罚酒？"

"我不明白，你说的是什么事？"

"别装傻。我手上可是确确实实握有你的把柄的。还是说，你打算丢你老爹的脸？"

"到底是什么事啊？"

"还在那儿装傻。我是在问你，是不是想让你未来的老公背上叛徒的恶名？"

说到句尾的时候，他扯开嗓子，语气可怕得惊人。背上叛徒的恶名这种说辞，很像那种拙劣的翻译小说中会出现的装模作样的台词，但是敦子早已失去了冷静，根本无法意识到这一点。只要看到对方脸上那一丝从容不慌无所畏惧的冷笑，就可以知道这件事是无法靠闪烁其词搪塞过去的。

"如何？要来吗？我是不会吃了你的。对了，为了让你放心，我们可以去你喜欢的一家店。我说过了，不打算占用你太多时间。"

男人的声音恢复了最开始的沉静。从这些只言片语中多少还是能感觉出一些不同于街上无赖的教养的。

"我不要,有话在这里也能说。"

"不是,我也是很忙的。如果在这里就能说清的话,谁会专门一边喝着咖啡一边说啊?车站前不是很好嘛?"

"嗯……"

"喂,别犹豫了。这可是为了不给你老爹和未来的老公脸上抹黑的,别在那儿磨磨蹭蹭的,来吧。"

男人催促着,不等她回复就迈开了步子。敦子也是一边犹豫着,一边像是被强拉硬拽似的跟在他后面。敦子的确有着男人所说的秘密,但是,他究竟知道多少,敦子也想慢慢听他讲完加以确认。的确,因为他略带知识分子气息的语调,让敦子稍微有所安心,这也是事实。

两人穿过检票口来到了车站前。街道上红色和蓝色的霓虹灯刚刚亮起,八公犬[①]的雕像正在用呆滞的双眼看着敦子。

"被别的家伙听到的话对你可不是什么好事,还是去没人的地方吧。饭店、荞麦面店的二楼之类的……"

"我不想去。"

"喂喂,我可是在哪儿都无所谓的,有麻烦的是你。"

男人看着敦子嘲笑道。

[①]八公犬是日本历史上一条具有传奇色彩的忠犬。人们感动于它的义举,在东京JR涩谷车站北口为其建造了一尊铜像。

这样并排走着可以看出，男人与其说是中等身高，倒不如说是个矮子。身材不瘦，倒也不胖。从这看似并不结实的身躯中，却散发着一股杀气。他的身上有种屡经冒险在战场上九死一生，或是与狐朋狗党之间的对射已成家常便饭的人才会自然而然具备的一种戾气，正是这种气场压迫着敦子。

"就这家店吧。"

穿过马路就到了一家咖啡馆前，敦子话音刚落，不等男人应答就径自走了进去。这是在报复他刚刚充满自信的态度，是在表示即使受了威胁自己也不会凄惨地屈服，是在向他示威。敦子环顾了一下店内，在一个没有人的角落单间里坐下了。

"我不怎么吃甜食啊。本来还想让你给我倒杯酒，再配个凉拌豆腐什么的喝上一杯呢。"他放肆地说着厚颜无耻的话，搅拌完咖啡然后咕咚咕咚地喝下去，接着又两口吸平了泡芙。对于这种令人不快的玩笑和粗俗的吃法，敦子毫不掩饰自己的反感和鄙夷。

"你要说什么事？"

对这种男人使用更加低俗的言语才更为恰当，虽然心里是这么想，但自己却不会用，对此敦子很是气愤。

男人用肮脏的手帕擦了擦嘴边，故意慢慢地掏出烟并点上火。

"从最开始讲吧，这样可能便于你理解。东和纺织，就是你老爹做常务的公司，目前正在闹罢工。公司工会的副委员长是一个叫鸣海的男人，像他这种做事干练性格又亲切的类型，在女人看来是很有魅力的，这我也明白。你跟他陷入热恋，也是理所当然的。"

他看着敦子的双眼讽刺地笑了。

"但是敦子,这家伙很叛逆。你不觉得吗?一边是工会的青年领袖,一边是资本家的千金,这两者的地位是水火不容的。"

他变成了演讲的腔调,眼睛盯着敦子。

"你听我说,一个本应对工会最为忠诚的副委员长,居然跟敌方董事的女儿幽会。这事儿要是被我给揭发到工会那儿去,那帮家伙会怎么做?鸣海会背上叛徒的恶名被赶出工会,而你跟你老爹也没法悠闲地过日子了,你们将会成为世人的笑柄。"

"你说的这些我都知道。然后呢?说重点,我很忙的。"

"好,那就说重点。我要一百万[①]。"

刚听到一百万这一金额,敦子没反应过来。男人的语调若无其事,仿佛在索要烟钱般简单干脆。

"发什么呆!对你这样有钱人家的大小姐来说这点儿钱不算什么吧。"

"这……"

"把存款取出来不就完事了。不够的部分跟你老爹要去。爹都是疼女儿的,他不会不给你的。"

"怎么可能,我根本筹不到那么多钱。"

"你要是没钱的话我是不会提这样的要求的。你老爹有多少财产我都调查清楚了,怎么说,这都是我的生意哪。"

[①]此处指日元,下文同。

"但是，我办不到。"

"行。"

男人发怒似的说，然后站了起来。

"你可记住了，就因为你心疼这点儿钱，你父亲将不得不退出公司，你的恋人将会被这个社会埋葬。都听明白了？"

"等一下！"

敦子小声叫道。她与鸣海相爱是事实，因为爱得不是时候，所以两人一直瞒着这件事。幽会这个词感觉有点下流低俗，虽然敦子很讨厌这种说法，可是为了不被别人发现，只能偷偷地享受着相逢一刻的时光，除了幽会以外的确没有更加合适的词来形容了。敦子一边苦笑，一边耐心地等待着可以光明正大结婚的那一天。而这个男人究竟在何时何地发现了她的秘密呢？

他再一次坐下，仿佛看透了敦子内心所想般露出了一丝冷笑。白色的面孔中几乎看不到什么表情变化，能表露喜怒的只有可怕的声音和蒙古人般细长清秀的双眼中闪烁着的眸子。

"要我说一下你和鸣海最近见面的地点和日期吗？我都记在笔记本中了。"

"你是怎么知道的？"

敦子不明白他为什么要监视自己。

"因为我跟踪了鸣海。"

"为什么？"

"为了让他听我的，为了让他遵从我的命令办事。"

"什么命令？"

"这不关你的事儿。总之,我想要求鸣海做一件事,但是很明显地,我会遭到拒绝。为了不被拒绝我应该怎么办?抓住本人的秘密,再去强迫他为我办事,这不是最好的办法吗?"

"所以你跟踪了他?"

"没错。只要是人都会有秘密。不能跟了三四天就放弃,需要有毅力。我跟了鸣海有一周多将近十天,总算让我逮着了你俩的幽会,真是意想不到的收获啊。"

虽然他的表情还是原来的样子,但声音听起来却很是得意。

"于是我就想了,虽然我探究鸣海的秘密是为了让他服从我的命令,但通过别的手段同样可以办到,所以我要把这个把柄用到更好的地方。也就是说,因为有你这只会下金蛋的鹅,如果不喜欢我把你比作鹅,那也可以比作天鹅或是孔雀。总之,你能为我带来银子。"

"无须跟我采用这种童话般的比喻。童话是用来给天真无邪的孩子看的,一个恐吓别人的人用起来不合适。"

"哦。"

"如果你要比喻的话,干脆直接说成野鸭子不是很好吗?"

男人的眼睛微微动了动,嘴角变歪了,他定是苦笑了一下。

"野鸭也好家鸭也罢,这都无所谓,关键在于你能不能给我弄到一百万。把你刚买的新车卖了的话,应该能拿到个七八十万。"

敦子吃惊地看着对方的眼睛。他究竟调查了多少,无从得知。今年三月,她刚刚让父亲给自己买了辆跑车。

"利用别人的弱点来敲诈,你可真够卑鄙的。"

"只要能弄到钱,我什么都干。我的字典里没有卑鄙、良心这类词。"

他嗤之以鼻地嘲讽道。

"但是我还是办不到。"

"不可能办不到。女人这种动物就是天性小气,百户联排房屋①的老板娘有百户联排房屋老板娘的小气方式,富家女有富家女的小气方式。虽说是穿着华丽的衣服,每天打扮得漂漂亮亮的,说到底你还是个小气鬼。"

"我说的不是那个。我知道要用一百万买下这个秘密,但是后面的事情要怎么保证?不好意思,你不是个敲诈者吗?我是说,像你这种人是信不得的。就算我给了你一百万,事后你又故伎重施,那我可不干。只要你不给我做明确的保证,我也就没法给你回复不是吗?"

"这……"

"再好好想想吧,想清楚了我们再谈。"

"你!"

"你小子的那份我请了。"

敦子拿了付款单迅速站起来,朝收银台走去。虽然她下了决心用粗俗的方式说出来了,但是说完又有种自降一格的感觉,心里还是不痛快。在收银台处等着找零的时候,敦子坚持着没有回

---

① 联排住宅指由几幢二层至四层的房屋并立而成的,有独立门户的房屋形式。

头。被人攻其不备而败北的威胁者正目瞪口呆地坐着,那副样子敦子用后背都能清楚明确地感受到。

坐上井之头线电车的敦子大致恢复了冷静,总算有闲暇回顾一下今天发生的事情。被介绍了一门亲事,对方是那么令人讨厌的秘书,还被一个诡异的男人企图勒索一大笔钱。敦子心想,今天真是个厄日。

秘 书

1

打字员用染成樱蛤①色的手指熟练地从信封中取出信件,灰原在一旁用呆滞的目光看着,他的确是累了。

"这是上午的最后一个邮件了。"

"哪个?拿过来我看看。"

他拿到手里开始阅读,接着眉头就皱了起来,很明显是令人不快的内容。

"又是陈情书吗?"

"不是,是恐吓信。真是个麻烦的家伙。"

"是故意找碴儿的吧?"

"应该吧,怎么可能来真的。"

读完后,灰原将信件仔细地折好然后装回到信封里。桌上有近三十个信封,分成了三座小山堆放。其中有一堆是寄给社长本人的私人信件,这是不能打开的。非私人的或是寄信人不明确的信件均由秘书开启。

为了从侧面支援始于四月中旬的东和纺织罢工活动,工会成员的妻子们都不断地寄来信件诉说生活的窘迫。其内容大致相

---

①樱蛤,海产二扇贝,贝壳呈扁平的长圆形,壳长二点五厘米左右,色彩、形状酷似樱花花瓣。

似，不是说没了收入连米都买不起了，就是说给孩子买奶粉的钱都不够了。由于大部分都夸大了事实，因此反倒招来了资本家的讪笑和嘲讽。

然而，随着罢工形势不断朝着对工会不利的方向发展，陈情内容中带有骚扰找碴儿意味的信件多了起来。其中还出现了很明显的类似恐吓信的信件，这种信件社长也会亲自阅读。

"今天一共来了六封呢。"

"他们开始焦躁了。与其说是焦躁，倒不如说是最后的挣扎。工会的战败已经一目了然了。"

打字员整理信件的当儿，灰原转而将视线投向窗户外面。悬在日本桥上空写着"春季清仓特卖"几个字的广告气球正在无精打采地摇摆着。沐浴着初夏阳光的半透明球体，看上去就像是游动在蔚蓝色大气中的一只水母。

"春季清仓特卖……"

灰原小声地自言自语着，再一次对时间流逝之快感到吃惊。自工厂工会进入罢工以来，灰原时常需要在惊险的气氛中出席董事会及团体谈判，这样的日子不在少数。有时会连续几天熬夜，有时也会在公司总部的沙发上睡觉。接着，五月三十日进行团体谈判的结果，工会一方总算败下阵来。他们提出的四项要求中，公司接受了其中的两项，接下来要在打成平手的这一基础之上再讨论对策。表面上看，双方不分胜负，但由于重要的两个要求都遭到了拒绝，所以实际上这场战争即将在资本家的胜利中结束。灰原如今总算能够喘口气，环顾一下四周，这才意识到，不知不觉已经是初夏了。他又一次回顾了到目前为止这长达五十天的艰苦战斗。

"好像都瘦了呢。"

他隔着袖子摸了摸自己的胳膊。他的体形原本偏胖,所以即使从外形无法进行判断,当其他人都瘦了七点五公斤的时候,他一般也会瘦个七点五公斤。

灰原从烟盒中抽出一根烟点了起来。早餐只是简单地吃了吐司,这会儿肚子已经相当饿了。他狠狠地吸了一口烟,感觉到微微的眩晕。只是,不同于谈判桌上为了让自己镇定所吸的烟,手上这支烟着实芳香四溢。灰原想,吸烟的乐趣就在于此。

"完成啦。"

打字员递过来整理好的三摞信件,灰原这才回过神来。他把一堆陈情书扔到桌上,手里拿着寄给社长的信和恐吓信离开了屋子。

同一排经过两间屋子就是社长室了。西之幡豪辅社长正站在窗前,一边抽着威古洛[①]雪茄,一边俯瞰着路上来来往往的车辆,它们看上去都是那么渺小。灰原一进屋子,伴随着窗外吹进的清风,一股强烈的雪茄香气扑鼻而来。有一次他也抽过这种雪茄,但对他来说,这款正统的雪茄味道太冲,抽不习惯。今年冬天,美国一家纺织公司的社长来工厂参观时,赠给了西之幡社长这款雪茄,社长对它赞不绝口,当他点起这款雪茄的时候,心情肯定

[①] 威古洛(Vegueros)最早于一九六一年推出,Vegueros即烟农的意思,产自古巴最西边的 Pinar del Rio 省。

是相当放松的,这一点灰原了如指掌。

"信件?"

"嗯。跟以往类似,这次有六封恐吓信。"

"好,就放在那儿吧。想靠威胁来让我答应他们的要求,简直是荒唐可笑。我西之幡可不会被这点儿东西吓到。"

每次开口说话,社长圆鼓鼓的腹部都会有明显的起伏。他原本是个矮胖墩,突出的肚子就会越发引人注目。由于他脖子短、面部发红,因此公司的员工都叫他金太郎①。修剪整齐的头发仍旧乌黑,浓浓的眉毛再配上厚厚的嘴唇,一看就知道他是个精力充沛的人。

"吃完午饭我要出去一趟,帮我备车。"

"好的。可是您已经约好一点半要见丸田贸易的社长了……"

"改到今晚了,我直接跟他通电话打的招呼。"

西之幡豪辅简洁地答道。

"请问您要去哪里?"

"日本桥。我去商场看个画展,大概两小时就回来。"

"明白了,我会吩咐他们到时候备车。可是……"

"什么事?"

"我觉得,眼下您是不是谨慎些好呢?"

秘书看了一眼桌上的信件。

"只是恐吓而已。要是成天为这些担心的话什么事都别干了。"

---

① 金太郎是日本民间故事的主人公,一般绘画中均被画成身体发胖、肤色发红的形象。

"但是工会里也有一些粗暴之人,更何况如今事态变成这样,倘若他们狗急跳墙,还不知道会干出什么事。"

"我知道。"他"咚"的一声坐到椅子上,一边捋着自己引以为豪留得颇长的八字胡,一边抬头看着站在一边的秘书缓缓地说道,"我也是怕死的。不过不用担心,他们白天不敢轻举妄动。"

"要不然,我跟您一起吧。"

"哦,啊,不用了。你就待在公司,我一个人去就好。"

不知道怎的,听西之幡豪辅的语气,似乎并不愿意秘书与他同行。

2

送走社长后,灰原从附近的店里叫了鳗鱼饭,慢悠悠地吃完了午饭。许多员工都去了银座,公司内显得分外冷清。灰原觉得这种安静是件好事,他从包里拿出刚买的经济杂志,一只手拿着红色的铅笔,翻了起来。学生时代的灰原争强好胜,总想在考试中取得高分,这种性格到现在都没有改变。

一辈子都是个普通员工,即便升职也就到科长部长级别,接着就到退休年龄。这种一般白领的生活,灰原可不愿意过,他有着更高的志向。为此,他必须不断地学习,一刻都不能懈怠。在灰原看来,使人丧失学习欲望的正是娱乐与异性,所以到现在他都不会下围棋和将棋,也从未看过电影或戏剧。如果能从向着未来目标前进的过程中感受到活着的意义的话,也就不会觉得这样的生活无聊了。

同理，对于男人来说，女人只会成为他们通往成功路上的绊脚石，因此他从来没有过交往对象，现年三十八岁的他依旧单身。在他看来，愚蠢的女人自不必说，即便是再聪明伶俐的女人，也终究是女人，有的不过是妇人之见。也有一些女性，在不知道灰原这一信条的情况下，用奇怪的目光试图接近他。而灰原，不论对方是怎样的美人，总能干净利落地击退。当然，他毕竟正当壮年，偶尔也会去一些风月场所，不过把艺妓作为恋爱对象的想法他从未有过。

这样的灰原猛，第一次见到敦子是在去年春天公司举办的园游会上。当时，公司的股东都受到了邀请。阳光灿烂地照耀着会场，敦子身着一身振袖和服①在户外沏茶，望着她的倩影以及她的一举一动，这个唯利是图的野心家内心燃起了一团恋火。女人是男人通往成功路上的绊脚石这一说法，到了敦子这儿就完全不成立了。因为和她结婚就意味着当上常务的女婿，未来在公司的地位也就得到了保证。自那天起，灰原时常会幻想娶到敦子的场景，想着想着就沉醉其中了。

然而，仅凭这样还不足以扰乱灰原的心。只是自打他们见过一次之后，冥冥之中两人就好像结下了不解之缘一般，在商场的电梯上，公司董事唱功拙劣的演唱会上，还有敦子的舞会上，迄今为止两人已经碰过三次面了。虽说再没有比听公司董事们装成

---

① 振袖指袂长的袖子，敦子所穿的应该是一种装有这种袖子的未婚女性长礼服和服。

行家扯着破锣嗓用嘶哑的声音演唱更让人腻烦的了，但是这一切之所以没有让灰原感到痛苦，正是因为敦子也来听了。那是一月末寒冷的一天，敦子穿着一身胭脂红底色的和服，上面配有淡淡的银灰色牡丹花样。印有小花纹的一越缩缅[①]和服外褂虽然看上去有些素，但是穿在清秀的敦子身上却是极为相衬。舞会的那天，敦子跳了《鹭娘》[②]，这支舞可是灰原买票观看过的。从那以后，灰原心中的那团火越烧越旺，终于衣带渐宽终不悔，为伊消得人憔悴。

第一次尝到恋慕一个人的滋味，灰原完全不知道该如何消解内心的痛苦。碰巧这时，发生了罢工骚乱，灰原的心思几乎全都放在应对这场风波上了。可是，当一天的工作结束，躺下来的时候，敦子的身影总会时不时地浮现在他的脑海中。正是由于平日里的他办事精明周到，所以当这样一个人显现出神思恍惚的样子时，大家就更容易发觉了。于是，送完副社长和专务去兰开夏，归途的出租车内，在专务夫人菱沼文江的不断追问下，灰原终于袒露了自己对敦子的爱慕之心。

"看不出来你还蛮纯情的嘛。这事儿交给我了，我一定把你的心意传达到。"

菱沼夫人的这句话，灰原一天要回想上好多次，然后焦急地

[①] 缩缅是一种由日本特殊织法织成的丝绸，一越缩缅是和服布料的一种。该布料由十八根到二十七根蚕茧的丝捻成一根线，然后左一根线右一根线地织成。
[②]《鹭娘》是一种歌舞伎舞蹈，讲的是白鹭变成一位姑娘，为恋情所苦恼，最后下地狱受尽煎熬的故事。

等待着她的好消息。

他试图翻开杂志阅读经济报道，可是一个字也看不进去，每一个字的后面都浮现出敦子的模样。虽然敦子个头不高，眼间距略大，与美女的形象相差甚远，但她却有一种能让人眼前一亮的知性美。无奈之下，灰原干脆合上杂志，让自己尽情地沉浸在虚幻的世界中与敦子欢乐地相处。公司内依然静悄悄的。

不过，差不多也该有个信儿了。掐指一算，似乎早就该有个回复了。这么想着，灰原的心里突然咯噔一下，心情变得沉重起来。他的担心是有原因的，因为他有秘密握在社长手中。

不，说秘密可能有点夸张。处在灰原这种地位的人，怕是谁都会干的事。只是，有些事情对一些人来说或许是不值一提的，但对另外一些人来说却意味着许多。敦子的情况，就是后者。

敦子是一个少不更事、清纯简单的姑娘。倘若社长把自己的事情告诉敦子，或是这件事情不小心传到了敦子耳中，她定会不由分说地鄙视嫌弃自己，这是毫无疑问的。灰原怕的正是这个。

自己在这边干着急等社长讲出来那可就糟了。要让社长不提此事他应该怎么做，如何才能封住社长的嘴……

"……杀了他。"

灰原无意识地冒出这么一句，连自己都被吓了一跳，他立马回过神来。明明无论发生什么事情，自己连做梦都不曾想过要杀了西之幡社长，刚刚居然有了如此可怕的念头。

他虽然在否定着自己的想法，可是过个一两分钟，心里又开始胡思乱想，想象着谋杀社长的场景。公司的副社长龙春彦对灰原也是赞赏有加,即使社长死了,自己在公司的地位应该也不会有什么变动。

不行,得想想别的事情,其他什么事情。灰原一边这样想着,努力让自己不去进行毫无意义的空想,一边正了正坐姿。

就在这时,电话响了。原来是知多半平要求当面谈话,人已经到了公司前台。

"不用见也知道他要说什么,把他打发了。"

灰原的语气很是严厉。光是听到知多半平这个名字就够让他不悦的了。

横尸铁路

1

六月二日接近凌晨四点的时候，初夏的天空中数不清的星星还在闪烁着。在遥远的前方，一架亮着红绿频闪灯的飞机正掠过一片漆黑的森林上方，只是飞机的轰鸣声在这里是听不到的。穿着褪色的藏青色工作服、系着帽带的司机正坐在坚硬的座椅上，他的右手紧握着操控杆，眼睛凝视着前照灯照亮的两条铁轨。

助手打开锅炉的盖子，发出了很大的声音。他用铲子铲了煤炭，接着用力投了进去。由于火车大幅振动，他得了胃下垂，所以脸色不太好。只是，每次打开锅炉盖子的时候，他的脸都会被照得通红，只有这一瞬间才会让人产生错觉，以为他气色很好。蒸汽火车的驾驶比起电力火车要辛苦得多，可是报酬却意外地少。

司机侧视着助手的动作，另一只眼一直凝视着前方。他比平时都要高度紧张是有原因的。这辆开往青森的七百八十三次火车昨晚十一点十分左右刚刚通过东十条站，在前方大约四百米处的大型道口与一辆断路器失灵横冲过来的大型卡车相撞，引发了交通事故。虽然责任明显在卡车司机一方，但由于卡车司机当场死亡，火车司机即使右半身被蒸汽烫伤苦不堪言，仍不得不躺在床上接受警察的询问。

卡车被撞出近一百米，不仅撞坏了火车头，而且卡车受到强烈冲击被撞飞后，上行货物线和铁轨都遭到严重破坏，变得极度弯曲，导致东北干线好几个小时处于完全瘫痪的状态。

半夜两点多，下行的货物线首先恢复正常，原本歇班的姥岛司机被叫醒，接受了驾驶的命令。列车自然也换了，只是一想到拉着几十车货物的同事被蒸汽烫伤，司机内心就觉得万分凄怆，自然也就变得紧张起来。伤者的症状固然令他担心，只是更让他感到心情沉重的是同事的遭遇。即使是由于不可抗力，引发冲撞事故的司机，通常其绩效考核也会被减分，不走运的话甚至会被解雇。离开了火车的司机就如同登上陆地的河童，失去了养家糊口的能力，而且何时会遭遇这样的命运，自己完全无法预测。

姥岛虽然心情郁闷，但头脑却很清醒。他使出浑身解数巧妙地抚慰、鞭策、鼓励着正在浑身颤抖、咆哮不已的列车。虽然握上操控杆仅仅过去了一个小时，但他的脸已经被煤烟熏得微黑，只有眼睛还在闪烁着光芒。

快到久喜站的时候，他使劲拽响了汽笛。因为在前方距离车站仅一千米的大拐弯处，有一个无人看守的道口。就在快要拐弯的时候，司机突然向前探出身子发出了诡异的叫声。

"怎么了？"

"前面有一个奇怪的东西，好像是人。"

"是尸体吗？"

司机没有回答，而是拉下了制动器，踩了刹车。火车原本就在减速，所以仅仅滑了大约一百米就停下了。火车仿佛是对于这意外的停车感到不满，使劲儿地冒着蒸汽。

"好像有人卧轨自杀了。"

"是吗？"

助手答道。他也在注意前方，可是却完全没有发现类似的东西。果然是经验丰富啊，他心里想着，着实佩服前辈的注意力。根据服务规程第十五条的规定，这种情况下，必须联络相关部门进行事故调查。

"我下去看看。"

助手踩着踏板下到线路的旁边。与司机镇定的态度正相反，他的一颗心上蹿下跳，他还没有经历过事故。不过一接触到夜晚冰冷的空气，他也多少恢复了些平静。

他一只手拿着手电筒向后小跑着，随着身体的移动，手电筒的光芒也在跳跃，不断地照出厢式货车、双轴转向厢式货车以及敞篷货车等，而这一切很快就消失在身后了。由于货车本身很长，且车身是弯曲的，所以一眼望不到头。货车尾部的乘务员车厢窗户，一只微微发白的头正在向外张望。

"怎么了？"

"好像有人卧轨了。"

"女人吗？"

"不知道，看到尸体的是姥岛。"

助手喘着气说。

正当他以为乘务员离开了的时候,手电筒的光突然晃起来,他听到对方跳下路基的声音。

"我跟你一起去吧。"

他像是察觉到助手害怕的心理似的,主动走在前面。

尸体很快就找到了。从拐弯处内侧线路旁边的水沟中,露出两条穿着裤子的腿。右脚上穿着黑色的短靴,另一只脚上只有袜子。一直想象着尸体血肉模糊惨不忍睹的样子,用手电筒照了水沟后,助手总算松了一口气:尸体的四肢都是完好的。

"只是被碾了一下,总之,先把他拖出来吧。"

如果还有气息的话就必须抢救。两人跳到水沟里从两侧抱起尸体,总算是把他拉到了地面上。这人虽说很矮,但是却很胖,因此即使是两个人抬也费了好大的劲。平放好尸体,两人都冒汗了。

在手电筒灯光的照射下,男人仿佛是怕刺眼般闭着双眼。微微翘起的灰色八字胡让人联想到以前的陆军大将,苍白的脸上没有一丝血色。乘务员把耳朵贴在男人的胸前听了听,回过头看助手的时候,恰好正对着他照过来的手电筒灯光,他赶紧移开了视线。

"喂,太刺眼了!"

"抱歉。活着吗,这个人?"

"死了。留着这么漂亮的胡子却死在铁路上,真是可惜啊。"

"还真是。"

说着,助手在黑夜中点了点头。在铁路上自杀的人要么是穷人，要么是神经衰弱的患者，再不济就是为情所困。而眼前这个脸上油光发亮，看上去精力充沛的男人，说他自杀，总觉得不太对劲。

"打电话吧。"

乘务员望着电线杆上方的电灯说道。

"久喜站就在旁边，直接告诉那边会比较快。"

两人立即达成共识，他们把尸体留在那里，跑回列车。不久，短促的汽笛响起，夜晚的空气也跟着震颤，七百八十三次列车粗暴地摇晃着车身发动了。

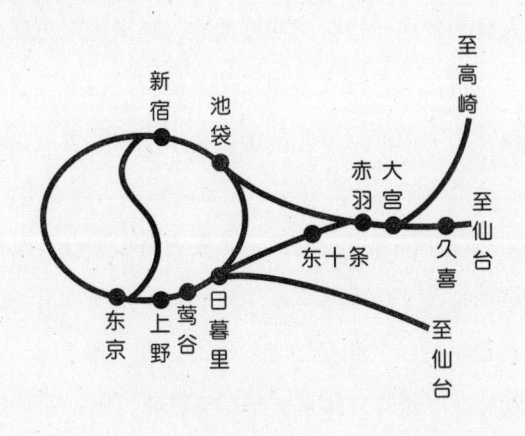

2

天已经完全亮起来了。抬着尸体的担架被搁在线路旁边的草丛里，以便随时搬运。尸体上面盖着的草席上结满了露水，在清晨阳光的照耀下晶莹剔透，闪闪发亮。

最开始，从久喜车站赶来的站务员和该地区的岗亭巡警都认为这场事故只是一起卧轨自杀事件。死者跳向行驶中列车的一瞬间被撞飞，接着掉到了水沟里。然而，仔细观察尸体后发现有些可疑之处。

尸体所穿的褐色上衣左胸部位置已经完全被血浸湿，翻过身体看背部可以看到，肩胛骨处有一个小孔，仔细观察会发现小孔周围已经烧焦成黑色。不论这是自杀还是他杀，很明显绝非死于铁路。他们急忙跑回到车站，用铁路电话将情况报告给大宫站的公安[①]，接到报告的公安立即联络了大宫署。

公安人员来到现场进行了深度调查，结果发现尸体的出血量非常少。正常情况下，被火车碾死的尸体一定会大范围溅血，可是现场却找不到类似的痕迹。从伤口上来看，死者应该是遭到手枪直接射杀导致身亡。考虑到伤口位置，绝不可能是本人开的枪。然而，现场附近并没有发现凶器。公安人员根据目前掌握到的材料判断，这个男人不是被列车碾压致死，而是被人射杀之后，尸体被搬运到现场的。岂止是凶器，连他的另一只短靴也找不到。从这一点就可以推测，尸体是被搬运至此的。

死去的男人五十五六岁。从那对修剪得整齐漂亮的胡子，以及看上去营养丰富的身材，都可以看出他过的起码是中产阶级的生活。而他身上的衣服用的是一种夏季高级毛料，上面还有一流成衣铺的名字。不过，最终让大家确定死者身份的，是他的

[①]指铁道公安职员，主要预防铁道设施内的犯罪行为。

名片夹。

无论是西之幡豪辅这个人还是东和纺织这家公司，都算不上一流。然而之所以连在场的站务员都知道这些名字，一是因为正在进行罢工的工会提出的四项要求中有些奇怪的内容，二是因为社长顽固强硬的态度遭到了舆论的批判。报纸和周刊杂志上刊登的西之幡豪辅社长的照片，最大的特征就是那道胡子，任谁都会过目不忘。

接到报告的浦和警察本部和地方检察厅立即派出警察前往现场进行更为细致的调查。其后，此案通过警视厅传到了玉川用贺町的西之幡宅邸，此时是六月二日早上的八点多。

3

哲学家否定偶然出现的现象。他们认为，即使看上去是偶发性事件，那也不过是因为没有充分究其原因才产生了这样的认识。刷漆工高原在列车顶部发现了奇怪的污点这件事，虽然周围的人，包括当地的报纸都认为是一个偶然的发现，但是仔细想来，其中还是存在着必然原因的。

那天早上，正在刷漆的高原之所以慢慢变得昏昏欲睡，是因为前一天晚上睡得太少。而他之所以睡得晚，是由于过于沉浸在与恋人幽会的幸福中，以至于忘了时间。而幽会之所以如此幸福，则是因为恋人美丽又温柔，而且真心地爱着他。

高原与同事共同负责的是白石站跨线桥外侧的刷漆工作。在他们来施工现场前，铁路副站长一再提醒他们不要出事故。这是因为，如果作业过于专心，一不小心踩空掉到线路上，碰巧这时有列车驶来的话，基本上小命就不保了。作为刷漆工，或许早已习惯了高空作业，可是仍然需要警惕，因为这世上淹死的往往就是会游泳的。

一般来说，车站建筑物外面刷的也就灰色、黑色、黄色这几种不太显眼的颜色，而且由于建筑物都比较庞大，所以需要涂刷的面积也不小。这活干着干着就会变得单调起来，即使想要保持精神紧张的状态，也不可能一直紧绷着一根弦。在长时间的作业后，高原终于稀里糊涂地开始打盹儿，待他回过神来睁开眼睛的时候，这才发现刷子不知何时脱离了手，恰好掉到正下方停着的列车顶部。

糟糕！他连忙正了正身子，用一只手抓着绳子向下望。可是，引起他注意的不是刷子，而是刷子旁边覆盖了大约五分之一车顶的红黑色斑点。虽然现在已经完全干了，但是在湿着的时候应该是受到了列车行驶产生的风压的影响，所有斑点都朝后方拉着。好像是血迹呢。高原心想，一定又发生了什么事故……

突然，发车的铃声响了。两三个乘客跑过他的前面，迈着流星步下了楼梯，并跳上了最近的车厢。带着白色棉手套的站长正看着手中的怀表，数着秒数倒计时。刷漆工懊恼地望了一眼车顶上的刷子，这么短的停车时间，完全没有时间去取下来。他知道，事后一定会被师傅呵斥。真是一大清早就没好事……不过话说回来，那个血一样的东西究竟是怎么回事呢？

他再一次想到车顶上的污点,是在和同事们一起休息的时候。一个不曾谋面的站务员凑过来,告诉他们在久喜站附近发现了尸体这件事。

"我们从东京接到通知,如果发现车顶有血迹的列车一定要告知我们。"

"这要求可真诡异。为什么啊?"

"因为有一辆车载着刚刚说的那具尸体行驶了。所以,这辆车上应该是留有血迹的。"

"找到这辆车又能做什么呢?"

"我也不太清楚,只知道警方正在寻找这辆车。"

丢了刷子的刷漆工高原,正在为自己的过失生着闷气,所以不似平日里那么精神,一言不发地抽着烟。可是,听着听着,他突然想起了刚刚那辆车。

"那辆车我见过。九点二十分发的车,因为发生了事故还延误了快二十分钟。"

他略微思考了一下,试图回想起站台上扩音器中的声音。

"对了,广播里说的是开往青森的二、三等每站停车列车。"

"那应该是九点零一分从白石站发车的一百一十七次列车。你确定上面有血迹的吧?"(参照列车时刻表一)

站务员停下了正要站起来的动作,直着一半的腰问道。

"我当然没法判断那是血还是其他什么东西了。我只是看到车顶有一部分被染成了紫黑色,就好像在那里杀过兔子一样的感觉。"他说。

上野—仙台

列车时刻表一

上野—仙台（下行）（东北本线）

站名	车次终到	高崎 529	宇都宫 531	小山 533	白河 147	氏家 149	宇都宫 535	小山 543	宇都宫 537	青森 115	宇都宫 539	桐生	小山 541	青森 411	青森 401	仙台 133	青森 413	青森 117
上野	发	17 00	17 05	17 20	18 00	18 28	…	18 50	19 15	19 52	20 10		20 30	20 35	21 30	21 00	23 00	23 45
尾久	↓	17 11	17 11	17 27	17 50			18 59	19 24	↓	20 17		20 42	↓	↓	21 07	↓	23 47
赤羽	〃	17 17	17 17	17 34	18 01	18 41	…	19 06	19 30	20 07	20 25		20 50	② ③	22 03	21 17	23 17	23 54
大宫	〃	17 31	17 33	17 54	18 19	18 55	19 05	19 12	19 46	20 15	↓		20 55	② ③ 急行		22 31	23 23	0 26
莲田	〃	17 45	17 52	18 03	18 35	19 08	19 18	19 24	19 51	20 20	21 01		21 08	21 28	② ③	22 41	23 33	0 30
久喜	〃	17 48	17 58	18 17	18 43	19 14	19 24	19 31	20 02	20 29	20 41	津轻	21 17	↓		22 51	23 51	0 40
栗桥	〃		18 06	18 24	18 50	19 20	19 31	19 40	19 41	↓	21 08		21 35	21 45		23 02	23 57	1 09
古河	〃	18 03	18 14	18 31	18 56	19 27	19 37	19 45	19 55	20 58	21 15		21 51	22 05		23 05	0 19	1 09
间间	〃	18 13	18 22	18 43	19 02	19 40	19 43	19 55	20 02	21 06	21 22		22 12	22 15				1 17
小山	到	18 18	18 29	18 54	19 15	19 55	20 02	20 04	20 10	21 08	21 25		22 00	22 31		23 30	0 19	1 19
	发	18 24	18 31		19 19	19 59	19 44			21 24	↓	周 六 运 停	22 19	↓		23 40	0 23	1 21
小金井	〃		18 38		19 25		19 49			↓			22 23	奥		23 40	0 31	↓
石桥	〃		18 45		19 31	19 55	19 55	20 05		21 12			22 34	利根		23 48	0 48	② ③
雀宫	〃		18 52		19 36	20 01	20 15	20 20		↓			22 40	桐		23 57		1 49
宇都宫	到		19 00		19 49	20 10	20 23		20 10	21 21			22 45	生 山 间	↓	0 00	0 57	1 55
	发				19 51	20 15			21 00	22 03		↓	23 00	23 24		0 28	1 05	2 12
宇都宫	发				20 00	20 20			21 06	22 11		小区		↓		1 25	2 14
冈本	〃				20 12	20 30			↓	22 12		642		↓		1 32	2 41
宝积寺	〃				20 20	20 33			21 20	22 18			23 21			1 39		
氏家	〃				20 27	20 59			21 33	22 25		② ③	↓			1 46		
蒲须坂	〃				20 30				↓	↓		奥 利 根					
片冈	〃				20 41				↓	22 42			23 36			1 47		
矢板	〃				20 49				23 05	22 51		生 山 间	23 57	0 07		1 54	2 03	3 02
野崎	〃				20 58				23 14	22 57		小区 642		0 19	0 09		2 14	3 10
西那须野	〃				21 07				23 21	23 05		桐 生		0 33			2 14	3 16
那须	〃				21 15				23 31	23 14				0 52			2 34	3 47
黑矶	〃				21 31				23 44	23 51						② ③		
黑田原	〃				21 41											2 47	3 55
高久	〃				21 53											3 02	
豊原	〃				22 04				0 05					1 20	0 51	2 40	3 11	4 02
白坂	〃								0 11								3 28	4 24
白河	〃								② ③					1 35	0 58		3 34	4 40
久田野	〃								0 39					1 51	↓		3 46	4 47
泉崎	〃								0 53							4 02		5 02
矢吹	〃								1 06					2 02		4 11	5 14
鏡石	〃								1 28					↓		4 43	5 22
須賀川	〃								1 41					3 17		4 27	5 51	5 41
安積永盛	〃															4 39	5 16	6 01
郡山	到								2 14					3 50		4 43	5 21	6 25
发								2 44					② ③		4 39	5 26	6 27
日和田	〃								↓					经 奥 羽 本 线 由 青 森	经 奥 羽 本 线 由 青 森	4 47	5 41	7 02
五百川	〃								3 25							4 57	5 52	7 22
本宫	〃								3 28							6 00	5 41	7 30
二本松	〃								3 45							6 07	5 51	7 45
安達	〃								3 51							6 12	6 01	7 45
松川	〃								4 04							6 19	6 12	9 09
金谷川	〃								4 07							6 25	9 19
福島	〃								4 15							6 45	9 39
瀬上	〃								4 21							6 52	9 45
伊達	〃								↓							6 59	10 00
桑折	〃								↓								
藤田	〃								4 26								
貝田	〃								4 36							7 15	10 14
越河	〃																
白石	〃																
北白川	〃																
大河原	〃																
船岡	〃																
槻木	〃																
岩沼	〃																
増田	〃																
長町	〃																
仙台	终到													16 59		22 17		

日光号快车票（下行）
（3 等）指定座席

售票场所	售票时间
东京 上野	发车前五日 9 时起至发车止
新宿 都内各问询处	发车前五日 9 时起至发车前一日 13 时止

绣线菊号快车票（下行）
（3 等）

售票场所	售票时间
东京 涉谷 新宿 池袋	发车前五日 9 时起至发车前一日 21 时止
上野 赤羽 大宫	发车前五日 9 时起至发车止
都内各问询处	发车前五日 9 时起至发车前一日 13 时止

4

同一天的清晨。

从上野站通往莺谷站的铁路沿线的路上，一个青年正领着一条狗迈着缓慢的步伐行走着。由于正处于肺部疾病的恢复期，早晨的散步他从未偷懒过。呼吸着人多拥挤的城市街区污浊的空气，有种好不容易接近康复的肺又要遭殃的感觉，因此才有必要在清晨凉爽的公园里漫步，尽情地呼吸清新自然的空气来清洗肺部。每天早晨，当他走过科学博物馆前面，再绕着艺术大学周边走上一圈回到家的时候，总能吃上母亲为他准备好的早饭。

从距离上野站大约三百米的地方起，道路分成两条，左半边先是上一个缓坡，接着是下坡路，最后与原来的道路合成一条。青年在缓坡上行走得很慢，慢到不会有明显的喘息。这一带每到冬季下雪的时候，住在附近的年轻人都会聚在一起，利用斜坡来享受滑雪的乐趣。身体健康的时候，青年也经常在这里滑雪。可是自打生病后，他就再没有进行过激烈的运动了。每次走到这个缓坡的时候，青年都会想到这些，忘记恢复期发生的一切让他快乐的事情，完全陷入为患上这场该死的疾病而产生的悔恨与愤怒之中。

站在坡顶朝左望去，从这里到越过铁路对面的上野公园之间连着一座混凝土天桥。这天桥很是有模有样，中央是车行道，两侧则是人行道。走过这座两大师桥是青年每日的必修课。

走在前面的小狗也完全掌握了他的散步路线。它一如往常地走过天桥，突然，像是发现了什么似的，跑到人行道的一个角落，开始不断地嗅起来。

"佩斯！佩斯！"

喊了几声，它依旧停在那里，用鼻尖蹭着地面，叫个不停。听它的声音，似乎非常认真地在说着什么一样。

"喂，佩斯，你怎么了！"

看到主人朝着自己走来，狗叫得更厉害了。铺得漆黑的人行道上，有一块很大的污痕。虽然不知道是什么，不过嗅觉灵敏的狗叫得如此异常，可见不是汽油之类的寻常物。

由于昨夜的露水，地面还是湿的，污点也没有完全干。青年想在周围找根木棍戳一戳污点，于是四周环顾了一下，他的视线一停在正面的栏杆上就再也移不开了。天桥的栏杆也是混凝土做的，比起掉在黑色道路上的污点，附着在灰色混凝土上的斑点更为明显，一眼就能看出是血迹。

以前的青年看见血就会浑身发抖，他对血的颜色有种本能的嫌恶和恐惧。但是肺部生病以后，由于会经常咯血，他已经很可悲地习惯了这种红色的液体。所以当他看到栏杆上的血时，整个人还是很镇定的，他仔细地看了看栏杆上的血迹。

青年用手扶着栏杆探出身子向下望去，原来混凝土的外侧上也有红黑色的血迹。稍微想象一下，就会知道一定是有人在路上受伤后翻下栏杆掉到了铁路上。青年又添枝加叶地空想了一番，在头脑中描绘着昏暗的天桥上打斗的场景，不禁打了个哆嗦。

沾着污点部分的正下方就是东北本线的下行路线。掉下去的受害人怕是已经被列车轧断了吧。这样想着，青年战战兢兢地朝下方的铁路望去。然而，没有看到任何惨不忍睹的景象。他想，说不定正好那会儿有列车踩了急刹车停在了下方。从上野车站到这里也就刚发车一会儿，速度还没有提上来，如果刹车的话应该很容易就能停下。不管怎样，发现这个瘆人的血迹后，清晨散步的好心情已经完全被破坏了。

过了一会儿，青年赶着狗，继续他以往的行程。走到科学博物馆的前面时，和一个正在巡视中的警官擦身而过。

"请问一下，两大师桥上发生了什么事情吗？"

回过头的警官一边玩弄着手里的警棒，一边用奇怪的表情看着青年。

"两大师桥上？嗯，没什么事啊……怎么了？"

被反问了一下，青年反倒有些惊慌。一想到刚刚的问题是源自自己的空想，他就越发觉得狼狈，整个脸都红了。

"不是。那个，因为在桥上发现了血一样的东西，所以在想会不会是谁受伤了……"

警官和青年年龄相仿。虽然个子不如青年高，不过肩膀和胸膛都很宽，看着像是来自农村，体格非常健壮。他的脸被阳光晒得看上去十分健康，听到青年这么说，一双小的眼睛突然亮了起来。

"是血迹？"

"我觉得应该是。不过也有可能是动物的血吧。"

青年有些退缩，万一是自己想多了，他可不愿意被警官嘲笑。他有些后悔自己的好奇心过于强烈。

"没关系。是两大师桥的哪一片？"

警官也并非是对此感兴趣，只是想着去现场亲自看一下再报告给上司的话，也就算完成了任务，不至于事后被追究什么责任。只是，青年可猜不到他心里的想法，事到如今也无法含糊其辞，只得与警官一起返回刚刚过来时走过的路。一直吵闹不休的狗兴奋地摇着尾巴。

这两个人和一条狗刚刚过了科学博物馆的拐角向天桥方向走了两三步，就听到后面有人在呼喊。回头一看，距离他们两百米左右的国立博物馆正门前面，有个守卫模样的人在朝他们挥手。

"过去看看吧，好像有什么事。"

生病中的青年跟在警官后面加快了步伐。

"不好意思，这个有些碍事，能帮忙挪开吗？"

守卫用眼睛示意着一旁停着的轿车，对走近的两人说道。他看上去有五十岁左右，身材消瘦，目露凶光，从鼻子两侧到嘴巴之间有着深深的皱纹，一看就是个吹毛求疵的人。

"车主不久就会回来的。"

警官简洁地说。驾驶座左侧的车门随意地开着，给人一种司机刚刚下车的印象。可是，走到近处仔细观察一下会发现，灰色的车身因为夜晚露水的原因已经完全湿了，发动机也早已冷却。显然，车主离开这辆车已经有好几个小时了。车子停在正门的前面，开馆后会妨碍到游客入馆。

"这车停在这儿多久了？"

"昨晚没见过。"

守卫生硬地答道。他那副表情仿佛差点儿就要说出来"别问这种无聊的问题，赶紧给我把车挪开"。

这款轿车的品牌是凯撒①，属于中等级别，不过车型却是新的。从白底绿字的车牌来看，很明显是家用轿车。

"你开不了车吧？"

守卫的语气越来越不客气。青年无视他，而是看了看驾驶员座位。在加速器的旁边，有一顶黑色的软礼帽朝上扔着。

"等一下……"

说着，青年拿起了帽子。一看就知道是高档货，这是博尔萨利诺②的新品，上面隐约能闻到发油的气味。

警官的脸突然阴沉下来，这表情比起听到桥上有血迹的时候要严肃认真得多。他在车门的收纳袋中翻了一会儿，找到了驾驶证。他一边惊讶于找到这个意想不到的东西，一边像是要回想出驾驶证上面的名字一样，一直用一双小眼睛望着天空。

"……西之幡，有没有听说过？一个叫西之幡的人……"

"西之幡不是一个什么纺织公司的社长么？就是那个正在闹罢工的公司……"

"对对，总算想起来了。那家公司好像是叫作东和纺织。

---

①凯撒-弗雷泽（Kaiser-Frazer），该汽车公司创建于二战之后不久。在成立之初的前十年时间内，凯撒-弗雷泽的出货量达到七十七万辆。
②博尔萨利诺（Borsalino）是备受政客、名人、影星喜爱的意大利老牌制帽品牌，由国际知名品牌 Borsalino 的创始人 Giuseppe Borsalino 创办于一八五七年。

不过……"

警官说到一半停下来，表情又变得很沉重。青年有着和警官同样的疑问。

"不过，东和纺织社长的车为什么又被丢弃在这个地方呢？"

"是啊……总之，这位大叔，在收到联络前，可不能碰这辆车。"

"怎么可能！你再不给我挪开的话……"

警官没等他说完就拍了拍疗养者的胳膊，用与刚才截然不同的关切语气说：

"你，走快点儿。我想看看桥上的血迹。"

可疑的外出

1

确认了天桥上的污点是西之幡社长的血迹,是在十一点左右的时候。西之幡豪辅究竟是在桥上被杀后尸体被扔了下去,还是为了躲避凶手的追杀自己跳了下去,这一点虽不能轻易断定,但可以立即想象到,他是在掉到通过现场正下方的列车上后,被搬运到了埼玉县的久喜站。

上野署成立搜查本部的时候已经过了正午,这会儿距离尸体被发现已经过了八个多小时。这样的速度,连说一句"开局顺利"之类的恭维话都显得没底气。警方原本是打算与埼玉县警方共同进行搜查,将搜查本部设在大宫署,可是令人没有想到的是,事故现场竟然是两大师桥,于是又将搜查本部更改到了这边。

死者生前的生活情况及人际关系调查由中央官厅派出的刑警及所辖官署的刑警做搭档共同进行。访问位于银座西部的东和纺织总公司的,是在这一行干了有二十五年的老将须藤部长刑警,以及去年刚刚被任命为刑警的关刑警。资历深的和资历浅的做搭档,是组队时的一个准则,为的是让新手刑警能够利用这样的机会得到资深前辈的实地指导。

"请多多关照。"

这个新手刑警刚一来就鞠躬说道。

"喔。"

部长刑警只是简单地应了一声，挺了挺身子。如果换成一般人，多少会让人觉得有些傲慢。不过关之所以没有感到一丝不快，是因为须藤肤色偏黑，眼角下垂，这样的外貌会给人一种亲切的感觉。部长刑警的鼻子下方还留着一撮小胡子，像是用毛笔尖部涂上去的一样。这也让关觉得他就像是一个住在城市街区里的平民大叔，让人感受不到丝毫的隔阂与顾虑。

搜查班由九组刑警构成，人员分配用了不到一刻钟。接着，十八个刑警接受了科长的指示后，就朝着各自的调查方向开始行动了。进行现场探听的是目的班，搜寻凶手及被害者遗物的也有专门的组。须藤和关两人来到上野站地下，接着前往银座。此时，按照电影或电视剧的情节，刑警们应该潇洒帅气地拦辆出租车一路飞奔过去。而实际上，他们几乎是不坐出租车的。与其说不想坐，倒不如说，是由于大幅缩减搜查费用的关系坐不了车。

从银座四丁目来到地上，穿过拥挤的人群抵达数寄屋桥，接着在十字路口左拐。数年前，数寄屋桥曾经作为广播剧的舞台，赚足了家庭主妇的眼泪。而如今，这里正在逐渐没落。

"世事真是变化无常啊。"

由于电车的噪音，须藤好像没有听清关的感慨。

"你说荠菜怎么了①？"

---

① 关说的原文是"有为転变ですな"，其发音与荠菜（ぺんぺんぐさ）有相似的部分，因此须藤才会听错。

部长刑警大声地问着自己听错的内容，擦身而过的女白领用奇怪的眼神看了他们两人一眼。

东和纺织在停车场的旁边，走进大厅就可以看到前台接待小姐。要在往常，她们定会露出训练有素的甜美笑容，可是如今社长死于非命，她们的表情多少也变得有些僵硬。

两人乘电梯来到了七楼。铺着大理石的走廊冰冷地向左右延伸着，若在平日，这里定然是有许多公司员工或打字员来来往往，热闹非凡充满生气的。

他们按照吩咐在电梯旁边的沙发上坐下。不一会儿，一个看上去将近四十岁，身材略胖的男人走了过来。虽然他一身装束俨然一副在银座工作的白领的样子，可总让人觉得有些土里土气。他自称是秘书灰原，接着带两人进了自己的屋子。

"请问二位抽烟吗？"

打完招呼后，秘书亲切地问道。虽然说的是普通话，可是还是摆脱不了一股浓重的东北口音。

"不用，我自己带烟了，谢谢。"

部长刑警干脆地谢绝，然后掏出一个表面镀金已经脱落的烟盒，点上了一支烟。接着，他十分老练地表示，希望对方就西之幡社长被杀案件给予协助。

"如果你对想要社长性命的人有什么头绪的话，烦请告知。"

"有，还不止一个，一共有三个人。"

秘书果断地答道。他的样子，看上去似乎早就等着回答这样的问题了。

"都有谁呢？"

"有两个分别叫作恋洼义雄和鸣海秀作的人，是我们工会的正副委员长。您或许也知道，我们公司大概从一个半月前开始一直在闹劳资纠纷，三十号进行的团体谈判基本上有了定局。工会提出的四项要求中，我们接受了两条，总算是朝着达成协议的方向发展了。"

部长刑警沉默着点了点头。

"虽说我们接受了他们一半的要求，看上去好像是打了平手，但实际上是工会一方战败了。"

秘书好像是在试探听话人的反应似的，交替着看了看两位刑警的脸。

"工会提出的要求，我想您已经通过报纸和周刊杂志有所了解了，一共有四条。劳动工资的上调、退休金制度的建立，剩下两条用他们的话来说，就是基本人权的确立问题。"

两位警官也知道大致的情况。其中有一项奇怪的要求，是废除私人信件的检阅。根据周刊杂志中的报道，住在该公司宿舍里的女员工，一旦从外部有来信，宿管都会一封一封地拆开看一遍。私自拆人信件的行为很明显是犯法的，但外界主要批判的，是命令宿管执行这种行为的西之幡社长的旧时代思想和一直服从这一制度的员工们的无知。

"在前天的最终团体谈判中，公司只接受了废除私信信件的检阅和宗教自由这两项。工会的干部带着这个结果，回到工厂举行工会大会，打算听一听大家的意见最终决定是否接受公司的让步,目前双方的谈判已经到了这一步了。可是警官,他们更为期待解决的工资和退休金这两项完全被拒绝,罢工的结果其实相当于零。我们常说,雷声大雨点小,他们的情况连毛毛雨都算不上。"

"可是私人信件检阅的废除和信仰自由这两项被承认,从这一点上来说,不是有些成果了吗?"

"不,您这么想就错了。"

秘书立刻反驳了部长刑警的发问。虽然他说起话来让人觉得舌头转不动,不过还是很善于雄辩的。

"公司拆私人信件这件事其实怎么着都无所谓的,因为这原本就是毫无根据的谣言。强调社长的非人道行为和女工的哀史,不过是新闻报道为了取得社会的同情赚取读者眼泪的写法而已。公司接受了原本就不存在的要求,对他们来说结果就是相当于零。"

对两位刑警来说,这个观点倒是第一次听说。他们再一次感慨,原来劳资纠纷的背后还有着这样不为人知的真相。

"在信仰自由这个问题上,公司也受到了很大的误解。每一个人都会去寻求精神的寄托。社长是抱着父母爱孩子的心情,才去引导他们相信自己所信仰的宗教,想要与他们分享安身立命的快乐。可是,他们却对此感到不满,因为对他们来说,比起膜拜上帝,去玩儿弹子球游戏①更有意思。所以作为社长,原

---

①一种日本人热衷的游戏。在长方形的弹子球机前,通过操作手柄,设法将手边的钢珠射入机器上的小洞。如果运气好击中了关键部位,机器就会吐出更多的钢珠,人们可以用赢来的钢珠兑换奖品。奖品有钱、香烟、糖果、玩具,甚至还有蔬菜、大米等。

本也是出于一番好意，可是被大家这么一说，他也觉得不好再勉强别人，因此接受了工会的要求。这对于公司来说也是无关痛痒的事情，而工会一直坚持的要求其实对自己是没有任何益处的。"

"原来如此。"

"在谈判桌上，社长下了最后通牒：'公司已经接受了两项要求，你们也给我撤销两项，否则我就闭厂！'其实这话早就应该说了，而社长之所以迟迟没有行动，也可以说是由于他的温情主义吧。请您把这看作是他隐忍持重的证明。"

"哦……"

"不过，我希望您留意的是，态度强硬的只有社长一人，换句话说，社长是个独裁者。如果就这样妥协的话，那工会一方就彻底地输了，而恋洼和鸣海也会颜面尽失。"

不知何时，口中原本温情主义的社长变成了强硬主义的独裁者，秘书沉浸在自己的讲述中，完全没有注意到这一矛盾。

"虽然恋洼和鸣海这两个人是工会的执牛耳者，但是这毕竟是他们俩当选委员长以来第一次闹罢工，可以说，这次事件恰恰是两人本事的试金石。再加上他们曾经批判前工会干部是黄色工会并将他们赶下台，因此每当他们自己表现不佳，就会遭到这帮人的嘲笑和批判。最近甚至有传言说，有一部分原干部正在暗中策划，试图组成第二工会。这么来看，恋洼和鸣海就算对社长起了杀意，也没有什么奇怪的吧？"

"这么说来，其他的公司董事对于罢工事件都是持同情态度了？"

"同情这个说法是有语病的。"秘书露出稍不愉悦的表情，用责备的口吻说，"嗯，应该说他们只是不如社长般态度强硬吧。只要没有了强硬派的独裁者社长，事情就可以朝着更为有利的方向得以解决。站在大的立场上来看，这样可以为工会成员带来幸福，从小的方面来看，他们也就免去了被敌人嘲笑的下场，正副委员长心里一定是这样想的。我们之所以怀疑恋洼和鸣海，正是因为有着这样的情况，而且鸣海还经常放出一些诸如要埋葬了社长之类的过激言语。"

说完，他点了第三根烟。灰原的皮肤又白又细，或许是讲了太久的缘故，他那张白色的脸上隐约地显露出血色。

2

秘书抽完第三根烟，把烟头扔进烟灰缸，接着喝口茶润了润嗓子，然后继续说起来：

"刚刚简单提到了信仰的问题。社长信仰的是一个称作沙满教的新兴神道教。现在在这儿没时间跟您细说教义什么的，不过这个教里信徒人数相当多，是个很大的宗教团体，所以估计这名字您也听说过吧。"

等两位刑警点头之后，他接着说道：

"社长是为了工会成员的幸福才劝他们入教的，这一点我刚刚也说过。然而，接受了此次工会提出的要求的话，工会成员就会全体退教。这对沙满教来说会是一个很大的问题。"

"工会成员一共有多少？"

"我想想，仅东京的工厂就有个六千五百人左右。由于工厂位于足立区，工人们全部退教的话，沙满教的城北支部就会被掏空，其本部也会因此受到巨大的冲击。我们这边也已经收到了教主的亲笔信，使者也来过好多次，恳请我们不要接受工会的要求。然而，随着形势逐渐变得对他们不利起来，即社长打算接受工会提出的信仰自由的要求，沙满教的态度也逐渐变得强硬。最终，他们发来了一项通告，指出大量的人员退出是社长对教主的背叛行为。"

"所以你想说明什么呢？"

"对于叛徒，他们会施加相应的惩罚措施。严重的话，就会变成威胁，强迫对方不接受工会的要求。"

"威胁啊。不过，说起沙满教，在新兴宗教中算是相当有势力的了，仅仅六千五百人退教值得他们如此担心吗？"

"我们在长冈和大阪也有工厂。那里的员工也都会退教，这对教团来说可是一个重创。不止这样，长久以来还有一群不满分子，他们虽对教义持有批判态度，但也得过且过地留在了教里，而这些人极有可能趁着这次机会顺便跟着就退教了。如果再引起连锁反应，其他一些没主见的也跟着纷纷退教落井下石，那沙满教岂不是要面临致命的打击吗？"

"这倒也是。"

部长刑警总算点了点头，算是认同了他的话。有传言说，沙满教的教主是在北满①观察了鄂伦春族的萨满教之后才回国成立了该教。用一位著名的教授兼社会评论家的话来说，沙满教的教义是在原始的萨满主义之上披上一层现代面纱而形成的，其内容极为肤浅。萨满主义说到底是离不开巫术的，因此，这位教祖也与走访乡间进行巡回演出的魔术师勾结在一起，向信徒们展示了许多不可思议的现象，这也是它受到热捧的根本原因。自从其正式宣布成为宗教法人后，仅仅用了三年时间就聚集了一百二十五万信徒。发展到现在，沙满教已经在各县设置了支部，前往位于东京麻布龙土町的本部进行参拜的人络绎不绝。为此，公交车公司在其本部前设立了车站，都立交通局也为这条支线配置了四辆最新的转向车。沙满教的盛极一时，由此可见一斑。

"所以，你是说，西之幡社长是被沙满教杀害的？"

"没错，被教团中一个特定的人物。"

"你指的是？"

"一个叫作知多半平的男人。"

不知道为什么，听到这个名字，部长刑警的神色突然变得紧张起来。秘书敏感地察觉到了这一变化。

"您知道这个人吗？"

"没有，只是好像在哪儿听说过这个名字。不过，这个人为

---

① 东北沦陷初期，伪满洲国仍沿用东三省特别区称谓。一九三三年七月一日改称"北满特别区"，管辖西起满洲里中经哈尔滨东到绥芬河，以及哈尔滨至长春原中东铁路沿线一带地方（不含哈尔滨市）。

什么可疑呢？"

秘书像是在思考该如何解释般，略微闭上了嘴。趁着这会儿，关赶紧喝了口茶。

"……沙满教的下层组织是由叫作轮番的小社团构成的。像我们社长这样的大人物另当别论，一般平民阶层的人进入教团后，都会被要求在这些社团内对自己的过去进行忏悔。基督教里也有忏悔牧师这类人，因此，大家会觉得在沙满教做这些也没什么奇怪的。前辈们都会不断地坦白自己曾经犯过的错误，而刚刚入教的新人听到这些以后，也会自然而然地说出自己的过失，而且事后会觉得心情舒畅，如释重负。可是，本部把这些坦白的话语都用录音带记录了下来，为的是一旦有人对沙满教不满想要退教，他们就可以以此相威胁。因此，信徒们有把柄握在别人手中，是无论如何都退不了教的。知多半平就是在背后管理这些磁带的人，他的工作就是威胁那些想要退教的人，让他们打消这个念头。如果放在苏联的话，他就处于类似秘密警察长官一样的地位。"

"真够阴险的。"

"他可不是简单的阴险呢。知多这个家伙貌似当过间谍，教祖正是看中了他的手腕和经验才雇了他。可是，如果这次社长接受了工会的要求，造成大量信徒退教的话，仅在东京，知多就不得不一个一个地威胁共六千五百名退教者。而事实上，这些工会成员原本也不是出于自愿入的教，在轮番上的坦白大多很敷衍。有的人因为被强行要求坦白，就说一些像喝醉酒把邮筒翻了个个儿之类,有都不会有的事儿。所以即使拿着录音带去威胁他们,他们也毫不惧怕。因此对付工会成员,教团这边可以说是黔驴技穷,完全没辙了。"

"所以最终必须得单独对付西之幡一个吗?"

"没错,他来公司好几次了,每次都是我接待的。他总会说一些明显带有威胁性质的话,最后一次来是昨天下午。"

"具体都说了什么?"

"教团的忍耐也是有限度的,不按我说的办的话,只能要了他的小命之类的。"

"这些你都转告给西之幡社长了吗?"

"当然。那会儿社长正好外出,他一回来我就转告给他了。"

"那他的反应呢?"

"他笑着说:'我自己会小心的。要老是担心这种蠢货的威胁,那还做不做生意了。'他是那种吃软不吃硬的性格,所以对于知多的做法,更确切地说,是教团的做法,他是很恼火的。"

秘书用东北人特有的含糊不清的腔调说道。

3

有一会儿,三人都沉默地喝着茶,能听到的只有饮茶声和从敞开的窗户外传来的噪音。因为是在七楼,所以噪音听上去像是装了弱音器的乐器发出的声音一般小。

"真安静啊。"

部长刑警放下了茶杯。

"因为一切业务都暂停了。话说，就在一小时前，还来了许多报社的人呢。这个房间和接待室都容纳不了，没办法只能在屋顶上谈话。"

"也跟他们说了知多半平和恋洼的事情吗？"

部长刑警连忙问道。如果嫌疑人的名字就这么草率地给说出去，那可不得了。

"没有。这些都是搜查的秘密。哪些话该说，哪些话不该说，我心里还是很清楚的。"

秘书有些羞恼地快速答道。他的肤色原本就很白，所以气血上头的样子一眼就可以看出。

"再问个问题。西之幡死后，谁将接任他的位子？"

须藤完全无视对方的表情，继续问道。

"当然正式的决定必须在董事会召开之后了，不过很明显，接任的会是龙春彦副社长。不过警官，龙副社长可不会为了早日爬上社长的位子而去杀害西之幡的。"

秘书像是读懂了部长刑警心中所想一样，满是肥肉的脸上浮现出一丝得意的微笑。

"为什么呢？"

"因为他现在正偕夫人出席兰开夏的纺织会议呢。"

"原来如此。我倒不是在怀疑副社长，就问问而已。那，社长的遗产大概有多少？"

秘书的眼睛突然亮了起来。或许是为了掩饰自己的反应，他使劲地眨了几下眼移开了视线。

"这个,我倒是不太清楚。一会儿我带忽谷律师过来,您有什么问题可以问他。请问还有什么其他……"

"最后再问一个问题。你知道昨天西之幡社长出了公司之后都去了哪儿吗?"

"不知道。今天早上听到社长的死讯后,我给自己能想到的五六个地方都打了电话,结果他都没去过。"

"最后见到社长的是谁?"

"是司机,社长的专职司机。我叫他来,您二位稍等一下。"

秘书起身,刚走出房间,一个女事务员就走了进来。她端着托盘上了红茶,手上的指甲修得很是漂亮。或许她是在并不知晓社长死讯的情况下来公司的,不过如今的情形,她那闪闪发亮的指甲和华丽的服饰,多少显得有些不合时宜。

"忽谷先生马上就到,麻烦您再稍等片刻。"

女事务员亲切地说。关心里一直在想,刚刚提到知多半平,部长刑警的反应一定是有原因的。虽然忍不住想问,可他一想到没准有人正躲在某个地方偷听着,就只好一言不发地喝着茶。

喝完了茶,一个六十岁左右、身材消瘦的律师走了进来。他的头发、眉毛以及胡须全都白了,因此原本就是柿漆纸[①]色的脸越发显黑,给人一种脾气暴躁难以相处的印象。

"有关死者遗产的内容,希望您在可能的范围内做一下说明。"

[①] 把和纸贴在一起,然后涂施柿漆,使其强度增大的纸。柿漆是柿及其同属植物的未成熟果实经加工制成的胶状液,颜色黑而透亮。

须藤和关看似都对这位律师有了同样的印象，因此，在打完招呼后，须藤用略微谨慎的方式开口说道。

"动产是三千万，不动产是五千万。动产基本都是股票证券之类的，不动产除了在玉川的宅邸外，还有老家长冈以及伊东和轻井泽的土地山林。"

动产和不动产合起来一共八千万，这个金额作为实业家究竟是多是少，关没有一点概念。他只是默默地记录下这一巨大金额的数字。

"他的继承人都有谁？"

"全部由其夫人继承。他的事业虽然做得是风生水起，却一直没有生孩子的命。请问还有其他什么问题吗？"

此人一看就是个重效率的法律专家，话一说完就立刻起身准备离开。

4

这次，秘书又领着一个有些驼背气色不太好的男人走了进来。这个叫作伊庭次郎的男人今年三十五岁，原本应该正值壮年的他穿着一身土里土气的衣服，行为举止没有一点儿气力，这些都使他看上去像是四十五六岁了。

两人坐下来以后，灰原开口说道：

"简单地说一下昨天晚上社长的情况可能会比较好。过了下班时间以后，社长在这个接待室会见了横滨丸田贸易的社长。原本是要去会所招待的，只是这个丸田社长有些古板，不喜欢会所的氛围，没办法，晚饭就在这里简单地吃了三明治什么的，然后进行了商谈。谈话的内容我就不赘述了，会谈结束后送走丸田社长是在快十一点的时候，而社长离开公司那会儿差不多就十一点了。"

"你和西之幡社长是在哪儿分开的呢？"

"在公司的前面。社长坐着伊庭先生开的车离开之后，我也就找人给我叫了车。所以最后见到社长的就是伊庭先生了。"

司机知道接下来就轮到自己说话了，于是舔了舔嘴唇。

"出了公司来到新桥以后，社长让我停了车，然后说：'接下来我自己开车，你坐地铁回去吧。'于是我就照着吩咐下了车……"

"等一下。"

秘书从一旁插嘴道。

"以防万一，我得先说明一下，之前社长也会经常在途中让伊庭下车的。"

"为什么呢？"

"这是因为，工会那边寄来了恐吓信，而知多半平也放出了瘆人的威胁话，所以公司的董事们都很担心。万一他们的住宅遭到攻击，睡觉的时候被砍了头那还得了。所以，虽然社长一副天不怕地不怕的样子，完全不把这些当回事，但是其他人都来劝他，让他把睡觉的地方分散开来。"

秘书像是要说什么秘密似的压低了声音。

"所以社长会在回家的途中让伊庭下车，之后自己开车，去一些自己熟悉的酒店或宾馆。这种情况下，只有社长夫人知道他晚上会住在哪里，其他人对此一概不知，连我这个秘书也不例外。因为社长这个人的性格就是不论干什么都要做得很彻底，否则他就无法安心。"

从他说话的语气来判断，秘书对于社长对自己的不信任好像略有不满。

"他自己会开车吗？"

"是的，听说他从年轻的时候就开得很好了。那时的他一边做卡车司机一边刻苦学习，这一点他本人很是感到自豪呢。"

秘书说。

据说，西之幡豪辅小的时候家道中落，一家人连夜离开长冈到九州的宫崎县住了下来。他在当地读完了小学六年，之后一边干着苦力一边继续学习。故乡的一位前辈很欣赏他的这种勤奋刻苦，在其资助下，西之幡才念完了高中直至大学毕业。他现在的夫人就是当初那位恩人的女儿，既刁蛮任性又吹毛求疵。据说西之幡之所以能一直容忍着没有离婚，就是因为感念前辈的恩情。忽谷律师说他没有生孩子的命，或许他真正想说的，是他没有娶到好妻子的命。总之，在外人眼中，这位西之幡夫人不仅仅是刁蛮任性，而且一无所长，铺张浪费，此外，还是个重度的歇斯底里症患者。

"他应该有一些经常过夜的地方吧？"

"是的，一共有五六处，他会根据当时的心情选择去哪一家。今天早上，为了了解社长的行踪，我就是给这些酒店打的电话。"

须藤朝着灰原点了点头,接着又把目光投向一脸阴郁的司机那边。

"伊庭先生,西之幡社长当时的样子没有什么异常的地方吗?"

"没有。他看起来跟平时一个样。"

"不一定是他本人,其他什么都可以,只要是你觉得异常的都请告诉我们。"

被反复追问后,司机好像总算想起了什么一样,把已经快要拿到嘴边的烟停在了半空。

"我也不是很确定,不过好像有辆车尾随社长去了。"

"你再说详细点儿。"

"我在新桥停了车之后,社长换下我,坐在了驾驶座上。在他正要发车的时候,有一辆车仿佛是要跟踪他似的也发动了。那会儿正好是红灯,车流一时中断,发车的只有社长的车和那辆车。我想,或许是在我们停车期间,那辆车一直在旁边伺机等候着。"

"是什么样的车?"

"灰色的普利茅斯[①]。"

"你记住车牌号了吗?"

司机不好意思地移开目光。

"没有,我现在想起来是因为社长遭遇了这样的事故,当时没太放在心上。"

"车型呢?"

[①]普利茅斯也称顺风,是美国克莱斯勒汽车公司一个分部,一九二八年被克莱斯勒汽车公司收购。

"应该是五二年或五三年的车型。"

"五二年或五三年……社长的车朝哪个方位开走了？"

"这个，我只知道他朝着田村町交叉路口的方向开去了，之后的情况就……"

司机含糊其辞地挠了挠头。秘书从一旁再次插嘴进来，即使不是为了搭救这个不知所措的司机，其结果也是起了这个作用。

"警官，白天社长的举动倒是有些奇怪的地方。"

"请说。"

"不过，这个跟本次事故有没有关系我倒是不太有自信。那是昨天下午的事，我刚刚说的和横滨的丸田社长的会谈，原本预定的不是在晚上，而是下午一点开始在这个接待室进行。但是不知出于什么原因，社长突然把会谈推迟到晚上，下午去了日本桥的商场，说是要去看一个墨西哥画展。"

"看起来他很喜欢画啊。"

"不，如果是这样的话就没什么可奇怪的。问题在于，我们社长对美术完全没有兴趣。我记得他以前跟我说过，自己年轻的时候吃了很多苦，根本没时间去培养这方面的兴趣。"

"不过，也有可能是想转换下心情吧？"

听到这个，灰原的脸又气得发红。

"我们社长是很忙的。这个月的各种会谈和聚餐的行程一个多月前就定好了，这一点横滨的丸田社长也是一样的。如果错过了昨天原本预定会面的时间，两人在近期都没有哪天是空出来的。正因为如此，我们社长才勉为其难，让丸田社长大晚上地来我们公司。真的有必要给对方添如此大的麻烦，结果就为了看一个墨西哥画展？这才是我想说的重点。"

"的确是有些奇怪。"

司机正在一旁拘谨地干咳，须藤瞥了他一眼，接着说。

"这么说来，看画展只是个借口，其实是有其他什么目的吧？"

"我觉得有这个可能。"

部长刑警突然转向司机一边，用亲切的眼神笑着问他：

"社长的确是去了商场吗？"

"嗯……这个，我也不是很清楚……"

司机的眼神看上去仿佛一只胆小怯懦的小动物。

"为何？怎么会不知道？不是你开的车吗？"

"这个……因为社长给了我一千元叫我替他保密的，所以……"

"但是，现在事情已经很清楚了。社长被人杀了，而要知道究竟是谁杀了他，不论怎样的秘密你都得告诉我们。"

司机的眼神又变得惊慌失措。关觉得，他的眼神看上去就像一只小兔子。

"……其实，我们在银座的时候换了社长开车，我在附近的弹子球店里弹了大约一小时的珠子。"

"是社长的命令？"

"嗯。"

"你不知道他去了哪里吗？"

"嗯，我觉得在旁边看着不太好，所以车子一发动起来我就进了巷子里。不过，车的确是朝着日本桥方向开走的……"

"你能准确地帮我们回想一下当时西之幡社长都说了些什么吗？"

"嗯……最开始我一心以为是要去日本桥，结果到了尾张町一个交叉路口的时候，就跟在新桥让我停车时一个样，在那里他也让我停车了。接着他说：'你去附近的弹子球店里玩儿一个小时左右，这是买珠子的钱。'说着给了我一千元。这种事情在从公司回家的路上偶尔会有，但是大白天的让我去玩儿弹子球还是头一回。我觉得很意外，所以就问他：'您不是要去商场吗？'结果他答道：'不了，商场明天再去，突然想起一件急事儿。'然后他又掏出一千元，说：'不过，这事儿不能告诉其他人。记住，我们是来看墨西哥画展的。'说完他就拐弯朝着日本桥方向去了。"

对司机的话感兴趣的不仅是两位刑警，好像连灰原也是第一次听说。他一直盯着对方的侧脸，目不转睛地听着。

"西之幡社长是什么时候返回的？"

"大约一小时之后。我正在弹珠子的时候，他从背后拍了拍我的肩膀，于是又换成我开车，之后就回到了公司。"

坦白了一切的伊庭司机露出了释然的表情。关觉得，现在他的眼神看上去像一只山羊。

"他出公司的时候是几点？"

"应该是十二点半左右吧，也可能再往后点儿。"

"几点让你在尾张町下的车？"

"嗯，我觉得应该是快一点十分的时候。"

之后单独驾驶了大约一个小时,这样算来,社长出现在弹子球店大概是在一点五十分左右,接着两点的时候回到了公司。须藤记录好这些后,便催促关站了起来。

"辛苦了,您二位慢走。"

秘书说道。司机依然是一副如释重负的样子,在一旁沉默着。

5

两人出了东和纺织后,又沿着来时的路线返回,坐上了开往浅草的地铁。由于没有空着的座位,所以两人站在了风扇正下方。

"沙满教那个叫作知多半平的是怎样一个人呢?"

刚刚一直忍着没有说的疑问,关终于问出了口。部长刑警小声做了回答。虽说是小声,但透过电车中的噪音却可以听得很清楚,这种讲话方式很是令人不可思议。

"沙满教为了诓骗信徒,拉了一个叫作尾鹫庆一的魔术师入伙,在地方进行巡回演出。但是,随着信徒不断增加,尾鹫和教祖之间的关系逐渐变得不似之前那么融洽了,这也是常有的事。在这之前倒一直风平浪静的,可是去年春天却在东京湾上发现了尾鹫漂浮着的尸体。"

"我想起来了。好像是开往木更津的渡船发现的吧?"

"没错。于是在进行了各种调查之后,这个叫知多半平的男人进入了警方的视线。但是,有信徒做证说,案发当时知多人在本部，所以我们最终没能动得了他。"

"是真的吗，那个证词？"

"估计多半是伪证。只是证人们一个个都是狂热的信徒，完全不惧怕伪证罪之类的法律制裁。更何况这些人都深信，为了神做伪证也是正确的。因此最终也没能处置他。"

电车一进站，两人就中止了谈话，等到发车之后噪音不断增大，又接着聊起来。

"这也是去年的事。夏秋两季，在目黑和练马都有沙满教徒被杀。这两人除了都是信徒以外，还有一个共同点是都想退教。其中一个是富豪，给教会捐了不少钱，可以说是一棵摇钱树，而另一个是支部长。不同于一般的信徒，这两个人如果退教的话，教会都会受到一些损失。我想教会那边恐怕也是连吓带骗地试图阻止过他们退教，但结果仍然无济于事，因此才采取了强硬的手段。而且，这样也能起到杀鸡儆猴的效果吧。"

"真过分啊，这么做。"

"警方在这两个区的所辖官署内都设立了搜查本部，练马那边我也去了。但遗憾的是，虽然一切迹象都显示出知多半平这个人很可疑，但调查却没能取得更多的进展。"

"对方是宗教团体的话，的确是很困难啊。"

"毕竟这个知多曾经在特务机关待过，很擅长探听他人的秘密并以此相要挟，潜入地下的本领也很强。虽说如果此次杀害西之幡社长的也是知多的话，事情会变得很棘手，不过这一次一定要让他尝尝我们的厉害。"

须藤半开玩笑地说。不过关注意到，他的眼睛显露出平日里不曾有过的光芒。

回到本部的时候，之前还成群结队的报社记者这会儿都看不到了，敞着门的屋子里，只有主任警部一个人孤零零地坐着。

"你们不在的时候可是进来了两三条新的消息呢。"他一边给两人的杯子里倒着招待用的麦茶一边说道，"已经查出来载着被害人尸体行驶的列车了，是二十三点四十分从上野发车开往青森的二、三等普通列车。那边的大学进行了调查后，给了我们一份报告。报告显示车顶上的血迹是西之幡的，错不了。"

"那边指的是哪里？"

"仙台。因为发现列车顶部血迹是在一个叫白石的车站。"

"白石……好像在哪儿听说过这个名字。"

"在宫城县。虽然是个乡下小镇，不过车站背后的小山上有着一排排样子很别致的现代单层住宅，这点倒是令我有些吃惊。"

想起今年春天去那里出差的情形，主任说道。

"这么说来，行凶的具体时间也可以清楚地知道了。"

"没错。可以认为凶手是在列车通过的前一刻动的手，因此犯罪时间就是二十三点四十分了。从伤口来看，基本上应该是当场死亡的。不过就算不是当场死亡，受害人也活不过五分钟，毕竟掉到列车顶部也是一次重创呢。"

"监察医务院那边的解剖结果怎么样？"

"解剖结果显示，死者的死亡时间是十二点左右。"

部长刑警出声地喝着麦茶。这麦茶不仅清凉，其中还有砂糖的香甜。原本他的体质就不怎么能喝酒，在外面走了一圈回来，对冒烟的嗓子来说，麦茶要远比啤酒美味。

"还有一件事，林田他们组发现被害人的靴子了。那只靴子与尸体右脚上穿的黑色短靴刚好凑成一对，我想应该没有问题。不过为了慎重起见，我已经吩咐他们再去找西之幡家的帮佣确认一下。"

"靴子在哪儿找到的？"

"在莺谷和日暮里之间。在东北线线路上施工的养路区工人发现之后帮我们保管了靴子。话说回来，你们那边进展如何？"

主任警部一边向空了的茶杯中倒着褐色的液体，一边看了看两人的脸。

用双脚询问

1

　　西之幡社长不知是在第几次团体谈判的桌上，曾经把东和纺织的工会比作体内的结核菌，结果引起了轩然大波。有两三家周刊杂志立刻报道了此事，将其作为讽刺社长的材料，其中有一组漫画堪称杰作。这组画出自一位骨干漫画家之手，画上的社长由于惧怕结核菌而注射了过多的链霉素，结果导致自己失去了听力，于是一副若无其事的样子听着工会列出的要求。社长的耳朵被画得又大又长，作者一定是在寓意"对牛弹琴"。

　　如果照着这个漫画家的思路来画的话，按照目前这个情况，设立在足立工厂里的工会本部事务所，恐怕会被比作阑尾吧。其证据就是，在公司所有的建筑物中，还没有哪一个像事务所般被当作无用之物，也没有哪一个遭受着如此的虐待。这里狭小肮脏，通风不好而且见不到阳光。有一部分墙壁产生了裂缝，到处都可以看到漏雨的痕迹。曾经有一次，屋顶的灰泥掉下来，正好砸伤了在正下方工作的书记的额头。当然，慰问金和修理费，公司一分钱也没掏。

　　但是，自从进入罢工运动以来，墙上贴着的鼓动传单，虽然看着寒碜，倒也起到了装饰的作用。从"达成目的""夺取基本人权"这样的标语，到"斗争不息"等种种颇有气势的口号，在一些墙皮脱落或是有污迹的地方，贴满了用旧假名或新假名写了口号的纸张。托了罢工运动的福，事务所的确是变得漂亮了。

社长死于非命的消息也飞速地传到了工厂，在全体员工中引起了轩然大波。就好比在战争中突然听说敌方的得力大将落马身亡般，工会这边既感到意外，也有些扫兴。一整天，他们只要聚在一起，谈论的都是社长的死和这件事对罢工的影响。

明明已经过了下班时间，本部里依然有五六个首脑级别的工会成员在不厌其烦地说着同样的事。而且，由于恋洼和鸣海刚刚旅行回来，所以这是正副委员长第一次坐在一起讨论这件事。

"虽然这么说有点对不住佛祖，不过社长死得可真好啊。"

"真是立马就遭天谴啊。这个顽固的老头儿一死，剩下的公司董事基本都是明事理的，相信后面的谈判局势也会变得乐观起来。"

没有一个人在为社长的死感到悲痛，预测着这对工会来说是件有利的事情，一个个都露出了笑脸。比起到昨天为止败象昭然的时候，如今大家都像换了个人似的，心情舒畅地交谈着，举手投足间充满了活力，眼里闪耀着希望的光辉。

"对于社长的死，大阪那边怎么说的？"

一个人问道。

"说是这个差劲的社长也算是给我们做了件好事。"

"如此这般啊。"

有人调侃了一下恋洼的大阪方言，本部又变得一片沸腾。

"对了，刚刚刑警打电话找过你们。"

有人说了这么一句，室内突然就安静下来了。

"他们问恋洼和鸣海在不在，我们回复说你们会坐'燕子'号列车返回，于是他们表示傍晚的时候会来访本部。"

"这群人还在怀疑我们吧。不过也能理解，毕竟最有杀人动机的就是我们了。"

恋洼干脆地说道。他那胖墩墩的形象倒是跟西之幡豪辅有些相似。不过不知是因为形势好转的缘故，还是原本就是个乐天派，他的样子显得明朗快活而又悠闲自得。

与此相对，鸣海则有一副白皙消瘦的面庞。由于身材过瘦，整个人看上去就像是一条线，清澈的双眸和挺直的鼻梁都暗示着他充满理性与智慧的性格。作为工会的斗士，他的样子虽然多少会让人觉得不放心，不过和看上去神经大条难以捉摸的恋洼搭档的话，就会给人一种可以互相取长补短，都能成为杰出的领导者的感觉了。

"只要弄清楚社长被杀的时候我们在做什么，刑警那边也就无话可说了。在这点上，我们——"

说到一半的鸣海停了下来，因为他看到守卫带着两个男人走了过来。这两个来访者都穿着开襟衬衫，戴着巴拿马帽①，一副保险推销员的样子。不过如果是推销员的话，手里应该是提着包的，但他们却只拿了一把扇子。

"真是说什么什么就到来着。是刑警，那两个。"

---

①一种用破开晒干后的巴拿马草嫩叶编织而成的夏帽。

有人说道。

2

　　铺着木地板的事务所里，开始可以听到工会成员走出去的脚步声，之后就逐渐安静下来。四个人面对面地围着长方形桌子坐下，鸣海把桌上七零八落的茶杯都挪到一边，然后用手帕擦了擦洒落的茶水。

　　"请问二位知道西之幡社长遇害的事吗？"

　　须藤问道。正副委员长不作声地点了点头。

　　"那个时候你们身处何处？"

　　"那个时候指的是？"

　　"就是社长被杀的时候。"

　　部长刑警不紧不慢地一边晃着扇子，一边像是在话家常似的漫不经心地问道。

　　"开什么玩笑，我们怎么会知道社长什么时候被杀的。"

　　鸣海的语气听上去有些气势汹汹的责备意味，而恋洼则像是在蔑视这种卑鄙的套话方式般，圆圆的脸上浮现出一丝笑容。

　　"这么横眉怒目可真让人为难啊，我们有时候也会说漏事儿嘛。"

　　部长刑警眼角一弯，也露出了同样的笑容。

　　"社长遇害是在昨晚十一点四十分的时候。"

　　"这时间可真精确啊。"

恋洼挪揄道。

"要是不愿意这么精确,那,说成是十一点四十左右也无妨。"

"十一点四十分……也就是二十三点四十分的时候了。"

鸣海看着恋洼的脸说。接着,他起身从屋子的一角拿来一个小行李箱,取出里面塞着的干净衣服和装着洗漱用具的袋子,然后拿出了一张时刻表。

"我来说吧。"

恋洼接过话,把视线转移到两位刑警身上。他那张乐天派的圆脸给刑警一种充满自信的感觉。关觉得,他就像一个小和尚。

"前些日子,我们被社长强行地下了一个类似最后通牒的命令。"

这件事从灰原那里已经了解到了。不过,须藤还是露出一副什么都是头一回听说的表情。因为他想要看看,这两个人会在哪里编出怎样的谎言。

"这对工会来说真的是一次巨大的打击。因为不管怎么说,我们已经两个月没有拿到工资了。更何况,我们原本就是工资低没有存款的工人,操持家计的妻子们也是连连叫苦。最近甚至开始不断地出现'为了老婆改天向社长投降吧'之类的意见,这也是被逼得没办法了。总之,我们,我们指的是我和鸣海两个人,必须去长冈工厂和大阪工厂那边听取意见,然后决定应该采取的方针。于是,三十一号的早晨,我们从上野站坐了上越线前往长冈,当天晚上和第二天整个上午进行了讨论。结论我想就没必要在这儿说了。更确切地说,这是我们工会的秘密,不能告诉别人。接着在那之后,我们又坐了当天下午从长冈出发的列车去了大阪。"

部长刑警面无表情地点了点头,而关刑警则神情专注地等着接下来的话。

"北陆本线的话,去大阪的急行列车只有'日本海'号,所以我们让工会那边帮我们买了票,搭上了这趟列车。从长冈出发的时候是……"

"十六点四十八分,这里。"

恋洼用铅笔头指着鸣海打开的时刻表上"日本海"一栏说(参照列车时刻表二)。

"社长遇害的晚上十一点四十分的时候,'日本海'正停在金津站。"

鸣海又打开北陆本线的另一页让两位刑警看。拿到手中照着数字看的话会发现,的确,"日本海"是二十三点四十一分从金津发车的。如果两人的确如他们所说的坐上了这趟列车的话,那么案件发生时,他们应该是在远离东京的福井县。就算须藤不愿意接受这个事实,也必须照着程序把话问完。

"那么,有没有人能够证明案件发生时你们正在那辆列车上?"

"有的,乘务员可以证明。"

委员长立即答道。这速度,好像答案早就准备好了一样。

"我们当然是坐三等车厢出发的。可是长冈工厂的人同情我们晚上坐三等车中途会疲劳,所以帮我们筹到了到大阪的三等卧铺的钱。自然,在车站窗口已经买不到卧铺票了,所以我们就先上了车,拜托了乘务员帮我们留意有没有空出来的卧铺。本来我

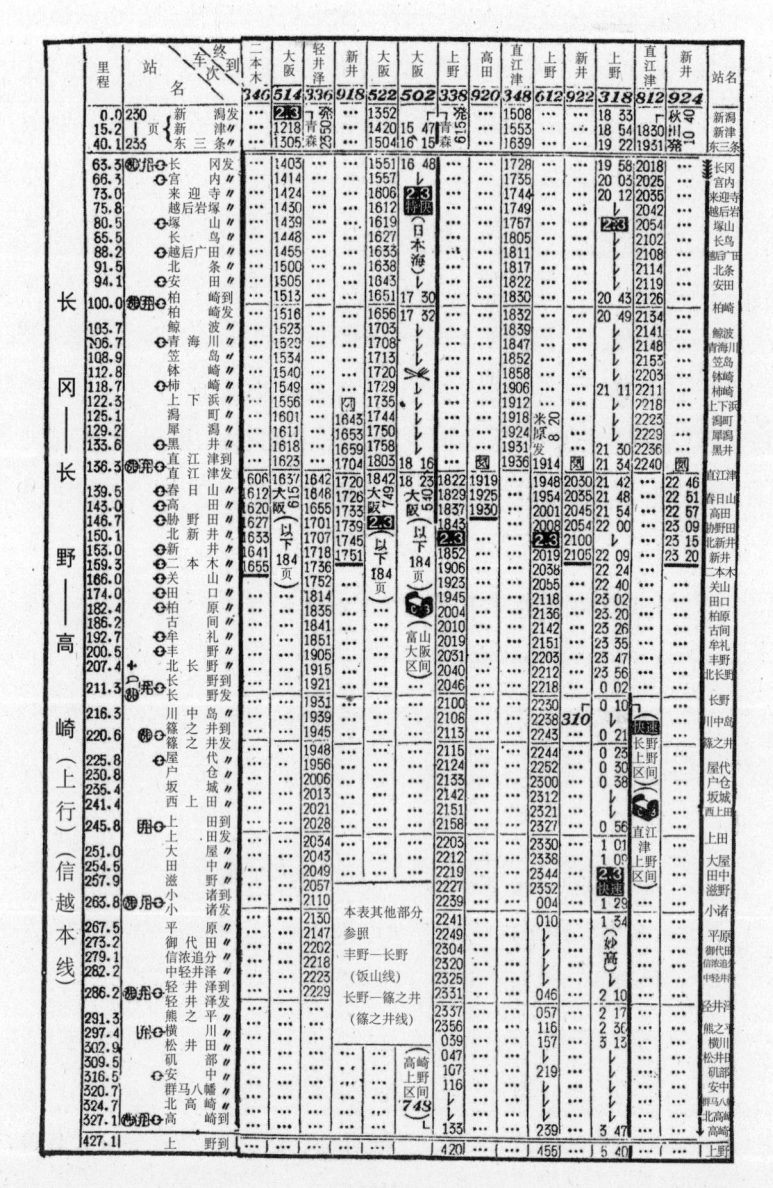

列车时刻表二

们已经差不多要放弃了，结果原本预定从富山上车的三个人没有上来，所以空出了三个卧铺。然后乘务员就来通知我们，我们这才换到了卧铺那边。那会儿离开出富山还不到十分钟，所以我估计是二十一点左右。"

从时刻表上看的话，没错，"日本海"从富山站发车是在二十点五十八分，所以乘务员通知他们的时候应该是二十一点左右。不用说，二十一点的时候还在富山县的人，仅用两小时四十分就出现在东京还成功地杀人，这是不可能的。

"如果需要我们的不在场证明，你们可得尽快去跟乘务员当面确认。如果时间久了他的记忆模糊了，那可就让我们为难了。"

"那我们也得为难了，毕竟有嫌疑的不仅是你们俩。"

部长刑警挖苦地答道。

"你还记得乘务员的名字吗？"

"当时我可没想到会出这样的事儿，所以不记得。鸣海，你呢？"

"我也不知道。"

"不知道的话就先这样。那，卧铺车厢的编号还记得吧？"

"这个嘛，我也没留意。不过人不都是这样的吗？很少有人会把自己坐的列车编号记录下来的吧。"

"这个我知道。"

一旁的鸣海说道。这个一直扮演着助手角色的男人，把说话的任务完全交给了恋洼，自己始终沉默着，在一旁仔细地观察着两位刑警。

"是几号呢？"

"你是一〇七，我是二〇七。"

"下铺和中铺吧，好像是。"

"没错。我也不愿意被人用怀疑的眼神盯着，所以就如委员长说的那样，希望你们尽快确认一下。"

"明白。"

部长刑警像是要结束谈话一般简洁明了地说道。被局外人就搜查方针指手画脚的，他也不太愉悦。

"按道理你们应该今天早上才坐着'日本海'到的大阪，可是现在就已经回到东京了，真够快的啊。"

"嗯，我们到了宿舍后吃了早饭，正准备开会的时候，听到了社长的死讯。而且还是被杀害的，大阪那边的人也很震惊。社长一死，形势就完全变了，这会儿就算开会也没有什么意义，于是我们就回来了。"

"你如何评价死去的社长？"

须藤突然换了个话题。这种高明的切换话题的方式，以及这个似有陷阱般含混不清摸不着重点的问题，让一直对答如流的委员长也开始踌躇了。

"如果我说他是一个值得尊敬的人的话，恐怕您也不会满意吧？"

鸣海微微冷笑着代替恋洼答道。

"说谎的话我想您立刻就会发现，所以结果还是必须得说真话。作为一个人，我很蔑视他。不仅是我，我想所有人都是这样。"

"为什么？"

"狡猾的利己主义者，完全没有道德观念，好色喜欢玩弄女人，而且疑心比谁都重。这样的人，叫人怎么尊敬得起来？"

"若非如此，恐怕也当不上资本家了吧。"

须藤也淡淡地一笑。

"他怎么个狡猾法呢？"

"那是挺早的事儿了，你看看沙满教的问题不就明白了？社长声称要给我们劳动者精神食粮，逼我们加入沙满教，可是事情的真相根本就不像他说的那样。"

或许是因为话题变成了攻击社长，副委员长的语气变得咄咄逼人，双眼都开始发亮了。

"真相是怎样的？"

"社长谋划着在下一届总选举中代表保守党申报候选。但是，仅靠一个人单打独斗的话希望是很渺茫的，这一点，即使是自负的他心里也很清楚。毕竟，选区里有的是有名的大人物，任谁看了都知道社长落选是显而易见的。那么应该怎么做才好？社长想出来的好主意就是把各个工厂的工人凑在一起让他们成为信徒。毕竟这是很庞大的一个数字，作为沙满教那边又何乐而不为呢。而条件就是，一旦到了选举的时候，沙满教要让选区里所有信徒的票通通投到社长这里，如此一来他自己就可以风光地当选了。这就是社长的作战计划，对沙满教来说也是一笔不错的生意，所以社长和教祖一拍即合。"

可是，这样的西之幡社长，却在此次罢工运动中接受了信仰自由这一要求，批准了一大批工人的退教。他的态度为何会发生骤变，这里头的缘由刑警们也参不透。

"这是因为，选区的情况发生了变化。在这一年中，有两个大人物都去世了，剩下的都是些滥竽充数的。不仅如此，党里还公开承认由他代替死去的代议员参会，这样一来就没什么可担心的了。当选是毫无疑问的，事到如今也不需要沙满教这个后台了。作为社长本人，觉得给这个来历不明的伪宗教教祖低头也是件令人不悦的事，可能还心疼每年缴纳的高额供款吧。"

"你们如此排斥沙满教吗？"

"这对我们来说就是个麻烦事儿。首先，早晚都被要求做礼拜。这礼拜还不是简单地磕磕头而已，天气好的时候会被轰到广场上，然后必须没完没了地念一些毫无意义的经文。念完之后，还得一边敲着破鼓一边围成一圈，做一些类似盂兰盆舞蹈的莫名其妙的动作。光念经和跳舞就得三十分钟，这还不只是早上有，傍晚下班累得要死要活的时候还得勉强着跳舞。这感觉，就好像是被关进了集体主义国家的强制收容所一样。"

鸣海说的情况和秘书讲的好像大相径庭，部长刑警和关也不知道该信哪一边好。

"你说社长是利己主义者，具体指的是哪些事情呢？"

"因为他满脑子只有资本家的利益。我们工会要求涨工资，可不同于其他那些每年固定举行罢工的大的团体，我们如果再不涨工资的话就没办法生活下去了。大家都完全没有存款，到了退休年龄没了工作，以后的日子怎么过都是个问题。我们只有一个小小的愿望，那就是起码能过得像个人一样，不用总是对未来感到不安，这绝不是什么过分的要求。公司的钱多的是，根本就不存在能不能接受要求的问题。可是，社长理解不了这一点。他自己小时候曾经尝过贫穷的滋味，按理说应该更能了解我们的苦处啊。"

"说他好色又是为什么呢？"

"他可不是一般的好色。我们这里有收集公司信息的秘密机构，所以才知道。公司那堆打字员里，凡是稍微有点姿色的，都跟他有一腿。估计您已经见过了那个叫作灰原的秘书，一个好色的社长却用了一个男秘书，难道您没觉得奇怪吗？"

"这倒没有，因为我也是刚刚才听说了他好色的事。"

"那可是为了让他夫人放心的手段。其实是对夫人的一种无言的示威：你看别的公司的社长都用的妙龄美人做秘书，只有我用的男秘书，这下你可明白我是一个多么洁身自好的正人君子了吧。哦对了……"

鸣海的表情像是想起了什么一样。

"不知道您知不知道，社长为了提防我们在他睡觉的时候偷袭他，每天换着旅馆住宿的事。我们又不是赤穗浪士①，怎么可能干这种蠢事半夜去偷袭他，这一点社长自己应该也很清楚。但即便如此，为什么他还学吉良上野介一样四处躲逃？还不是为了

---

①赤穗浪士指原赤穗藩的四十七位浪士，一七〇二年十二月十四日夜间袭击吉良上野介义央在江户本所松坂町的府邸，为主公浅野内匠头长矩报了仇。

对外声称是在躲避工会激进分子的袭击，而暗地里却可以寻花问柳。这样一来，即使他的夫人再怎么神经质都无话可说。这是社长为了可以放心地花天酒地所采取的策略。"

"如果真是这样的话，那可真是老奸巨猾啊。"

"社长这个人不论干什么都是这样的，所以我们才觉得他是个既狡猾又卑鄙的男人。"

"感觉差不多明白了。"

部长刑警瞥了一眼正在做记录的关，如是说道。

"话说，你怎么看灰原这个秘书？"

"他在工会这边的名声可不好，就好似我被公司那边讨厌一样，在这一点上估计我们半斤八两不相上下吧。"

这次恋洼接过话，开口大笑起来。他俩好似网球的双打选手，根据自己所处的位置分别应对对手打过来的球。

"大家都说灰原这个人既工于心计又自私冷漠。其证据就是，他没有一个朋友。即便是跟谁有了交情，一旦没有了利用价值，他会立马跟对方撇清关系，这个人的性格就是冷酷无情。总之他就是社长的走狗，一个忠实的代言人，我们当然不会去夸赞他了。"

恋洼又张口大笑起来。或许是因为对自己的不在场证明有着绝对的自信，他的笑容也显得乐观从容。

"话说回来，检阅私人信件这件事情是真的吗？倒不如说，他看了别人的信件能做什么？"

"那是为了镇压大家对低工资的抱怨。"

鸣海又一次笑着答道。

"由于女员工大多是地方农村来的，所以住的都是工厂的宿舍。要是她们跟父母泄露了工资低的事儿，或是她们的父母又写信推荐其他一些待遇好的工作，那这些现代女奴隶们全都要逃跑了。公司害怕的就是这个，为了防止这些不平与不满传到外界去，也为了防止员工跳槽，这才拆看员工的私人信件。"

"听说你经常张口就说要埋葬社长，这里也贴着这样的标语……"

"这看你怎么理解了。"

副委员长毫不慌张地说。

"那个不是说要杀了社长，而是说要从社长的位子上埋葬了他的意思。我的本意是，希望他能从社长的位子退下来，去当个会长什么的，能升格成一个，比如像现在正在国外的副社长那样，更能理解工会运动的手腕家。"

不似消瘦的外表，讲起话来他倒像是一个了不得的理论家兼雄辩者。不过话又说回来，若非如此，他也不会被选作工会代表了。问话结束的时候，关那只拿着铅笔的手已经汗涔涔的了。

距离夏至还有三周，这个时候的白天是最长的。可是出了工厂大门后，街上少了些足立区特有的紧凑有序，变得疏七杂八的，天已经开始逐渐暗下来了。

"他们说坐了北陆本线的列车，究竟是不是真的呢？"

"这个我也不知道，不过两个人看上去倒是很有自信的样子。"

"正副委员长一起外出旅行这件事有些奇怪，我总觉得哪里不对劲。"

"但是那么重要的场合，头头儿一起出动也是有可能的。如果是罢工胜利的话，可能委员长一个人昂首挺胸地就去了，但这次的情况，是要就他们的失利过去谢罪的。"

"这倒也是。"

虽说关嘴上这么说着，可心里却不能轻易地同意部长刑警这种简单的思考方式。他总觉得恋洼和鸣海结伴出行这件事和在他们离开期间社长被杀这件事之间，有着某种被人刻意掩盖了的关联。

"搞不好，得麻烦你去当面核实一下呢。"

走了一会儿，须藤突然说道。

"您是说去见'日本海'的乘务员吗？"

"没错，因为这事儿得弄清楚。"

"的确是。"

"但是你得带着他们的照片去。如果有拍得清楚的，可以借来带去。没有的话就得拍了。"

要是带着跟本人不像的照片过去，反倒会产生额外的纠纷。年轻时的关曾因为这个吃过大苦头，事后还被主任狠狠地训斥了一顿。

两人又沉默着走了一会儿，各自回想并思考着刚刚谈话的内容。闻到从马路边上的荞麦面店里飘来的卤汁香，两人突然都想起来还没吃饭，不约而同地看向对方。

"该喂喂肚子了。等等，在这之前先给沙满教打电话联络一下比较好。"

须藤穿梭在夜幕即将降临的大街上，寻找着公用电话亭。

3

沙满教的本部在麻布龙土町的主道边拐进去一百米左右的地方。两位刑警在一个叫作"本部前"的车站下了车，满车的人有近九成都在这里下了车。虽说这几天对沙满教的势力之大也有了一些了解，但看着开走的公车几乎变得空荡荡的，刑警们还是吃了一惊。尤其是关，百闻不如一见，听得再多，也完全没有想到会是这般情形。

下了公车的信徒们每次和同伴擦身而过的时候，都会把右手掌贴在胸前，嘴里念叨着什么。

"知道他们在念叨什么吗？"

"听不到。"

"他们在说弥荣弥荣①呢。"

"这样一个一个地问候真是太没效率了。"

关笑着说。他联想到，在盛夏的地面上慢悠悠地爬着的蚂蚁偶遇自己的同伴，于是互相使劲地摇着触角嗅对方体味的情形。

走到要转进本部的拐角处，一个头上裹着白头巾身穿白色和服裙裤的男人正提着纸糊的小红灯笼整顿交通。那灯笼上还印有

---

① 弥荣是指在日本祈祷时的欢呼声。

外面是六角形、里面是梅花图案的徽章。红色的灯笼每大幅地晃一下，信徒的脚步都会跟着整齐地迈出、停止。

"指挥得真好啊。"

"这比交警队的人都要厉害。"

当两位刑警自顾自地评论的时候，信徒的队伍依旧在不断地前行。他们中什么年龄的人都有，穿的服装也各式各样。里面有白领佳人模样的漂亮姑娘，也有着装简易的老板娘，还有看似卖鱼店的充满朝气的小伙儿以及戴着宗匠头巾的老人。刑警们也被卷入人潮中前行着。

"去年教祖因胃溃疡住院的时候，从这条路到本部排满了信徒。他们都在左手上燃着油，不断地祈祷教祖的痊愈。"

"太狂热了，这么做。"

"听说本部还收了油钱、座席费还有场地费，真是精明啊。"

"这太令人惊愕了。不过，教祖不是能通神吗，胃溃疡这点儿小病不用住院也能好吧。"

"可是事情进展得并不顺利。原本做手术的时候不用麻醉也应该没事，但是医生开刀的瞬间，教祖就开始哭着喊疼了。"

"哼，果不其然。"

"他哭的是胃溃疡很痛，我说的可是双关语。"

须藤看似不满地说。

一进门，沿着铺满粗卵石的数千坪[①]的地面往里走，最深处

[①] 坪是土地或建筑物的面积单位，一坪约为三点三平方米。

可以看到雄伟的参拜殿，据说是从东大寺①的绘画明信片中得到灵感设计而成。在院子四角点燃的篝火的照耀下，印有六角形徽章的帷幔和清扫得光洁的鹅卵石显得非常明亮。须藤二人穿过人群转到了后面，在参拜殿旁边有一条略带弧线的游廊，一直延伸到雅屋②风格的教祖住宅。

"教祖以前是干什么的？"

"最开始在北满，回国之后在千叶县的乡下开了一家豆腐店。每天清晨早早起床，然后用石臼磨豆子，据说就是在这个时候精神得到了统一，突然就有了化身成新兴宗教的教祖这一想法。"

由于离本尊越来越近，两人说话的声音也自然地变小了。到了门口，两侧的绣球花也仿佛得了教祖权威的庇佑、底气十足般，在灯光下傲然地伸展着腰肢。

听到须藤的声音，一个穿着和服的中年妇女走了出来。由于事先打电话通知过，所以对方立即就带着两位刑警去了旁边八张榻榻米③大的屋子。

屋子的榻榻米上铺着红色的地毯，上面放着接待用的一套家具。这间屋子采用了和式的建造方式，屋子的材料使用了侧柏。然而与其和式风格不相称的，是屋子莫名其妙地有些变形，须藤和关在里面都觉得心里静不下来，不断地环顾着四周。

---

① 东大寺位于日本奈良县奈良市杂司町，是华严宗大本山，南都七大寺之一，距今约有一千二百余年的历史。
② 雅屋指为茶道而建立的茶室。
③ 日本传统的房间面积是用榻榻米的张数来计算的。榻榻米是一种日式草席，一张榻榻米的传统尺寸是宽九十厘米，长一百八十厘米，厚五厘米，面积一点六二平方米。

等了大约五分钟后,听到了衣服的窸窣声。接着,一位在古装小说的插画中可以看到的艺妓装扮的巫女出现了。看到这副妆容,两人都惊得回不过神来。而巫女似乎早就知道自己的样子会吓到客人般,若无其事地像个小和尚一样走在两位刑警前面,带着他们穿过长长的游廊。

这次,两人又被带到一间面向庭院的十二张榻榻米大的屋子,屋子正中央放着的八尺大的桌子显得非常小。

"感觉从这屋子里都能走出来日莲上人①了。"

"沙满教继承的是神道②的血脉,如果真要出来,那也应该是天照大神③。"

两人四处张望着。原本应该设有壁龛的地方放着一个祭坛,上面摆着一对供奉神酒的酒壶、贡品、杨桐叶等,从这些东西中露出一个不伦不类的雕塑的脸,嘴巴尖尖的,不知是狐还是狸。挂在中央的画轴上的字墨迹鲜明,但或许是由于写得太过花哨,怎么也读不懂。摸着下巴一直盯着它看的部长刑警,最终也放弃了,转而把目光投向院子里。在荧光灯的照射下,院子里如同白昼般明亮。

院里有两棵枫树和一株古梅。枫树是叶子比较小的品种,虽然才六月初,但已经变红了。这敏捷的速度,让关觉得很似当下

---

①日莲上人是日本佛教的主要宗派之一日莲宗的创始人。
②神道是日本的原始宗教,以祭祀日本本土天神地祇为主。以日本皇祖皇宗的遗训为内容,属于泛灵多神信仰(精灵崇拜),视自然界各种动植物为神祇。
③天照大神是日本神话中高天原的统治者与太阳神。她被奉为今日日本天皇的始祖,也是神道教最高神。

的世风。梅树的旁边摆着漂亮的点景石，篱笆下有几株阔叶菊正在茁壮成长。整个庭院充满了风雅闲寂的情调，如果千利休①来到这里，怕是会想点一碗茶；假若芭蕉②身处此地，怕是会想吟一句诗。

关想点支烟抽，刚刚拿出一根的时候，从走廊传来擦地而走的声音。隔扇如滑动般被轻轻地拉开，接着，教祖身着古朴的和服外褂跟裙裤，一边向用小笠原流派③方式跪拜着的女巫从容地点头致意，一边走了进来。这是一个六十岁左右，长相平平，毫无特别之处的男人。从一开始，教祖就无视屋子中的访客，径自走到祭坛前跪拜，接着开始用奇怪的节拍念着什么。听上去既像在吟诗，又带点儿乞丐节的悲凉曲调，还有些像咏歌。虽然他嘴里说的什么完全听不懂，不过故意用不清楚的发音讲话或许正是他的拿手绝活，对于信徒来说可能也是件值得庆幸的事情。

教祖的礼拜做得越来越投入。他不断地挥动着贡品，每挥一次都要拍一次手。关也不好在这个时候给手里的和平④点火，一直等着他表演结束。教祖刻意表演给客人的作秀意识在他那夸张的姿势里暴露无遗，对于他这种以宗教家自居的姿态，关既觉得愚蠢可笑，同时也生出些反感。

"接到电话后一直在恭候您的光临，不知二位有何贵干？"

---

① 千利休是日本茶道的"鼻祖"和集大成者，其"和、敬、清、寂"的茶道思想对日本茶道发展的影响极其深远。
② 指松尾芭蕉，江户时代前期日本著名的俳句家。
③ 室町时代，小笠原长秀制定的礼节、礼仪作法的流派。
④ 日本的一种香烟品牌。

总算围着桌子相向而坐时,教祖有板有眼地问道。或许是带有偏见,教祖的口吻在关听起来像是在催促对方,希望尽快结束与刑警的会面一般。

"请问您是否知道曾是信徒的西之幡豪辅被杀一事?"

"这事啊,我知道。虽然我既不读新闻也不听广播,不过从巫女那儿得到了消息。真是可悲的事儿。"

"听说他因为背叛了沙满教,所以遭到本部的异常痛恨吧?"

不知是不是为了对付这个老奸巨猾的狐狸专门采取的战术,须藤用以往未曾有过的干脆利落的方式继续问道。

"没有的事,信不信本教是大家的自由。就像佛教也有难以济度的对象一样,我们这里也有无论如何都理解不了本教教义的人。这是没有办法的事,我们也没有立场去插嘴干涉。"

"您是教祖,所以有着宽大的胸怀,但即便如此,除了您以外,教里还有一些修行并不深的人,他们或许会因教徒大量退教的事情记恨西之幡社长吧。比如像知多半平这样的……"

教祖没有回答,而是把视线转向庭院。他使劲地眨着眼,鼻翼不断地痉挛。他的正脸虽然普通,但侧脸却意外地轮廓清晰,看上去很是俊美。虽然关对面相学和骨相学既无兴趣也不了解,但还是感叹这果然是开创了一个流派的人,长相的确与众不同。他一边这样想着,一边目不转睛地看着教祖。

"我相信,知多不会做那样的事。"

"我也不愿意这样想。"

须藤立即应道。

"可是，他的确多次威胁过西之幡社长。说什么，如果退教的话叫他吃不了兜着走之类的，用语毫不忌讳。"

教祖转过头来，身子向桌子上方探出，接着压低声音说：

"其实我也在怀疑是不是他干的。"

"此话怎讲？"

教祖将声音压得更低了。

"知多是本教成立时的一大功臣，或许是因为太过在意本教，有时会有一些粗暴的行为。每次听到这些我都会劝说他，可是他这个人性格阴险粗鲁，根本不听我说的话，仍旧我行我素。此次西之幡的事情，他也很是愤慨，所以我也曾多次劝他要收敛自重，不过……"

知多的行为有可能会损坏沙满教的名誉，教祖所担心的看起来也只有这一样。

须藤问了一下知多昨天的情况。

"早上睡到十点左右，然后吃了很晚的早饭，接着就出去了。他出门的时候一般是不会告诉别人去向的。"

"从那之后就没回来过吧？"

"连一通电话都没有。"

"他出去的时候是什么装扮？"

"我问过厨子了，他出门的时候好像是穿着褐色的短袖衬衫和灰色的裤子，头戴一顶灰色的鸭舌帽，脚上是黑色的短靴，开着本部的车出去的。"

"什么样的车？"

"这方面我完全不了解，不过据说是叫作普利茅斯还是卜利茅斯的美国车。"

"颜色呢？"

"灰色。"

差不多可以确定了，司机伊庭在新桥看到的应该就是他的车。

"有没有哪些地方是知多可能潜伏的？"

"目前的话可能就是支部了。市里有二十五处，市外有五处。"

"能不能麻烦您跟支部长下道命令，让他们一旦发现知多立即联系我们吗？"

"这个，恐怕有些为难。"

教祖显露出胆怯的表情。

"还望您不要让我插手知多的事，今晚在这里的谈话也希望您能保密。如果被那个人记恨的话，是不会有好下场的。"

好像教祖平日里的神力到了知多这里就不管用了。虽然这种情况下，比起让刑警直接介入宗教内部，由教祖直接打声招呼效果会更好，而且也不会把事情闹大，但是无论须藤怎么劝说他都不答应。教祖惧怕知多这件事虽看似滑稽，但也从侧面反映出，知多是一个相当危险的人物。

之后，须藤二人查看了知多的房间，发现他出门时带了一些衣服和一本有三百万元存款的存折。很明显，他打算杀了社长后潜入地下。

刑警们借了张他的照片出了本部。院子里的篝火比来时烧得更旺了，信徒们都被照得面红耳赤。两人身后突然响起了鼓声，那声音仿佛在轰赶并嘲笑着他们一样。

"这声音非常扰民,旁边的高级旅馆也慢慢地没了客人,最后倒闭了。"

部长刑警的声音听上去也是断断续续的。

保险箱

1

饭后的一小时，要在完全不被打扰的环境中全身心地放松休息，这是忽谷律师三十年来从未间断过的健康管理法，就算有客人或是有电话打来也绝不回应。干律师这行，工作繁忙且比起一般人来用脑过度，连打高尔夫球的空闲都没有。虽然这方法对于预防过劳死来说，也是没有办法的办法，但饭后完全放松的时间的的确确是起了一些作用的。毕竟，忽谷自当上律师以来几乎是无病无灾的，唯一一次看医生，还是因为被爱犬咬了手。所以，三号的早晨，如往常一样，接电话的是他的夫人。

"是灰原打来的电话。"

夫人站在饭厅的入口说道。电话在起居室里。

"有什么事？"

"他说昭和银行打来了电话。"

"打到灰原那儿了？"

"嗯。说是只凭灰原的说辞不太明白情况，希望能听听你的意见。"

律师原本脾气就不好，听着听着眉毛就皱了起来。看到他这个样子，夫人也紧张起来，略微避开了他的目光。

"说清楚点儿，要清楚。你就不能把事情的来龙去脉都说一下吗？"

律师"啪"的一声合上了放在膝盖上的漫画书。

"从头讲一下。"

"好。案件发生的下午，社长隐瞒自己的行踪外出了，不是还把司机打发去了弹子球店嘛。"

"嗯。"

"搜查本部迫切地想要知道，社长当时究竟去了哪里。今早的报纸上也刊登了。"

"嗯。"

"不过，社长在中途还去了趟京桥的昭和银行呢。"

"你说什么？"

"社长从昭和银行借了保险箱，从里面拿出了什么东西。"

眉间的皱纹消失了。一开始恼火地听着的律师，不知何时起也变得饶有兴趣了。他直起身子重新在椅子上坐好，表情非常认真。

"然后呢？"

"据说是保险箱的负责人把这件事情告诉了调查本部。本部非常高兴，立刻联系了负责人去银行。"

"去开保险箱？"

"没错。所以灰原说，开保险箱的时候，你在场的话会不会比较好一些。"

"行，你告诉他，我马上过去。"

律师严肃地说道。

他换好衣服，迅速赶到了银座西的东和纺织，灰原一脸昏昏欲睡的样子迎接他。

"早上好，昨天晚上辛苦了。"

说辛苦，是因为秘书昨晚通宵出席葬礼。律师待了一个小时左右就回来了，而秘书估计整晚都在那儿，眼睛都是红的。

"葬礼是从一点开始吗？"

"嗯，应夫人的要求，葬礼会尽可能办得隆重一些。"

"墓地果然还是在老家吧？"

"嗯，社长把每一代祖先的坟墓都修得很漂亮，他自己也将埋在那里。"

"真是凄凉啊。"

律师摇着满是白发的头，不由得自言自语感慨道。那个曾经顽固不化咄咄逼人，独自一人撑起东和纺织的西之幡社长，一夜之间就化作了一撮灰。他心想，名誉财富这些东西真是转瞬即逝，变化无常。

"忽谷先生，您觉得凶手是谁呢？"

秘书突然问道。

"这个……"

"就是那帮家伙干的。"

灰原那张胖乎乎的肉脸上，一双细小的眼睛突然亮了起来。

"那帮家伙是指？"

"就是工会那帮干部，不然的话就是知多半平。我以为这是显而易见的事情，应该昨天就可以抓到凶手。警察，倒是意外地无所作为呢。"

秘书看上去早就认定了凶手是这几人，说起话来语气也很坚定。但是，律师却无法简单地与他产生同样的愤怒。倒不是因为对秘书一口咬定凶手就是工会那帮人或者是知多半平的这种态度有抵触，而是因为律师知道，还有一个人也有杀人动机。

"你知道社长借出保险箱的事吗？"

他用无视灰原情绪的方式问道。一瞬间灰原愣住了。

"知道。不过，真是没想到他会去那里。"

"去借保险箱的时候，社长一般是单独行动的吗？"

"不是，都会让司机开车的，每次都会。"

"那为什么唯独这次要瞒着司机呢？"

"这个嘛……"

秘书当然回答不上来。

"算了，去了就知道了。"

律师还没说完，电话就响了。灰原快速地放下贴在耳边的听筒，看着忽谷的脸。

"保险箱负责人已经到银行了。那么，就拜托您了。"

秘书像是忘记了刚刚的愤怒一样，冷静地说道。然而，律师却清楚地看到，在秘书这冷静的外表下，有着由于即将揭开社长秘密而带来的难以掩饰的兴奋与喜悦。

2

昭和银行二楼的接待室里，除了保险箱的负责人外，还有昨日刚刚会过面的须藤和关两位刑警。须藤穿着整齐的正装,而关则穿着没有领带的开襟衬衫和白麻外衣。从他那双脏成灰色的白色帆布鞋上,就可以想象出两人昨天跑了不少路。

"有保险箱的银行,除了我们之外也就仅有三四家了。"

打完招呼后,像是要继续刚刚中断的谈话般,负责人如是说。

"自下山事件①以来,我们银行就变得有名了。由于来借保险箱的客户非常多,所以我们优先借给在银行开户的顾客。"

"保险箱有多大?"

"从A号到G号一共有七种大小。A号是用来放专业材料的小盒子,G号最大,里面可以装两三个人。现在人都到齐了,那我带大家过去吧。"

负责人刚一出房间,又带着一个年轻的银行职员回来了。

"这位是负责保险箱的小稻。保险箱一共有两个人负责,前天接待西之幡社长的是小稻。"

这个青年身材消瘦,脸色苍白,头发因抹了润发膏而油光发亮。他面面俱到地跟大家打了招呼。

"你还记得西之幡社长来这里时的情形吗?"

须藤立即问道。

"嗯,因为是前天,所以记得很清楚。"

"有没有什么异常?"

---

①战后初期日本的反民主事件。一九四九年六月,在经济不景气的形势下国营铁路决定大量裁员,引起工会方面大规模的抗议斗争。七月五日,国营铁路总裁下山定则蹊跷死亡,原因不明,但被认为是国铁工会所为,日美当局借此镇压了铁路工会的大规模反抗斗争。

"没有。"

"他大概几点到的这里？"

"一点……多，那会儿我刚吃完午饭回到座位上。他第二次来，是在那之后四十分钟左右的时候。"

"第二次？西之幡社长来了两次？"

部长刑警的声音突然变得很大，不了解情况的青年目瞪口呆地看着他。不过感到意外的不只是须藤，律师、秘书和关也露出了震惊的表情。

西之幡豪辅出了公司后自己开着车去了银行，然后去了一个未知的地点做了一件事，接着回来的路上又去了趟银行，然后才回的公司。他们立刻猜想，西之幡首先从保险箱中取出了什么东西，接着和人碰完面后又把它放回了保险箱。这个东西究竟是什么，只要打开保险箱一看便知。

"他在保险箱那里待了多久？"

"您指的是西之幡社长吗？嗯，顶多三四分钟吧。打开保险箱再取出东西，一般也就是这么久。"

"谢谢。那现在能麻烦你带我们过去吗？"

须藤停止了提问站了起来。

四个人跟在小稻和负责人后下到了一楼，接着又从楼梯下到地下。打磨得光滑透亮的大理石在荧光灯的照射下冰冷地发着光，看着这般景象，律师蓦地生出一种要下到灵堂的错觉。

走完楼梯，正面有一扇钢铁做的门，小稻插进钥匙后推开了它。

"像这样的门一共有四扇,当然钥匙也是各不相同的。"

开第二扇门的时候,小稻回头向大家解释道。

要打开第四扇门,必须走过三间小屋。终于,在打开第四扇结实的门后,众人来到了一个约有二百多坪的巨大的保险箱室。整齐的架子上,黑色的铁盒悄无声息地排列着,这样子倒的确像灵堂。

"一共四扇门,可真是戒备森严啊。"

"其实,还不止这样。像西之幡先生这样的顾客我们很熟悉,所以不需要太过戒备。但是如果是一般顾客的话,我们会先确认他的姓名、住址、年龄,然后再跟这张卡片上的照片进行核对,如果一切信息无误的话,才会带着客户来地下室。当然,印章也是需要的。"

负责人和银行职员在几十个架子之间熟练地走着,四人跟在其后。

"就是这里,西之幡先生借的是 C 号保险箱。它和 A 号一样,是用来装文件资料的中型盒子。小稻,你来打开它。"

保险箱的门上有两个钥匙孔。小稻插进自己保管的钥匙,扭了一下。

"这样保险箱就开了一半儿了。这种机制在哪儿都类似,就是要打开保险箱需要两把不同的钥匙,一个由使用者拿着,另一个由银行保管。小稻开完锁后会立即离开这里,去入口的门外等候。接着留在这里的顾客会拿出自己的钥匙插入另一个钥匙孔中,这样保险箱才算完全打开了。此次,我们出于责任也会在场。"

负责人拿出专用的主钥匙打开了保险箱门，然后向一旁挪了一步。

"那么，各位请。"

"忽谷先生，由您来打开吧。"

须藤客气地说道。在他看来，虽说是为了调查案件，但打开装有死者秘密的盒子的，还是死者的顾问律师最合适。此外，他心里也盘算着，提前在这里让步的话，后面有必要的话就可以强行插手了。

钢铁材料的盒子，一边发着声音一边被忽谷拉了出来。打开盖子可以看到，几个巨大的牛皮纸信封用几乎褪了色的绿色丝带束着。信封一共有九个，看起来里面装着各式各样的证书。忽谷律师一封封地确认内容，十只眼睛紧紧地盯着他的手。

前面的七个信封里装的都是一流公司的股票，每一股都是主力股。从第八个信封中，出现了长冈的工业企业的股票。

"这个光工业是什么？"

"是个涂料公司。"

"为什么会有这种无聊的地方股票？"

"因为他是那儿出来的，无奈之下买的。"

秘书看上去不大有兴趣地答道。

从最后一个信封中拿出来的，有土地房产的相关证书，以及三张照片。证书都是在进行山林及别墅的买卖让渡时签订的合约，看上去没有什么问题。须藤把视线投向了三张照片。其中有一张被撕得只剩下一半，所以确切地说或许应该是两张半。

其中有两张是女孩的照片。背后分别写着"若竹久子（二岁）"和"若竹久子（五岁）"，由此可知拍的是同一个孩子。两张照片看上去都像是没有加滤镜的外行拍出来的，天空和云朵的界线也不清楚，效果差强人意。沿着丛林的小路上，搁着一辆用木片随便组装而成的简易手工婴儿车，坐在里面的二岁的若竹久子正张着嘴巴喊着什么。从衣服来看，当时正是夏季。

长到五岁的若竹久子，看上去皮肤被晒得很健康。照片上的她露出灿烂的笑容站在庭院前，从背景中的草葺屋顶和结着果实的柿子树来看，这张应该是在秋季农村的抓拍。

不同于前两张，第三张照片中拍的是一位年轻的女性。她身上华丽的和服穿得微微散乱，脚上穿着凉鞋，正对着镜头站着。从背后建筑物的构造和很远处停着的一辆轿车推测的话，这张照片应该是在城里拍的。只是，由于女性的上半身部分被撕掉了，所以仅从剩下的下半身无法判断其容貌。

"怎么样，有没有什么新的发现？"

律师说道。

"这个照片是怎么回事？"

"这个我不知道。"

"灰原先生呢？"

"我也不知道。"

从刚才开始，灰原就一直好奇地盯着照片。由此看来，他说不知道，应该也没有在撒谎。只是，西之幡从这三张照片和一大堆股票及证书中究竟拿出了什么，想象起来可不是件容易事。

"差不多的话，我就关上保险箱了……"

负责人这么说了之后，律师把牛皮纸信封放回到盒子里，须藤也照做了。一直盯着这些东西看也不会有什么进展。

"如果搜查过程中需要的话，还可以再看吧？"

须藤刑警将视线投向律师。

"嗯，只要完成所规定的手续，您随时都可以来看。"

"虽然目前不清楚是否有这个必要，也不清楚如果要看的话会是什么时候，但是希望在案件破解之前，您能尽量让盒子里的内容保持原样，我想距离破案应该用不了太久的时间。"

"应该没问题。如果社长夫人表示要整理遗产，需要处理这些股票的话，我会提前通知您的。"

忽谷律师好意地答应了须藤的请求，这让他放心了许多。如果惹恼了这个看上去脾气暴躁的律师，恐怕会给调查带来不少阻碍和麻烦。

向负责人和银行职员道完谢，四人便走了出去。对于适应了人造光线的眼睛来说，初夏的阳光有些过于强烈。接触到刺眼的阳光后，大家都用手遮在额头上，不断地眨着眼睛。秘书向刑警们道完别后打开了车门。

"忽谷先生，我来送您吧。"

"不了，不用。我还有个地儿要去，坐地铁就好。"

忽谷拒绝了秘书要送他的好意。等到灰原开着车离开之后，律师转向了须藤他们，严肃地说道：

"两位刑警,刚刚因为灰原在一边,所以一直没有说。其实,我知道那两张照片上的人是谁。"

3

三人来到附近的一家咖啡厅,点了冷饮。

"那个叫作若竹久子的女孩眼神很像西之幡社长不是吗?我第一眼看到的时候就这么觉得。"

部长刑警一边用湿巾擦着手,一边在眼角笑出了皱纹。

"是私生子吧?不是吗?"

"您真是眼光锐利。"

"那孩子下巴的轮廓、耳朵的形状,还有眉毛都跟社长的一模一样。究竟是谁的孩子?我们会保守秘密的,您请讲。"

作为律师,自然不能泄露委托人的秘密。但是如今西之幡被杀,情况已经完全不一样了。为了帮他减少对自己职业道德的谴责,须藤需要做一些引导。

忽谷沉默着点了点头,缓缓地掏出一个烟盒,把烟递给了两位刑警,关立马抽上了。

"那是去年的秋天,西之幡社长突然来找我商谈秘事,说是要我帮他进行亲生子女认领的手续。在那之前,我一直以为西之幡社长是没有子女的,所以着实因这突然的请求吃了一惊。根据社长的讲述,这孩子是他原本在用贺的家里面一个叫作若竹田鹤子的女佣生的,田鹤子肚子变大之前他就让她回老家了,所以社长夫人完全不知晓此事。之后他给了对方一笔钱，当然也算是分手费了。他以为后面两人就算完全断绝关系了，可谁知……"

律师停下来喝了一口冰激凌苏打水。

"可谁知，他听到消息说田鹤子去世了。田鹤子这个母亲在世的时候，他也没觉得有什么。可是一旦田鹤子死了的话，孩子没了母亲实在是可怜。他带着礼物，想着就远远地看一眼孩子就好，于是出发了。可真正见到孩子以后，他发现这孩子不仅有着死去的田鹤子的面貌特征，而且还跟自己有几分相像。他立刻就觉得孩子可爱得不得了。此前从未有过孩子的西之幡并不明白孩子的可爱之处，在这个时候他身上的父爱第一次萌发了。"

"地点是在哪里？"

"栃木县的乡下。幸运的是，由于知道死去的田鹤子的血型，所以很容易就证实了这个女孩是自己的孩子。所以他立刻来到我这儿，委托我帮他办手续。"

"服务员，服务员。"

须藤对着服务员喊了几声。

"能帮我们把音乐声调小吗？忽谷先生，如果认领了这个孩子的话，西之幡社长死后，他的遗产也会分一部分给孩子吧？"

爵士乐的声音一下子变小了，须藤舒展了眉毛。

"是的。即使没有遗嘱，也会有一定金额是留给孩子的。"

"社长夫人应该很清楚此事吧。"

须藤问了一个理所当然的问题。律师环视了一下部长刑警和正在做记录的关，摇了摇头。

"不，事情进展得并不顺利。过了几天，西之幡社长来到我这儿，说是手续那边让我再等等。"

"为什么呢？"

"他没说原因，但我想应该是夫人知道后跟他闹了吧。因为，夫人那边曾经派了用人过来，有关遗产份额减少的起诉问了我许多问题。"

"那是什么，那个遗产份额什么的？"

"简单来说就是，假设西之幡社长在遗嘱中规定，分配遗产的时候，遗产的六成归若竹久子的话，那么社长夫人可以通过起诉，从久子那里夺回百分之十，使得遗产分配方式变成双方均等的每人百分之五十。"

"于是乎，夫人想象了一下您刚刚说的情形，然后来向您咨询那方面的知识了。这样的话，是否可以认为夫妻之间的感情已经有所冷却了呢？"

"这个嘛，我想不是我这个外人可以评论的。"

忽谷干脆地说道。不过，不否定的回答可以看作是消极的肯定。须藤可以很容易地想象出，西之幡社长不小心弄掉了田鹤子的照片，眼疾手快的夫人捡起来之后，一边横眉立目地发火，一边粗暴地撕破照片的情形。

"请问您见过若竹田鹤子这个人吗？"

须藤对于这个生了西之幡社长孩子的女性很感兴趣，这不只是出于职业的原因，虽然照片被撕破很令人遗憾，但一定是个美女。

"嗯,大概在六年多以前,去用贺的西之幡宅邸的时候,是她给我上的茶。眼睛有些下垂,长着一张很有日本人特色的脸。说好听点儿是瓜子脸,说难听点儿是大腮帮,像阿多福面具①一样。反正我是不感兴趣。"

律师的评论毫不留情。不过,比起争强好胜又任意妄为,而且还干瘦如柴的夫人,年轻的田鹤子或许也算得上美人了。这点儿心理,须藤觉得自己也能理解。

"那么,亲子认领的事最后怎么样了?"

"就那么搁置了。也因为开始闹罢工,所以这事就一再后延,中途社长就死了。"

"这么说来,结果久子一分钱遗产也拿不到了?"

"社长去委托除了我以外的其他律师的可能性也不是没有,不过再多一个人知道自己的秘密,对西之幡社长来说没有任何意义,所以估计他应该没有委托过其他人。为了保险起见,我让人送来若竹久子的户籍誊本看看您觉得如何?"

"好的,那就拜托了。"

部长刑警嘴上这么说,但他心里想的却是,比起这个,只要调查清楚社长夫人在案发当天的行动,就可以轻易地知道她有没有谋杀自己的丈夫。由于发现了具有杀人动机的新的嫌疑人,他顿时有些精神抖擞。

---

① 一种额头突出,面颊鼓起,鼻梁塌陷的女人面孔的面具,也称丑女面具。

4

须藤和关在用贺下了玉川电车。社长的宅邸在北头的四丁目,两位刑警一边擦着汗一边在干燥的道路上一步步地走着。对于去哪儿都开着高级车的西之幡豪辅来说,恐怕还从未因不方便而抱怨过。

"看上去是个很大的房子呢。"

终于走到了西之幡宅邸前,关看着门上的名牌和高高围起的院墙说道。

"因为是资本家嘛。"

这么回答着,须藤突然觉得有些奇怪。原本想说"因为是社长嘛",可是一不留神用了"资本家"这个词。受了昨天傍晚跟恋洼和鸣海谈话的影响,自己说起话来也不知不觉地带上了他们的语气。

西之幡的遗骸昨晚被送到了这个宅邸。据灰原说,今天下午将在本愿寺①举行葬礼。门前停着的三辆车也显得有些浮躁。

"哎呀,那个不是帮佣吗?"

一眼望去,远处墙上的便门开了,一个年轻女子刚好走到了路上。

"问一下她吧,看我的。"

---

① 本愿寺是日本佛教净土真宗本院寺派的本山,各地都有同名的寺院。

说完,须藤迈着大步走了过去。看似帮佣的那个女子背对着二人,越走越快,看样子是要去附近的店里买东西。

"不好意思,"追上来的须藤叫道,"请问您是这屋子里的人吗?"

女子被吓了一跳,停住脚步,用怀疑的眼神看着两位刑警。

"有事吗,你们?"

女子没有回答,反倒回问了一句,语气听上去有些责怪的味道。这种傲慢狂妄,是大宅的帮佣经常会有的,他们往往都会仗着主人的财富地位在外面狐假虎威。

"哎呀,我还以为是报社记者。"

知道对方是刑警后,女子脸上怀疑的表情消失了,但很快又显现出警戒的样子。

"前天晚上,这家的夫人出门的时候不是掉了手提包?有人看到后叫了她几声,但是她没有听到,拦了辆出租车离开了。没办法,那人把包送到了派出所……"

女子用侦察般的眼光看看关,又看看部长刑警。脸上浮现出夹杂着怀疑和轻蔑的诡异阴暗的表情。

"搞错了,那个。"

"为什么?"

"因为那会儿夫人在家。"

"可是,那人的确是捡到了包并送到了派出所。"

"但是……"

女子歪着嘴轮流地看了看两人。因为嘴部的歪曲,脸颊也变得僵硬起来，看上去似乎是对着两位刑警冷笑一样。

"夫人的脚不太好，怎么可能出门？这一两年，她连走路都成问题。"

仿佛是看穿了须藤的谎话般，她的语气虽然沉静，但语调却充满了讽刺。

"真的假的？她看的哪位医生？"

"若尾先生。抱歉失陪了。"

她迅速地扔下这句就走开了。真是个令人不爽的女人。不过，且不管她脾气如何，从方格花纹的裙子下露出的一双轮廓不错的腿的确是很美的。

"被打败了！"

女子的身影转过院墙一角看不见之后，须藤笑着说。

"居然一眼看穿了我们的计谋。"

"因为女人这种生物第六感是很好的。不过，走不了路究竟是不是真的呢？"

"我们去会会那个医生。是叫若尾吧？"

"我去问问卖烟的人。"

关记得，来这里的途中曾经路过一家烟草专卖店，因为那会儿他的烟正好抽完了。他往回走了一百米左右，买完烟立刻返了回来。

"还得再往前走一点儿，貌似那是个评价不错的医生。"

两人选择了人行道上有树荫的地方走着。早上在银行的时候还不太有感觉，这会儿随着阳光越来越强，气温也开始升高，逐渐变成了盛夏一般的酷暑。两个人都交互使用着扇子和手帕。

"这是我第一次来上越①这边，应该比东京要凉爽一些吧。"

"如此的话就好了，我也太不了解。"

"我也是，我还没去过比高崎更远的地方。"

关一边想象着未知地域的样子一边说道。根据上面的安排，他将乘坐今晚的末班列车去直江津。

关此次出差，是为了会见"日本海"号列车的乘务员。向国铁那边咨询后得知，当时的那位乘务员工作结束后先在大阪休息，然后将搭乘三号当天的下行"日本海"号。因此，关计划在直江津等待"日本海"的抵达，然后向乘务员询问有关正副委员长的不在场证明。

两人聊着旅行的话题，走着走着就到了若尾医院前。这家医院带有一个漂亮的停车门廊，作为私人医院算是规模大的了。在初夏晌午阳光的照射下，立在门前的白色牌子闪闪发光，给人一种医院特有的洁净感。从上面的字可以知道，有三位医师分别负责着内科、外科、小儿科和咽喉科。入口处停着一辆婴儿车，从里面的诊室处传来婴儿喧闹的哭啼声。

须藤在接待窗口处说明了情况，护士好像对这位患者很熟悉的样子，说道"这位患者的话，负责人是我们院长"，接着带着二人到了候诊室，然后就消失在门外了。候诊室里，四五名患者手里各自拿着电影杂志，津津有味地翻看着。

---

①过去，越后国（新潟县本州部分）由接近上方（京都）的地方起，分别称为上越后、中越后、下越后。其后，"上越后"的略称"上越"一直被用来指代新潟县西南部的地区。

等到患者的接待告一段落后，刑警们被带到了诊室。对着桌子一直在翻看病历的老医师合上了病历，然后望向这边。他鼻子下方白色的胡须剃得很短，样子非常文雅。须藤再一次说明了身份，他没有提案件的详情，只是说出于调查上的需要想知道西之幡夫人究竟能不能走路。

"走不了。"

老医师一口否定了。

"她患的是慢性坐骨神经痛。是某种病毒性疾病，早期的话没准还有可能，现在根本没法治疗。除了尝试消极的疗法帮她减轻疼痛外，没有别的治疗方法。"

医生用了"某种病毒性"这样的表达方式把话盖了过去，但估计多半是由于梅毒吧。西之幡是个处处留情的人，可以想象夫人是被丈夫传染的。被传染病毒后得了慢性神经痛还不够，连遗产也要被分走，夫人必定懊悔无比，这样的心情须藤也能深深地体会到。不过，患有慢性神经痛这个事实反过来也帮她排除了嫌疑。

道完谢后两人走出了医院。门口的婴儿车已经不见了。

死于旅途

1

"不在场证明确认完毕。"

收到来自出差中的关刑警的电报，是在四日的正午。发报地点是柏崎。由此可知，他在直江津搭上了"日本海"，接着向乘务员询问了恋洼他们的不在场证明，随后在下一站柏崎下了车，便立刻发来了电报。

嫌疑的线索共有三条。昨天在若尾医院断了一条，今天在柏崎又断了一条，剩下的仅知多半平这一条了，于是警方再次倾注全力搜索他的行踪。知多半平从本部开出去的普利茅斯今天早上被人发现遗弃在了刚过六乡桥的地方。过了六乡桥就是神奈川县了，虽然警方也向那边寻求了协助，但依然无法得知他的行踪。

那通电话打来是在六点刚过一会儿的时候。课长放下话筒后看了一圈室内，然后向正好在那儿的须藤招了招手。

"麻烦你件事儿，能去趟有乐町吗？"

"有什么事吗？"

"刚刚有人打电话说是想提供信息，听起来好像挺重要的感觉。"

"内容呢？"

"对方说因为太忙，没时间在电话里讲。六点半左右进入休息时间，希望有人能过去一下。"

须藤对于这个情况依然摸不着头脑，他想象不出对方想要提供什么信息。

"是有乐町的哪一片？"

"广播日本，他是个声优。不是个女演员有点遗憾哈。"

课长打趣地笑了。

"叫村濑俊夫。"

"啊，是他啊。"

村濑这个名字部长刑警也记得。他这个人不做类似文艺作品这样严肃的内容，但很擅长喜剧，尤其是他配的醉汉形象被称作是天下一绝。虽然很少有时间静下心来听广播，不过广播里面他一出场的话，须藤总会捧腹大笑。这是他喜欢的声优之一。

广播日本在民营广播电台中也算是一家一流的公司。它在有乐町有一座八层的大厦，一二层的摄影棚租给地方广播电台的东京分台，从三层以上都是自己使用。须藤上了七楼，向正面的接待处板着脸的女子说了村濑的名字后，好像提前被人打过招呼似的，她请另一个女子来给他领路。

穿过前厅后是一段复杂曲折的走廊，没人带领的话的确会迷路。中途上下楼梯两次，走着走着须藤就完全摸不着方向了。别说方向，就连现在正在第几层走着，他都说不上来，里面没有一扇窗户。

最后抵达的是一个由舞台和观众席构成的大厅，像是一个公开录音用的摄影棚。道具人员正在不断地将之前的节目中使用过的乐器搬到舞台后面。观众席的地上七零八落地丢着一些纸屑和便当的空盒子，一片狼藉。

"就在那边。"

女子指着大厅的一角，说完就留下须藤出去了。须藤向那个角落望去，观众席的一角用屏风围住，有七八个男女正在拿着打印出来的材料读着剧本。

"土匪的声音要再无情一些。"

手里拿着秒表提要求的看上去像是制片人。须藤在远处的空位坐下，等着排练告一段落。他一边想着村濑俊夫会是哪个人，一边在里面寻找着。

"这个地方能不能给个Q信号①？"

一个漂亮的女声优指着剧本的一处对制片人说。她那声优特有的声音听上去很是动听。

"好，加个信号。然后村濑——"

制片人叫了声优的名字。须藤也伸长脖子，看了看他所喊的人。

"这句台词要说得更加悲凉一些。虽然听众们会哈哈大笑，但是你自己不能觉得可笑，这里反倒是需要一种悲伤得快要哭泣的感觉。"

---

① Q信号指换场信号，是广播中导演向演员、其他工作人员显示的信号。

"OK。"

一个在广播里听过的略带鼻音的男低音回答道。村濑的身体一大半都被屏风挡着，仅能看到一点突出的额头和肚子。这个声优仅从声音还想象不出来，但其真人貌似相当肥胖。

制片人的意见提得很细。为了让声优们完全领会自己的意图，除了用嘴说以外，他还手脚并用着，耐心而又热情地进行讲解。故事听上去有些像警匪剧，村濑在里面配的是他所擅长的醉汉。在充满了恐怖悬疑的犯罪剧情中，又试图加入一些供听众放松心情的幽默与哀愁。虽然开着空调，但村濑好几次都用手帕擦额头上的汗，由此可知他是在满怀热情地工作。

制片人的要求又持续了五分多钟，终于进入了休息时间。声优们分散着坐在观众席，开始各自读起了剧本。刚刚还是一对关系融洽的恋人的男女转眼间又变回了外人，分别坐在了相隔甚远的椅子上。

"不好意思让你久等了，刚刚一直在练习……"

村濑走了过来。他看上去胖胖的，性格就和他在广播中扮演的角色一样开朗。他好像非常怕热，脱掉了外面的西服衬衫，只剩下一件短袖。这副模样给人的印象，比起声优倒更像是当铺的老板。不同于当铺老板的地方是，他戴着一顶贝雷帽。

"请问你想提供什么信息？"

"被杀害的西之幡社长，我在案件发生的当天晚上看到他了。就是想跟你说一下这个情况。"

从西之幡豪辅在新桥与司机分开，一直到他在两大师桥被杀，这期间他究竟去了哪里干了什么，警方完全没有头绪。声优的故事，似乎能够填补这一空白。须藤向前探了探身子，等着下文。

"我以为搜查本部早就注意到了，所以一直没有说。但是看了晚报，好像并不知晓的样子，因此才突然打了电话。"

"那么，你说看到西之幡了，具体是什么情况？"

"在这之前我想先问一下，那个人是什么时候被杀的？"

须藤心想，他一脸正经，却问了这么一个奇怪的问题。

"一号的十一点四十分，是晚上的十一点四十分。"

"精确吗？"

"有一些误差，我想应该会差个一两分钟吧，但绝不可能是在十一点四十分以后。"

"明白了。我先说结论。我看到西之幡的时候也是同一天晚上的十一点四十分。"

须藤一瞬间没有理解对方所说的话，愣愣地盯着声优的脸。十一点四十分被杀害的人，在同一时间出现在别的地方，要接受这个情况需要一点时间。

"你……看错人了吧？"

"虽然长得像的人经常会有，但是那人也留着漂亮的灰色胡子，我想应该错不了。那位客人出去之后，我甚至立刻对当时在场的朋友说，那不是西之幡社长吗。因为他毕竟是当前周刊杂志正在大张旗鼓抨击的人物。"

"这样啊，地点是在哪里？"

须藤无奈之下反问道。虽然声优一直在说错不了，但是他觉得一定是认错了人。此次出行，不仅参观了很少有机会能看到的广播电台内部，还见到了通过话筒一直很熟悉的声优，虽说绝对算不上是白跑了一趟，可即便是心里尝试着这么想，被人专程叫到有乐町，就为了听一个认错人的故事，心里终归还是觉得不划算。

"在池袋东口。那天录音结束得早，我和朋友两个人喝完酒去散步。走着走着感觉肚子有点饿，于是去了一家叫作'兰兰'的中餐馆吃饭。接着，西之幡社长就进来了。"

"在这之前你见过西之幡社长吗？"

"没有。就像我刚刚说过的那样，就是在报纸和周刊杂志上见过照片。但是呢，留着那么有特点的胡子，肯定不会认错的。"

村濑好像认定了那个人就是西之幡一样，对于须藤充满怀疑的提问，他也着急起来。

"因为我朝门口坐着，所以立刻就发现了。西之幡社长点了八宝面，匆忙地吃完就走了。算起来，大概用了十到十五分钟。"

"那个看上去很着急的男人问了一下店员有没有做得快的食物，然后说：'那就八宝面吧。'"村濑连细节都讲得清楚明白。

听到八宝面，部长刑警吃了一惊。根据解剖报告，西之幡在被杀害前吃的正是八宝面。

"他还带了其他人吗？"

"就他一个人。"

"服装呢？"

声优移开目光，露出像是在回想忘记的台词般的表情，一直盯着隔音墙看。

"是灰色的西装，但是料子不太清楚。然后，还戴着一顶软礼帽，是黑色的。"

衣服的颜色和帽子的颜色都一致。如此一来，出现在那里的男人果真是西之幡了。

"确定是十一点四十分吗？"

"嗯，我之所以记得这么清楚，是因为我那会儿想起来，十二点开始的深夜广播里要放一个叫多达·康拉德①的波兰男低音歌手演唱的肖邦的歌曲，坐车回去的话应该还能赶上。这个LP②在日本没有发售，在国外又停止生产了，是很难有机会听到的唱片。"

须藤对音乐之类的东西几乎没有兴趣，所以声优讲的一半内容他都没听明白。不过，为什么十一点四十分这一时刻留在了他的脑海中，须藤算是理解了。

"是说那个貌似西之幡社长的人进来的时候是十一点四十分，还是说他出去的时候是四十分呢？"

"出去的时候。所以，他进来的时候应该差不多是二十五分左右。"

"你看的是自己的手表还是店里的挂表？"

---

① 多达·康拉德（Doda·Conrad），一九〇五年生于波兰的弗罗茨瓦夫，二十多岁来到巴黎，作为男低音歌手取得了巨大的成就。
② longplay 的缩写，中文意思是黑胶，指立体声黑色赛璐珞质地的密纹唱片。

"是手表，我自己的。"

"手表上的时间准吗？"

就算会令对方不高兴那也是没有办法的事，须藤进一步问道。

"准的，到目前为止我的手表还没出过差错……"

声优摇着头坚决地否定了，看来是块相当高级的手表。

"非常感谢，你提供的信息给了我许多参考。"

部长刑警说了老套的谢词后，来到了走廊上。事实上，声优的话没有一点儿参考价值，不是认错人，就一定是他的表走快了。虽然最近已经不流行留胡子了，但是一边捋着八字胡须一边扬扬自得的老人，在城里应该还是有那么几十几百人的。就凭看到了一样的胡须就断定是西之幡豪辅，简直是捉影捕风。假设那的的确确是西之幡社长本人的话，那就一定是声优的手表走得快了。

须藤一边在铺着红色绒毯的走廊上走着，一边这样想。那个时候的他根本没有料想到，这两点在几天后都会被否定。

2

"月光"号急行列车正沿着东海道本线朝着大阪西行。离开东京后已经过了三个多小时，大部分乘客也都入睡了。尤其是三等卧铺车厢里，所有的乘客应该都已经拉上帘子进入酣睡中。但是，卧铺车上的工作人员园部却出于工作上的责任还不能睡觉。从滨松会有一位乘客上车，他必须引领这位乘客到卧铺车厢。仅仅为了一个人而不能睡觉，着实有些可气。那位乘客若是位让人眼前一亮的美人倒也还好，若是个满脸皱纹的大爷，那可真是悲剧。

初夏凉爽的晚风从服务室半开着的窗户吹进来。一边吹着风，一边被列车用单调的节奏摇晃着身体，不困的话反倒奇怪了。催眠术的基本手法就是通过反复给予单调的刺激来引导人进入睡眠。

窗外，车站的灯光如箭般横穿过去。园部看了看表，快两点了。刚才的灯光，看上去像是金谷或是菊川，再过四十分钟就到滨松了。从滨松发车后，就可以不被任何人打扰，好好地睡一觉了。再忍四十分钟，四十分钟……

突然，他睁开眼睛抬起了头，宛如做梦般，他好像听到了敲门声。他站起来，脚底下摇摇晃晃的，朝过道望去，有个穿着浴衣的男人正一脸气愤地站在那儿。

"下铺的人吵得我睡不着觉，能帮忙解决下问题吗？"

在卧铺车里穿着浴衣，一定是经常出门习惯了旅行的乘客。而为一些无聊的事情抱怨的，也是这样的旅客居多。

"是有人吵闹吗？"

"比起吵闹，倒更像是在呻吟。"

"大概是身体不舒服吧。"

"或许是生病了。总之，吵得我睡不着觉。"

看起来，他一点儿也不同情病人的痛苦。眼下最大的问题是，自己的好觉被打扰了。园部戴上制服帽，跟在他后面。

来到卧铺车中段附近的时候，客人指向了那边的下铺。的确，隔着帘子可以听到里面有声音。比起呻吟，更像是胡话。这胡话很快就中断了，间隔一小会儿之后又开始了。听上去好像是一直在说着什么，但是由于发音很不清楚，所以无法捕捉到意思。

"您好……"

列车服务员在帘子外打了声招呼。因为要顾及其他乘客，所以不能很大声。下铺的乘客好像是没有听到他的声音一样，依旧在念叨着什么。

他用手拨开帘子，稍微朝里面看了一下。顶部斜照过来的昏暗的灯光下，一位六十岁左右的老人正在床上睡觉。枕头错了位，毛毯也滑落下来，从嘴里流了好些口水到一边脸上，看样子不太正常。

"您好，您——"

他用一只手摇了摇客人的身体，但对方还是闭着眼睛，半边脸抽搐了一下，接着又开始说胡话。园部看到这位乘客从东京上的车，他一身轻装便服，只带了个崭新的小旅行箱，看上去不像是个经常旅行的人。好像很喜欢喝酒，车开到横滨附近园部看到他的时候，他正开着半瓶威士忌，通红的脸上泛着光泽。他要去的好像是终点站大阪。

列车服务员回头看了看，中铺的男子还站在那儿，不仅不帮忙还抽起了烟。或许是被烟雾刺激到了的缘故，他不断地眨着眼，用冰冷的表情俯视着病人。对面的乘客也醒了，把帘子拉开了一条缝观察外面的情形。

"感觉让他下车比较好吧。"

青年装作是在自言自语，其实是在暗示服务员这么做。不过就算没有他的吩咐，也必须让乘客下车。只是，并不是像这个男子所想的因为他是个累赘所以得弃之不顾，而是因为他需要治疗。服务员看了看手表，再过十五分钟就到滨松了。到了滨松就有大医院了，得赶紧联系专务乘务员，让他扔通信筒[①]。服务员园部站了起来。

写了有位突然生病的乘客要在滨松下车这一内容的通信筒在通过天龙川站的时候被扔了出去。看起来联络进行得很顺利，不久，列车靠近滨松站的时候，抬着担架的站务员以及穿着白大褂的医生和护士已经在深夜的站台上等候了。看到这副情景，园部总算打心底松了口气：太好了，这位客人有救了。

列车停下来以后，站务员便上了车，在医生的指导下把病人抬到担架上。为了不打扰到其他乘客，大家都轻手轻脚地下了车。园部把卧铺上散落着的威士忌瓶、上衣、鸭舌帽等收拾在一起后交给了护士。

所有工作都完成的时候，"月光"结束了五分钟的停车时间，重新发动了。园部望着逐渐变小的站台，心里祈祷着病人能早日康复。

[①]通信筒是用来装通信文书的圆筒。过去日本没有无线列车的时候，夜行火车上如果突然出现紧急情况或有人突然生病，乘务员会在通信筒里装人记录了情况的纸条然后在通过车站的时候将其扔给监视列车的车站工作人员。捡到通信筒后，车站工作人员会根据情况通知下一站准备好救护车等应急措施。

"服务员，这个卧铺位子是这里吧？"

从背后传来了声音。回过头去，刚刚上车的乘客正拿着一张卧铺车票问他。

"在这边，请跟我来。"

他礼貌地应答完，走在前面为乘客领路。那位客人并不像园部所希望的是个年轻的美人，讽刺的是，却正如他所担心的那样是个看上去身材矮小脾气略坏的老头。

3

从滨松站下车的患者立刻被抬到了深夜空无一人的候车室，接着被轻轻地平放到沙发上，脚上还穿着黑色的短靴。此时，病人已经停止了说胡话，精疲力竭地陷入了昏睡状态。

作为应急措施，医生先给他打了一剂强心针。病人脉律不齐，有时还会间歇，体温已经降到了接近三十度。医生迅速地量了一下病人的血压，数值非常低。

"把葡萄糖和维生素液给我。"

医生撩起他的袖子，在看上去严重缺乏营养的胳膊上又打了一针。等了五分钟病人的反应，完全没有效果。

医生像是在说"没救了"一样摇了摇头，看到如此，护士沉默着点了点头。病人的呼吸逐渐变得浅而不规则，间隔也越来越长。站务员和副站长都明白了，他的生命即将到头。

之后没过多久，患者的嘴唇开始发青。好长一段时间，货物列车都在鸣笛过站。随着轰鸣声逐渐远去直至听不到，沙发上的旅客停止了呼吸。

医生为他把完脉，听了听心跳，接着又查看了一下瞳孔，然后宣告了患者的死亡。护士给死人的脸上蒙上了纱布。

"死因是什么，心脏病突发吗？"

一直在一旁担心地看着的站务员问道。

"不是，看起来像是药物中毒。我猜测是实质毒①，但是不解剖的话难以确定。总之，能麻烦您通知一下警察吗，就说有人非正常死亡。"

不久，警察就赶到了。为了调查死者身份，警察检查了他的衣物。奇怪的是，没有一样东西上写有死者的名字。

口袋中的钱包是猪皮质地，看样子很旧了。其中除了有二十张崭新的被仔细对折好的一千元纸币外，没有任何名片或其他东西。

"太奇怪了，要是有点儿什么东西就好了。"

警官一边小声嘟囔着，又把上衣的所有口袋翻了一遍。然而，找出来的只有卫生纸、手帕和三等车票。接着，又检查了一下死者身上穿着的裤子，但仍然没什么收获，仅从腰上的口袋里掏出来一个卷曲得非常诡异的灰色毛织物。

他放弃了口袋，又开始检查行李箱。可是，那里也只有干净的衣服和洗漱用具，名字、住址，总之凡是能暗示出死者身份的

---

①实质毒指吸收后引进脏器组织病理损害的毒物，如砷、汞等重金属。

东西一概没有。由于这个男人专门把卧铺列车选作自杀地点的可能性几乎不存在，因此考虑成死者被人下了一剂毒药这种想法比较妥当。可以推测，为了隐瞒受害者的身份，凶手将其身上所有能证明身份的东西都拿走了，包括名片。

"那个，是不是假胡子啊？"

旁边的年轻站务员突然说道。今年春季赏花的时候，他曾经装扮成陆军大将戴过假胡子，所以才注意到了。被人这么一说大家才发现，那东西看起来倒的确是像假胡子，因为被装在口袋里所以卷得不成样子了，不过原本应该是翘得很好看的。

此时，警官从行李箱的兜子里找出来一张纸片，正紧盯着它看。看上去像是从报纸或杂志上剪下来的，翻过背面，上面紧密地印着许多字。

"什么啊，那个？"

"照片，就是那个，在东京被杀的西之幡豪辅的……"

"啊，那个什么纺织公司的？"

"没错，是剪下来的东和纺织社长的照片。"

"真奇怪，死者拿着那个东西做什么呢。"

"等等，能让我看一下那个假胡子吗？"

警官整了整卷得不像样的假胡子的毛，接着拿开纱布，把假胡子紧贴在死者的鼻子下方，然后又对照着照片调整了两次胡子的弯度。做完这些，他挪开了一步，像是在鉴赏艺术品般，凝视着死者的脸。

"怎么样，不觉得很像某个人吗？"

"像！像！真的好像，简直一模一样啊。"

医生兴奋地喊道。其他人都惊呆了，一直盯着长了胡子的死人。

4

同一天九号的晚上，上野署的搜查本部。距离旅客在滨松站死去已经过了十六个小时。

"须藤，辛苦你了。那么现在开始报告吧。"

课长首先说道。在他的左右，坐着上野署长和股长，还有两位警部，剩下的本部成员则围坐了一圈。本部成员无一例外地认定声优村濑的目击之说只是由于他的错觉，一直无视着过去的这一周。就在这时，替身在滨松被毒害的通知传了过来，大家顿时慌了。今日的晚报上，多家报社都在揶揄课长在记者招待会中缺乏冷静的表现。因此，他们一整天都在焦急地等待着去滨松出差的须藤部长刑警的归来。

"静冈大学派了森博士出差，由他在滨松署的内院进行了尸体解剖。"须藤打开笔记本开始说道，"结果表明，死者的内脏组织被严重损害，特别是胃部和小肠程度非同一般。之后，博士带着样品回到大学进行了检测，最终确定是砷中毒。"

"这是死因？"

"是的。"

"是被人下药了吧？"

"嗯,我们分析了威士忌的成分后,成功地检测出亚砷酸。根据其中溶解的亚砷酸的量和死者喝下去的威士忌的量,最终推算出死者体内吸收的亚砷酸达到了五克,远远超出一般的致死量。"

须藤打开包,拿出了死者的灰色衣服,然后把它推到正对面的课长那里。

"您看了就会明白,服装上完全找不到死者的名字。没有任何可以证明死者身份的东西。"

"原来如此,看来凶手很是缜密。衣服是什么料子?"

一位对布料有专门研究的年长刑警站了起来,用手摸了摸衣服。

"是夏令织物。"

"西之幡穿的是波拉呢①吧?"

"嗯,是一种叫丝绸波拉呢的衣料。"

"这个衣服,你看看是成品吧?"

"是的,毛头很浅,我想是大阪那边生产的。"

"谢谢。"

"要查一下货源吗?"

主任代问道。

"嗯,查一下吧。须藤,继续讲吧。尸体有什么特点?"

"死者应该是体力劳动者,他的手指非常粗糙。据推测,年

---

① 将纱加强捻后织成平纹的薄质地毛织物。

龄在六十岁左右。死者有最近镶过假牙的痕迹，但镶的不是金冠而是牙桥，由此推测死者应该加入了健康保险。"

"原来如此。体力劳动者是不会自掏腰包买这样的衣服的，要么是凶手给的，要么就是拿了钱买的成品。如果是后者的话，对调查就不太有帮助了。但前者的话，只要查出货源，或许就可以找到死者与知多之间的关系了。"

"明天早上我就去办这件事。"

"那就拜托了。知多这个男人之前在特务机关待过，怕是一肚子坏主意吧。"

课长环视了在座的各位，向所有人说道：

"大家还记得西之幡社长被杀之前吃过中华荞麦面吧？"

"记得，解剖报告里面有写。"

"尸体胃部被切开后，警方就会知道西之幡豪辅在被杀前吃了中华荞麦面的事实。而这些，知多早就算计好了。"

"哦……"

"我们来站在知多的立场上，试着探讨一下他的想法和行动。"

课长抽出一根和平烟放在嘴里，按了好几次没油了的打火机的点火按钮，总算点着了烟。他原本就是个争强好胜的人，而那对浓黑的眉毛再加上大型粗框近视镜，则更直观地给人这样的印象。

"知多首先必须做的，应该是在不被对方察觉出杀意的情况下让西之幡去吃中华荞麦面。这一点嘛，只要嘴上说得好听点儿，没什么难的。然后，他带着西之幡去了上野公园。而在他杀社长的那个时间点，替身按照事先被命令好的采取了行动，即戴上提前准备好的胡子，现身池袋的中餐馆。接着，和被害者吃了同样的东西，还要让人看到那副很有特点的胡子。当前，西之幡豪辅正被新闻界大肆报道着，不可能不给目击者留下印象。而这也是事先算计好的。由于替身一走出店外就摘了胡子，所以没有人会注意到他，他就这样混入人群中去了。因为从尸体照片上来看，这个姓名不详的被害者，长相的确是平凡至极。"

"确实。声优村濑俊夫一直在声称自己目击到了西之幡豪辅，但更加确切的表述应该是，他只是一瞬间瞥到了一个留着八字胡穿着灰色夏衣的男人而已。"

股长回应道。

"不过，现如今知多的目的已经很明确了。那就是把行凶时间伪装成比实际要晚一些，以此来为自己创造不在场证明。十一点四十分杀完人后立刻离开了现场，然后再去一个合适的地方露一下面，这是一种惯用伎俩。因为那会儿假的豪辅正在'兰兰'吃中华荞麦面，所以无论怎么想凶手都不可能是知多，这样他就有了完美的不在场证明。"

"可是，为什么他不用这个完美的假不在场证明光明正大地替自己申辩，反倒是到处逃窜呢？"

署长说着，把泛着油光的脸转向课长。

"那是因为有一个失败之处是他没有料想到的。由于尸体很偶然地落到了那辆列车上，导致十一点四十分这一实际行凶时间被查出来了。这样一来，把行凶时间伪装得比实际要晚一些的'兰兰'的不在场证明不就变得分文不值了吗？"

"原来如此。"

署长略带羞愧地红着脸说道。很早就听说课长是个理论家，今天一见的确是如传言般，他的话逻辑严密，条理清晰，让周围所有的人都不得不服。

"总之，现在的关键就是要弄清楚在滨松死去的这个男人的身份。当然，外出人员申报是要查的，但首先向都内的牙科医生寻求协助可能会更快一些。体力劳动者且使用健康保险接受的治疗，有了这些条件，可以把范围缩小许多。"

课长像是在下结论般说道。当天的搜查会议就这样结束了。

5

在滨松死去的男人的情况，在第二天十号的晨报中报道得非常详细，上面还配有让人匆忙做出来的肖像画。等待回应的本部成员，虽说也不是不像凝视着浮漂的太公望，但其实心里可没有那么悠闲。不管怎么说，案件发生已经过了十天，可知多的行踪还全然不知。受到这种焦急心情的影响，其结果就是，大家对浮漂的动向寄予了更大的期待。

接到浅草署的联络是在下午三点多。说是管辖区域内有牙医表示见过这个人，于是联系了警方。以防万一，署里派了工作人员过去调查，结果得知此人名叫楢山源吉，寄宿在山谷五丁目的一家简易旅馆中，八号傍晚声称要旅行离开了旅馆。年龄是五十四岁这一点也和在列车上被害的男人完全一致。须藤和关决定立刻去拜访那家旅馆。

山谷五丁目位于东京都电车泪桥车站北边。内侧一带有许多简易旅馆，作为"山谷馆旅街"为人所知。这里同时也因为有私贩非洛滂①和环己烯巴比妥等兴奋剂的地下组织而曾经多次被新闻界报道。"馆旅"是"旅馆"反着读得来的隐语，这一点自不必说。

下了电车来到人行道上，正前方可以看到一个用涂料画成的地图。

"五丁目三号的话，嗯，应该这么走。"

关独自地点点头。朝着隅田川方向往前走，在第二个巷子处右拐，往前走第五家就是"橘屋"了，而这就是他们要去的简易旅馆。

"可能会下雨，走快点儿。"

须藤说。眼看着就要变天，阴郁的天空让人联想到梅雨时节。明明才下午四点，周围就已经一片灰蒙蒙的，快要黑了。两人加快了步伐。他们都穿着衬衫，没有人带伞。

快要坍塌的混凝土墙和电线杆上贴满了各式各样的旅馆广告和打工传单，再加上阴云笼罩的天空，着实给人一种这个城镇特有的萧条感。正如地图上显示的那样，在拐角处有一家鞋店。靠着修理旧鞋勉强度日的情形好像也在象征着这个叫作山谷的偏

---

① 一九四一年大日本制药（现在的大日本住友制药）销售的刺激性药丸。

僻小镇的凄凉与冷清。

虽说都是旅馆,但档次也是良莠不齐的。有的里面配备着大食堂和挂着毛巾的浴室,相比简易旅馆可能叫作二级宾馆会更合适。但也有那种总共就只有五六间屋子,每间屋子仅三张榻榻米大小的极其简陋的旅馆。

"橘屋"无论用怎样宽容的眼光去看都只能算是后者。从下面就可以看到二楼的屋顶已经损坏,白铁皮都翘了起来。整座建筑都很破旧,变成浅墨色的壁板下部长了青苔,呈现出一片绿色,还有一部分脱落下来露出了抹了粗灰泥的墙壁。

"有人在吗?"

关毫不客气地拉开格子门叫了一声。混凝土地面上放着被脱下来丢在那里的留有脚趾印的木屐和凉鞋,还有沾满泥土的胶底布袜,连个落脚的地方都没有。两人站在外面等着,很快就有人应答,接着,一个穿着浅蓝色简款连衣裙的年轻老板娘一边用围裙擦着手,一边走了出来。

"那个,请问是为了楢山先生而来的吗?"

知道两人是刑警后老板娘问道。

"没错。我们想尽可能详细地了解一下他的情况,首先从年龄开始吧。"

"嗯,我想想,他说过自己快五十四岁了,不知道是不是真的。不过到了他这个年龄装年轻也没什么意义了,又不可能有女人。"

比较走运的是,这个年轻的老板娘貌似挺能说。她看上去约摸三十二三岁，梳着富士山形状的前额发际，长着一张鹅蛋脸，是个美人胚子。身上的连衣裙很不适合她，若是换上一身干净整洁的浴衣，那定是无比清新脱俗，优雅动人的。

"听说他干的是日工？"

"嗯，一大早就去三轮的免费职业介绍所，干的活好像主要是扫大街之类的。因为有一次我去给千住的姨母送牡丹饼的途中，在大桥的一侧看到过他。哦，不过我那会儿在电车上，所以没跟他打招呼。哎呀，不是牡丹饼，是红小豆糯米饭。那会儿是当地守护神的庙会，当然是红小豆糯米饭啦。"

"以前是做什么的？"

"嗯？"

"来这里之前是做什么工作的？"

"哎呀真讨厌，别看我现在这样，年轻的时候我可是个规规矩矩的姑娘呢，那会儿在老家帮家里……"

"不是问你的事儿，是楢山源吉。"

"哎哟，真是不好意思。据他自己说，他以前是个园艺师。虽然有着高超的技艺，但是后来一家人都在战火中丧生，从那时起自己就堕落了。不对，说是堕落，但其实也没干什么坏事儿，只是开始酗酒，结果最后被他的老主顾给辞退了。那之后，他就开始靠打日工生活了。不过，他来这儿是今年的一月份，在这之前据说一直待在'成驹屋'。"

她一边用一只手遮住嘴，一边继续喋喋不休地讲着"成驹屋"是一家在三丁目的简易旅馆，还有楢山源吉是跟那里的老板娘吵架之后离开的，等等。

"他很容易跟人吵架吗？"

"不是的，那是'成驹屋'的老板娘有问题。简直就是个无赖，整天不是跟这个吵就是跟那个吵，楢山可是个好人呢。"

"他朋友多吗？"

"这个嘛，几乎很少有人来拜访他。不过话又说回来，他自己也从没出过门……"

"信件什么的呢？"

"没来过，也就收到过一封区民税的催缴通知单……"

"你说他最后一次离开这里是什么时候来着？"

"八号。那天他很少见地没去工作，白天盖着个被子一直在睡觉，看起来也不像是生病的样子。我正想着他怎么不去上班呢，结果三点多的时候他突然起床了，接着说要去澡堂。我就更觉得奇怪了，于是就问他：'怎么啦，大白天的去洗澡？'然后他笑嘻嘻地回答说：'哦，我稍微出门旅行一下，大概五天后就回来了，这期间万事就拜托啦。'而且，奇怪的还不只这个呢。那么穷的一个人，居然把到目前为止欠下的上个月、上上个月的房租外加本月的房租一下子都交了。我当时可是大吃了一惊，就问他：'这是发生什么事儿啦？哪儿来的钱？'他先是嗤嗤地笑着不说话，过了一会儿说了句：'我也总算是发了芽了，如果能让我再开朵花儿，死了也值啊。'"

她嘴角沾着白色的唾沫，一口气都不换地讲着。

"钱是从哪儿来的，接下来为什么、要去哪儿旅行，这些他都没说？"

须藤像是在凝视着什么脏东西似的，看着她的嘴角问道。

"没有，什么都没说。我的感觉，好像是被人封了口一样。"

部长刑警点了一下头，然后盯着墙上的一个点看了会儿整理思绪。交房租的钱肯定是做替身的报酬了。虽然不知道楢山是在哪里和知多半平相识的，但是可以想象得到，知多半平先是用花言巧语骗楢山去大阪旅行，接着作为临别时的礼物送给了他有毒的威士忌。而楢山根本不知道自己此行将是一次死亡之旅，就这样欢欣雀跃地从东京出发了。

"……那个，刑警，新闻上不是说楢山是在滨松被杀害的吗？"

"嗯。"

"那滨松不是在新潟吗？"

"不是，在静冈县。"

"哎呀，在九州①呢。"

不予置否。不过她好像没有注意到关脸上浮现出的一丝苦笑。

"不是说，他是在火车上喝了被下毒的威士忌吗？真是太残忍了。阿源是人不是佛，或许是干了那么点儿坏事儿，可是再怎么着也犯不着杀了他啊。那个凶手，抓住了会判他死刑吧？最近这杀了人的过个两三年的就都被放出来了，简直是荒谬至极。"

老板娘越说越激动，唾沫四溅。

"也不知道他究竟是打算去哪儿呢？"

---

① 静冈县属于本州地区，老板娘此处说的是错误的。

"他拿的车票是去大阪的。"

"哦，大阪……"

"不是北海道的大阪，是京都旁边的那个大阪。"

"这我知道，只是阿源是土生土长的东京人，他对于自己不去别的地儿很是自豪呢。他唯一去过的东京以外的地方也就埼玉县而已。"

"这样啊。话说，他是不是以前信过沙满教？"

须藤这么问，是因为他觉得知多认识楢山有可能是因为他曾经是沙满教的信徒。然而，老板娘的头却摇得像拨浪鼓似的。

"没有，他信的是佛教。"

"明白了。那，我们既然来了，就顺便带我们看看楢山先生的房间吧。"

"二位这边请。"

老板娘指着楼梯说。

楢山源吉的房间在二楼的边上，有三个榻榻米大。破烂不堪的壁橱隔扇上，或许是为了遮丑，贴着褪了色的商场包装纸。屋里除了一个柳条包和一床又薄又硬的棉被外再无他物，这样穷困的家调查起来倒也省了不少事。用了不到十分钟，所有该检查的地方就都看了个遍。可是，没有任何发现。

"谢谢你了，今天真是打扰了。"

出前门的时候须藤说道。

"快点儿抓住凶手啊，抓住了立即给他判个死刑。"

老板娘拖着凉鞋，将两位刑警送到格子门外。

"哎呀，这天儿看上去像是要下雨了，行不行呢，刚刚才把衣服晾在外面了。"

她看着天担心地说。

两位刑警沿着来时的路朝着泪桥停车站方向往回走。昏暗的道路上可以看到扬起的灰尘，虽然这天看上去像是随时都能滴答滴答地下起雨来，但是却一直没有下。走得快点儿的话或许不用淋雨就能到家。

在电车的噪声中，隐隐约约可以听到远处传来的雷声。

"知多这个浑蛋，究竟藏到哪里去了！"

关铆足了力气想要踢飞路边的石子，可是很快又打消了这个念头。

"用不了太久的。很快就可以知道他的藏身之处，我有预感。"部长刑警说。

事实证明，他的预感是正确的。

北陆之都

1

长冈市有十三万人口，是新潟县的第二大城市。由于东面环山，西边又被信浓川所阻隔，因此无奈之下，这座城市只能向南北方向延伸，发展成如同蔓梢上的丝瓜般细长的形状。到底曾经因七万石俸禄的牧野家族坐镇而繁荣过，如今，这里和大多数城下町一样，在浓郁的田园气息中透着一丝静谧与平和。

从车站往南大概八百米处，有一家叫作"御朝"的小旅馆。六月十日的傍晚，有一位客人来到这里投宿。这个皮肤白皙，身材偏矮，看上去大概有四十来岁的男人刚一进来给人的印象，是一种说不出的阴暗感。这种阴暗不是那种阴郁沉闷的感觉，如果非要打比方的话，应该说是一种好像跟犯罪有些关系的阴暗。

"御朝"是一家三流旅馆，客房也仅有五间。客人被带到了二楼最深处的一间屋子，它在五间屋子中算是比较上等的，有六张榻榻米大。隔着走廊的栏杆一眼望去，在柿川的对面散布着税务署、寺庙和医院，并不算是美景。但是，如果打开东边的窗户的话，可以看到后家的庭院里，红色的凤仙花开得正艳。假如是位乐于体会旅途中趣味的客人，那么，他一定会因能一瞥这北国都市平民生活的一隅而兴味盎然的。

然而，这位客人看上去并非这种性格。他有着一双褐色的眼睛。仅是这双眼睛在细长的单眼皮下闪动的话,他周围的气氛也会变得诡异起来。

"啊,早安。辛苦您了。今年的雨很少啊,这可真是……"

旅馆老板跪在走廊上,隔着门槛不断地行礼。他呵呵地笑着,采用这种说法,无论对方是因为雨少而发愁,还是完全不在乎有没有雨,自己都有余地应对。说话的当儿,客人已经穿着衬衣,露出满腿的毛在喝茶了。

"那,不好意思,能先麻烦您在住宿登记簿上……"

话还没说完,客人就拿起了夹在登记簿中的圆笔头铅笔,一边用锐利的目光斜视着旁边的一栏,一边快速地填写着。

　　东京都千代田区神田三河町一七
　　马渊一彦(三十九岁)著述业

"谢谢谢谢,实在是麻烦您了,非常感谢。"

老板一边看着"著述业"这个概念模糊的职业,一边不断地点头哈腰。最近由于竞争对手将旅馆内部重新装修了一下,导致来自己这儿的客人骤减。所以,自己可必须提高服务质量,给前来住宿的客人留下一个好印象。

"哎,您是住在神田三河町的啊。那一带很繁华呢,真不错。"

二战前在东京待过的老板想起了那时候的情形说道。

"是啊,很繁华,现在也是。"

"说到三河町,是在哪一带啊?"

"捕物帐①中半七捕快住的那一片。"

"啊，原来如此。我就觉得好像在哪儿听说过这个地儿，哈哈。"

老板又看了一眼著述业这三个字，他的脑中突然掠过一个想法，没准这位客人也是个写捕物帐的呢。这么想了以后，他就开始觉得，客人那锐利的眼神看上去还真像是个古典作家。

只是，旅店的老板并不知道三河町这一町名早就消失了。不，即便是现在住在神田町的人，知道三河町在哪一带的人应该也是少之又少的。如此看来，他没能听懂这位客人的幽默，而且没有发现客人的真实身份，也是可以理解的。

"泡澡水已经烧热了，您要先吃饭吗？"

"这会儿没人泡？"

"是的，现在没有人。"

"行，那我先去泡澡。吃饭的时候再给我配上冰啤酒。"

老板退下后，马渊就在女服务员的带领下去泡澡了。

他表示很中意这家旅馆，打算住上几天，于是就在"御朝"安顿下来了。由于马渊给起小费来非常大方，白天又都在外面到处游览，所以，虽然服务员之间都在议论着他那总让人觉得有些害怕的眼神，但老板却觉得和这位客人相处起来没有什么麻烦，很是欢迎。

---

① "捕物帐"指的是在日本发展形成的侦探小说形式，而《半七捕物帐》正是始祖。《半七捕物帐》的作者是冈本绮堂，书中描写了一个叫半七的捕快破案的传奇故事。

长冈虽说是个人口十三万多的小城市，但作为旧城遗迹的藏王公园和悠久山等为数不多的景点，慢慢走着看着，的确也得花个三四天。每天早上，客人都会向老板询问名胜古迹的地点，然后穿着短袖衬衫就出门了。

"今天您玩儿得怎么样啊？"

虽然每次回来，老板都会出于礼貌地这样问他，但客人总是既不回答去了哪里，也不讲述自己的感想，只是不出声地从喉咙深处扑哧一笑，仅此而已。说实话，对这个男人无法抱有好感。如果抛开客人与老板的立场，是绝不想跟这种家伙来往的。老板一边在心里这样想着，一边在表面迎合着对方。

投宿的第五天，也就是六月十四日，客人很不平常地没有出门游玩，而是在六张榻榻米大小的房间里，将坐垫对折后垫在头下，然后仰面朝天地躺着阅读周刊杂志。看样子，已经把所有的名胜古迹都转了一遍。快到正午的时候，他让附近的西餐厅送来了两份咖喱饭，吃完后换下浴衣，穿着衬衫出门了。这会儿广播正好开始放流行歌曲，因此时间应该是十二点半。

"是个来历不明的人吧？"

望着他的背影，老板娘说道。

"虽说住宿费倒是好好付了，可是那张脸怎么看都不顺眼。话又说起来，著述业什么的本身就很奇怪不是吗？这是那些想竞选代议士的家伙的惯用伎俩，不是吗？"

"你傻啊，哪儿有人说客人坏话的！我估摸着他是写捕物帐的作家，因为从早到晚想的都是武打场景，所以才会是那样的眼神呢。"

"是嘛。"

"必须是啊。你看看落语家的脸，老在那儿讲与太郎①的故事，到最后自己也变成与太郎一样的脸了。"

"说起来倒的确如此。"

"你再想想来我们家的刑警。因为老盯着小偷看，所以脸才变得那么大。"

虽说举着自己能想到的例子责备着妻子，但老板心里其实是有同感的。只是他觉得，不论怎么说，这样也算是在跟妻子唱反调，而这是增加丈夫威严最简单的方法。

2

西之幡豪辅是长冈市出身。虽说到了父亲那一代家道中落逃到了九州，但历代祖先的菩提寺②在本市，在宫崎去世的父亲遗骨也埋在这里。而此次，死于非命的社长也将在这里下葬。

长冈市住了许多西之幡一族的人，且最北边的藏王町内还有长冈工厂，因此预计将会有不少人出席葬礼。东京那边公司董事们会偕夫人前来，这是自不用说的，而正在休战中的工会正副委员长、大阪工厂的厂长以及工会代表也将会参加葬礼。虽然寺院

---

① 东京落语中登场的傻子的名字，后来变成了傻子的代名词。
② 把历代先祖的墓设于其中，并举行葬礼或法事等仪式的寺。

和宿舍都交给长冈工厂这边负责，但是也不能完全放任他们去准备，因此秘书灰原从东京赶来，必须对他们进行各种指导。

灰原独自赶来的时候，正是下葬仪式的三天前，也就是六月十二日傍晚。他一到这里就立刻会见了长冈工厂的厂长以及社长的亲戚，接着就去检查他们已经预约好了的位于坂上町的宾馆的房间，第二天又和出租车公司就租车事宜进行协商，并与殡仪馆和菩提寺取得联系，让那边添上不足的神木、莽草和香。他一会儿和长冈工厂的人在一起，一会儿又是自己一个人，不辞劳苦地四处奔走。就连宾馆的房间，他都考虑到来的多是老人，所以比起面向热闹的街道，专门选了朝着安静后院的屋子。

接连几日灰原的表现赢得了诸多赞赏。大家都感叹真不愧是在东京总部当秘书的，办起事来面面俱到。只是，这些赞赏的话语对于自己的未来会有怎样的好处，灰原都仔细地盘算过。

终于到了十四日，第二天就是下葬仪式了。傍晚六点半开始，东京总部和长冈工厂的首脑们将聚在宾馆的餐厅，一起讨论仪式的细节。灰原再三确认好一切饭菜准备就绪后，就去车站迎接了乘坐急行列车于十五点四十二分抵达长冈的公司董事们。车站和宾馆的距离不到四百米。

"哎呀灰原，真是辛苦你了。嗯，这房间不错。"

到了以后，老人们都对他的辛苦表示了慰问，他们很满意灰原选的房间。

"那个，灰原，明天会不会下雨？"

"广播上预报是晴天。"

"那就好呀。好不容易来参加葬礼，要是被雨淋了，那可真是要命。"

夫人们担心的，是她们贵重的丧服会不会被雨弄脏。

大阪工厂的代表将乘坐北陆线前来。而公司总部这边也有人还没有到，预约好的房间还空着三四间。但即使是这样，东和纺织的首脑们以及他们的夫人们能有这么多人聚在一起，已经是难得一见的壮观了。虽说不是因为什么好事，但夫人和千金们明显是带着一种参加团体旅行的心情过来的。

灰原假装没有看到的样子，时不时地向敦子的方向瞧上一眼。敦子里面穿着一件浅咖啡色罩衫，外面是一身白色的正装，混在其他姑娘里面，不仅没有丝毫逊色，反倒令那些姑娘像是她的配角一样。不知何时才能将她搂入自己的怀中，想到这里，灰原顿时感觉浑身都在微微颤抖。而敦子始终一副若无其事的样子避开他的视线，对于这种态度，灰原把它解释成长在闺阁中的千金小姐的矜持与羞涩。

从六点半开始的一个小时的会餐顺利地结束了。灰原松了一口气，洗了个澡后穿着裤子横躺在床上。还有一会儿就九点了，明天还有着下葬仪式这一重任在等着自己，虽然仪式结束后还得做许多善后工作，但最重要的是，到目前为止自己很出色地完成了各项工作。他把两只手垫在头底下，出神地望着天花板，敦子的样子又开始萦绕在他的心头。晚上在餐桌旁，两人的眼神稍微碰到过，当时他连忙用眼神致意了一下，敦子也轻轻地低头回礼，只是那一瞥深深地印在了灰原的视网膜上，再也无法消失。

他就如同修照片的技术人员般，多次地拿起画笔，修改那个自己眼中的敦子。渐渐地，敦子那双冰冷的眼睛开始有了温暖的味道，接着变得充满热情，最后终于用娇媚婀娜的眼神朝着灰原微笑起来。

这种甜蜜的空想不断地撩拨着他的内心，结果导致他完全无法入睡。为了平复这种上下起伏的心情，他站了起来，穿上外衣下楼去了宾馆大厅。这个大厅有三十多坪，位于连接着主楼和配楼的走廊一侧，里面放着真力时[1]的落地式电唱机、电视以及排列着新刊书籍的书架。这样的布置是为了方便客人在没人的时候可以听听广播，有人的话则可以阅读周刊杂志。

一眼望去，他看到在靠窗户的沙发上已经有一位客人在荧光台灯下看书了，从裙子里伸出的一双腿修长而紧致。灰原漫不经心地看了一眼对方的脸，这下别说平复，他的内心反倒变得波涛汹涌，几乎要完全失控了。他用炽热的双眼迅速环顾了室内，在确认没有其他人之后，径直地走向了沙发那边。脚步声被绒毯所吞噬，敦子完全没有注意到他的靠近，在一片寂静中可以清楚地听到她翻书的声音。

"须磨小姐。"

灰原小声地叫道。

"啊。"

---

[1] 真力时（Zenith）于公元一八六五年在瑞士创立，拥有一百五十年的悠久历史，瑞士四大钟表制造商之一。

敦子像是吓了一跳似的回过头来。看到是灰原后，她露出了微笑，从抹了口红的双唇间可以看到一排透亮的皓齿。对于敦子在无奈之下展现出的这种社交性微笑，灰原完全靠着想象自由地解释了。

"你是在看书吗？"

他问了一件显而易见的事。敦子依然手里拿着书，轻轻地点了点头。她刚刚做了头发，小巧玲珑的脸在背后落地窗的映衬下，看上去如同中国的人偶般可爱。

这就是要成为我妻子的女人！灰原咽了咽口水，忘记了作为绅士应有的修养，毫不客气地将自己肥胖的身体放在沙发上，然后盯着敦子的脸看。或许是刚刚喝的酒给他壮了胆吧。

"你听说我的事了吧？"

"你的事？"

"嗯，就是我爱着你这件事。那个，你不是从专务夫人那儿听说了吗？"

"哦，确实是听说了……"

句尾升了语调，好像接下来是要问"那又如何"一般，听上去很是冷漠。可是，早已被爱情冲昏了头脑的灰原根本意识不到这一点。

"须磨小姐！"

他激动地叫了一声，向敦子坐近了一些。灰原已经顾不上什么羞耻和脸面了，平日里一本正经的面具不知何时已经被他完全抛开。

敦子冷漠地往后退了退。

"须磨小姐！"

秘书再一次用不同于平日里的声音向敦子逼近。敦子一言不发，又向后挪了挪身子。

"须磨——"

这次话还没说完，他总算注意到了对方生硬的表情，一瞬间，他变得极度悲伤与沮丧。正如之前一直担心的那样，那件事果然传入了敦子的耳中，所以她才一直躲着我。对了，我必须讲出事实，消除误解。他那精神恍惚的大脑已经摆脱了他的支配，正在随意地运转并随意地得出了这个结论。

"须磨小姐！你是听社长说我去过情人茶屋的吧？可是，其实根本就没有什么。我只是去取前一天宴会上落下的东西，然后跟艺伎说了会儿话，仅此而已。敦子，请你相信我，我说的都是真的。社长知道了之后对这件事进行了恶意的解释，认定我是一个好色之徒，还把这种无凭无据的事情拿来跟你告状，真是卑鄙无耻。不是的，这绝不是我的借口，真的，我说的都是真的，我只是去取回自己落下的东西而已。须磨小姐、我、须磨小姐、我、绝对不是社长说的那种……"

他喋喋不休地说着，完全不给敦子讲话的机会。看到这副情景，敦子完全惊呆了，一直看着秘书那双发了疯的眼睛。

"我很尊敬社长。但是，他用无凭无据的事情来中伤我，破坏我和你的关系，实在是可恶。我一直就在担心他会不会把这事说出去，为了封住他的嘴，我把他的命，我……"

看这样子，一定是酒精在作祟。敦子那柔嫩的朱唇正在强烈地诱惑着他。

"啊，不，不可以！"

敦子在灰原的怀中扭动着身子反抗着。伴着粗重的喘息，那张如肿胀般肥胖的白脸凑了过来。敦子的眼中散发出愤怒与谴责的目光，嘴唇像是在蔑视这个男人般扭曲颤抖着。然而，灰原根本不理会敦子的反应，毫无顾忌地就要贪图这美味的果实。敦子被压倒在沙发上，秘书温热的气息吹向她的双颊。

一瞬间，他突然跳了起来，接着又一次环顾了四周，然后急匆匆地从落地窗逃了出去。敦子完全不明就里地站了起来，整理好装束并捡起了掉在地上的书。

这时，文江走了进来。

"哎呀。"

"哎，你一个人？我听到里面好像有声音，还以为你跟谁一起的呢。"

文江一如既往地露出了坦率的微笑。她好像并没有注意到敦子散乱的头发，但敦子觉得自己必须做些什么来掩饰这种诡异的气氛。这并不是为了掩护灰原，而是因为自己差点儿被秘书吻到，这对于她来说，绝非一件光彩的事情。

"哎哟，都十点了。也不知道明天天气怎么样……"

敦子忽然打开了收音机，然后假装在侧耳倾听，顺势移开了视线。她的心还在扑通扑通地急速跳个不停，如果张口说话，声音都会颤抖，那样的话，文江定会心生疑虑。随着报时钟响起，播音员的声音也换了。新潟广播电台报的都是一些诸如强盗被逮捕、哪里又发生了火灾之类的当地新闻，而文江看似对陌生都市发生的事情不怎么感兴趣的样子。

"播音员真是，无论听哪个台都是一样的声音呢。"

文江在离沙发较远的地方坐下来，说了这么一句。

"NHK①是没有办法，不过我觉得民营广播电台的播音员不使用普通话会更有意思。完全用当地的方言来播音不挺好的吗，比如青森的——"

话没说完，她突然闭上了嘴。扩音器中的声音正在报道发生在长冈的一起杀人事件。

"……经过指纹核对，警方确认死去的是三十七岁的知多半平。知多作为东和纺织的西之幡社长被害案件的重要嫌疑人，一直受到警视厅的密切追捕。但他巧妙地躲过调查网逃出了东京，从本月十日开始一直潜伏在位于长冈市旭町五丁目一家叫作'御朝'的旅馆……"

"知多半平，就是那个经常恐吓社长的人呢。还记不记得，沙满教……"

"……对，就是他。"

敦子无意中想起了那个在涩谷站跟他搭话的陌生男子，那个自那以后再没有现过身的男人……

---

①日本放送协会（简称NHK）是日本第一家根据《放送法》而成立的大众传媒机构。

3

据说，举行下葬仪式的十五日，由于要供奉西之幡社长，市内花店的神木和芒草全部售罄。葬礼是当天上午十点开始的，作为菩提寺的寿愿寺位于城市最西部的配水塔下面，是一座背对信浓川而建的真言宗名刹。

平日里古树成荫的庭院里几乎看不到什么人，但就这样一座安静的寺院，唯独今天却变得门庭若市，热闹非凡。虽然已经打通了两个正堂的大厅，依然容不下所有的来客，只好安排一部分人在院里临时搭建的帐篷里坐下。

挂在祭坛上的西之幡豪辅的照片前，有几个僧侣正端坐着，一边诵经一边敲着木鱼。经文的内容一定是吉利的，可是对于听不懂的人来说，听着诵经的声音反倒觉得更热了。敦子也坐在父母旁边，不断地晃着一把小扇子。

就在寿愿寺呈现出一片香与花的海洋时，在行凶现场黑条，从东京赶来的须藤部长刑警与关刑警正在长冈署警官的解说下听取案件详情。戴着巴拿马帽穿着白色衬衫的须藤一脸困惑的表情。不，不仅仅是困惑，其中还夹杂着一丝狼狈。太阳正当头，他一边点着头听说明，一边用不太干净的棉质手帕冷漠地擦着从额头流到脖颈的汗。

长冈虽然是工业城市，但是稍往郊外走一点，就可以看到成片的水田与旱田。行凶现场黑条位于从工厂地带藏王町再往北的地方，虽然在地图上被编入了市内，但由于是新开发的区域，因此有许多田地，很是荒凉。就在这里的一小片阔叶林中，平日里杀人成魔的知多半平反倒被刺一刀，当场身亡。昨天傍晚，受到长冈署查询的东京搜查本部被这一过于意外的消息惊得目瞪口呆，以至于半天没有一个人说得出话。

长冈警察署位于长冈站前的大手路上。当警官开着车从这里赶到现场时，知多的身体已经变冷了。

受害者的帽子朝上扔在距离身体大约两米处的米槠树下。检查了钱包后，发现里面除了四张一千元纸币和一些硬币外，还有"御朝"的收据，于是立刻有一位刑警前往了该旅馆。看到住宿登记簿上填着三河町这一早就不存在的町名，很容易就猜到被害者并非正派。而几个小时后从东京收到的回复则表明，这个自称是马渊的男人，其真实身份是知多半平。

让东京搜查本部高度警惕，丝毫不敢有半点疏忽的知多，为何会如此轻易地就被杀掉了？这是当前的疑问。而这个谜团在发现了他胃里的尿素类催眠药后就很容易被解开了。可以想象得到，他在不知情的情况下被凶手下了催眠药，接着就在迷迷糊糊昏昏欲睡的时候被凶手刺了一刀。

进行完现场调查的须藤三人走出了树林，他弯下腰看着身边的小草。正前方的路通向一个叫福岛的村子，只能听到草丛中蚱蜢在不断地叫着，几乎看不到一个人影。

"那边是什么工厂？"

须藤手指的方向，一根灰色的烟囱正在高高地耸立着。

"那是大阪器械的长冈工厂。最左边的是北越电化。"

北越电化的两根烟囱中,有一根正直挺挺地冒着烟,今天没有风。

突然听到了汽笛声。从北长冈站出发前往新潟的列车在三人的视线中缓缓地从左向右开去,铁路堤坝上开着夜来香,乳黄色的花朵正在风压的作用下摇曳着。

"须藤先生,知多这个家伙为什么会在这种地方被杀呢?他跟长冈扯不上半点儿关系啊……"

看着列车越变越小,关转过脸问须藤,那张晒黑的脸看上去充满了活力。

"……我觉得,知多来到长冈或许是为了藏身,还有一个可能,他是受了凶手的指使来的这里。"

过了一会儿,须藤一边思考一边回答。

"你想一想西之幡社长的司机说过的话。他不是说,在新桥的时候,知多开着车跟在后面吗?"

这么一说,关也想起来了。须藤用手指捏住鼻子下方的胡子,一边把玩着一边继续说:

"我是这么想的。我们都知道,知多因为沙满教的事情意图惩处社长,因此一直跟在后面伺机报复。可是,与此同时还有另一个人同样也在策划着谋杀社长。"

"那个人是谁?"

"是谁还不知道。不过,那天晚上,跟在社长后面的知多无意中却目击了另一个人杀害社长的情形。这种情况下,你觉得知多会采取怎样的手段？"

"会去勒索凶手吧。"

"一定是这样的。毕竟以前他就干过这种事儿，这次也一定不能错过机会。结果，这个凶手X同意了他的要求并告诉他在长冈付钱，还预先给他出了旅费和住宿费。"

"有可能。听'御朝'老板讲的样子，知多的经济状况好像很好。吃着豪华的大餐，每天都出去游玩。"一旁的长冈署工作人员插了一句。

"我也赞成须藤先生的想法。只是，这样的话，杀了楢山源吉的人会是谁呢？"

关突然问出了心中的疑惑。之前一直认为知多是凶手的时候，大家自然而然地也就认为利用楢山源吉的是知多，是他害怕自己的秘密会暴露，才给楢山下毒药杀害了他。也就是说，知多让替身在他杀人的时候出现在别的地方，通过这种方法使行凶时间比实际看上去要晚，以此来给自己制造不在场证明。但令他没有想到的是，尸体很偶然地掉到了列车上，结果导致他挖空心思制造的不在场证明完全作废，无奈之下他才潜入了地下。

可是，如果知多仅仅是个配角的话，那么让楢山源吉戴上假胡子出现在"兰兰"的幕后人物X会是谁，这一点关完全没有头绪。

"这个嘛……"

须藤看上去好像也一不留神忘了还有楢山这回事，他又慌忙地摆弄了一下自己的胡子。

"也就是说，到目前为止，我们有关楢山源吉所有的推测都完全适用于凶手 X 吧。"

"为什么呢？"

"假装成社长是在出了'兰兰'以后被杀的，这个骗局不是出自知多之手，这个凶手 X 也可以做到。然而，由于尸体偶然掉在了列车上，再加上被知多这个敲诈者目击到了杀人现场，利用楢山处心积虑地制造出的不在场证明也完全派不上用场了。"

的确，仔细分析须藤的讲解，好像也是有这种可能的。关先是沉默了一会儿，接着又抬起头。他的脑中又浮现出了新的问题。

"可是，也不能一概地认为利用楢山做手脚的就一定是凶手吧？因为如果知多也怀有杀人念头的话，那么他也需要给自己制造不在场证明的。"

部长刑警晒黑的脸上眉头皱起，他又捏住自己的胡子，沉默了一会儿。

"但是呢，这里面有这么一层原因。假如是知多用楢山做替身，做了那些准备工作的话，那么从替身出'兰兰'的时间来推算，他企图谋害社长的时间就该是十一点半左右了。"

"为什么？"

话说到这里停下来了，所以关条件反射般问道。部长刑警接着沉思了半晌，然后做了回答。他说话的方式好似在谨慎地临摹大脑中思考过的痕迹一样。

"如果时间相差太多的话，那么从解剖结果中推算出的杀人时刻就会与替身出'兰兰'的时刻相距太远,这样人们就有可能会发觉出现在饭馆的人是替身这件事。即便是没有看穿他的把戏,大家也可能会认为在'兰兰'吃荞麦面的人只是长得像那个社长而已。如此一来,使用替身岂不是没有任何意义了?"

"原来如此。"

"所以,我认为在这种假设下,知多策划的杀人时刻应该是十一点半左右。如此一来,真正的凶手杀人的时刻是十一点四十分,这就与知多计划杀人的时刻一致了。两个同样想要社长命的人居然计划在同一时刻杀人,世上会有如此偶然的事情吗?因此,否认了这个偶然,也就等于否认了是知多利用了楢山这一想法。"

听到这里,关对须藤刮目相看,佩服不已。虽然他的脸长得不似胡同里的老爷子般老练精明,不过长时间的刑警生活还是培养了他敏锐的洞察力。想一想自己到了部长刑警这个年龄能否做出如此严谨的推理,关还是感受到些许的压力与畏怯。

"不过话说回来,尸体在这么偏僻的地方,能找到也真是不容易呢。"

听到须藤对自己说话,长冈署的刑警慌忙回过神来,转过头去。光从绿色的树叶反射过去,越发显得他的脸黝黑。

"抱歉,刚刚一直在听知了的叫声。这么早就开始叫了,这可是不常见呢。"

他略微不好意思地解释道。不过,须藤和关之间进行的无聊讨论的确容易让人走神。

"因为恰好有个庄稼人经过这里,是他打的报警电话。于是,附近的派出所立即派出了警官,证实死者系他杀,接着我们就赶到了。"

"推测的凶杀时间是两点十五分到两点半之间,这个数字可信吗?"

"嗯,我们抵达现场的时候快三点了,当时被害人身上的血还没有干。"

他扔掉了快抽完的烟,用脚后跟使劲踩灭,接着又伸出手摘了片草叶含在嘴中。

"感觉有点因果报应的意味呢,西之幡社长的下葬仪式正好也是今天。"

两位刑警用毫不掩饰的惊愕表情看着他。关的嘴微微张开着,露出了黄色的牙齿。

"这么说来,公司那边的人也都来这里了?"

"没错。从东京来了好多人出席葬礼,位于藏王町的当地工厂那边也有干部过来,规模不小呢。由于罢工出了名的东京工会的正副委员长也露面了。"

东京的两位刑警互相看着对方,他们总算明白了凶手专程将知多叫到长冈的理由。总之,凶手一定混在来长冈的人当中,这是毫无疑问的。

"恋洼和鸣海应该是可以排除在外的。"

过了一会儿须藤说道。

"毕竟在社长被杀的时候他们有着完美的不在场证明。"

关用的语气充满了自信。因为是自己专门跑了一趟调查到的结果，所以错不了的。

"嗯，还有，这两个人也没有用楢山源吉做替身的必要。"

部长刑警所讲的关的确没有注意到。但是仔细想想的话，确实如此。乘坐了北陆本线的正副委员长的不在场证明，不论社长是十一点四十分以前被杀，还是那之后被杀，都不会受到影响。看起来，一直被当作犯罪嫌疑人的恋洼、鸣海以及知多全都是清白的。

大家沉默了好一会儿，强烈地感到搜查方针从根本上就是错误的。

头顶上突然有知了叫了起来，不管是在东京还是长冈，那声音听上去都是一样的。

4

"费了我好大的劲儿呢。我说要去看电影，结果被妈妈批评说，今天可是社长的下葬之日，要收敛一些。然后我就说，那我就去散会儿步，结果她居然说，那我也跟你一起。真是的……不过，这里的话应该比较安全，不用担心被发现。"

敦子调皮地耸着肩笑了。她笑的方式很像女学生，穿上水手服一定十分好看。这家店的话应该不会被人注意到，由此产生的安心感以及时隔许久见到恋人的喜悦感让她不由自主地兴奋起来。听说车站前面的铃兰路上叫作"广濑"的这家牛排餐厅中有供同行的人用的包厢，于是鸣海就定了在这里见面。但是也不能白用人家的地方，因此晚饭也就决定在这里吃了。

"因为不能叫人怀疑，所以我来之前就吃了一点点晚饭。现在肚子都要饿瘪了……"

敦子说道。

吃饭期间，两人都尽量避免谈及影响食欲的话题。他们刻意不去聊下葬仪式以及在黑条发现知多尸体的事情，而是说一些在城里见到的光景以及从车窗看到的风景等。

"今晚谁请客呢？"

"我啊，毕竟是我邀请的你嘛。"

"这样啊，那我可得夸一夸这里的菜了。这个土豆吃起来口感柔软细腻，味道不错。"

"哎哟，不用勉强地称赞啦。这种程度的菜我也做得出来，等我嫁给你了，每晚都做给你吃。"

"喂，你可给我打住啊，我就恭维一下而已。"

两人开着幼稚的玩笑，开心地笑着。

吃完饭上了冰激凌后，鸣海吩咐服务员暂时避开一下，接着向前探出了身子。

"要说什么事？"

"昨天晚上，我注意到了一个细节。所以就在想，会不会是这样的呢。"

"你指的是什么事？"

"是杀了社长的凶手。"

"你说什么？"

鸣海惊讶得眉毛都跳了起来，紧接着又恢复了严肃的表情。

"你知道是谁？"

"嗯，因为他有合理的杀人动机。"

"你从头讲一下。"

嘴上是这么说，但其实鸣海心里并不憎恨那个杀了社长的凶手。陷入僵局的罢工运动之所以前途变得乐观起来，都是因为那个独裁者被杀，是托了那个杀了西之幡的凶手的福。恐怕所有工会成员应该都在心里感谢着这个凶手吧。

不过，话题虽然是敦子提起的，但是到了关键时候，她反倒变得支支吾吾了。差点被灰原吻到这件事要如何去描述呢？如果没有表述好，让对方有了错误的印象，没准到了后面两人之间会一直存在隔阂。

"你怎么了？"

看着一直默不作声地吃着冰激凌的敦子，鸣海有些焦急。

"我在思考呢，讲话的次序。"

"事情这么复杂？"

"不是，你别急啊，静下心来嘛。其实根本没什么大不了的事。"

"什么啊，难道不是说凶手的事吗？"

鸣海像是空欢喜一场似的，失望地说。

"不是那样的，你别自己瞎猜了，慢慢听我说。是昨天晚上的事儿，我下楼去了宾馆的大厅，一个人读着书。那个书里写的是长冈的历史，还挺有趣的，所以我完全沉浸在其中了。等我回过神来的时候，发现旁边站着灰原。"

"社长的秘书？"

鸣海的表情果然变得僵硬起来，他将快要吃到嘴里的威化饼放到了盘子上。

"嗯，他不是之前通过菱沼专务的夫人跟我求过婚吗？因为我还没有给出答复，所以他有些按捺不住。看上去像是忍不下去了，直接跑来跟我求婚。"

"这男人真是不死心啊。我去揍他一顿！"

鸣海气势汹汹地说，但很快又变成同情的语气。

"不过，或许他按捺不住也是可以理解的。如果换作是我，也会寝食难安的吧。"

"哎哟，你可真会说话。"

敦子一边笑着一边说。虽说这玩笑开得有些幼稚，不过被自己喜欢的男子这么说还是很开心的。

"灰原可认真了。接着，他在忘乎所以地追求我的时候，一不留神把心里的秘密给说了出来呢。"

"秘密是指，自己杀了社长这件事吗？"

"怎么可能？其实是，他之前去夜总会玩儿的时候被社长碰见了。"

"真是个不走运的家伙。"

"他一心以为，自己的求婚被拒绝是因为社长告诉了我这件事呢。灰原居然较起真来，跟我解释说，那是前一天晚上在宴会上落了东西，自己是去拿东西，叫我千万不要误会，他绝没做什么亏心事。"

"那，你从社长那儿听说过这事儿吗？"

"没有，昨天是第一次听说。当然，知道了这件事，就更不可能接受他的求婚了……"

"这样啊。"

说完，鸣海移开了视线沉思了一会儿。他侧过脸去，直挺的鼻梁突显出来，看上去非常脱俗俊秀。敦子很喜欢看他的侧脸。

开着的窗户下面，有几辆公车来来往往，可以听到车上女乘务员的声音乘风而来。这个城市里没有市内电车通行。

"所以你是说，灰原以为自己的求婚被拒绝，其原因在社长那里，因此有可能是他为了泄恨杀了社长？"

"哎呀，你说什么呢。我拒绝了灰原的求婚是昨天晚上的事儿。即便是灰原痛恨社长痛恨到想要杀了他的地步，社长可是早就死了的啊。"

"行不行啊我。"

鸣海发出诙谐的声音，缩了缩脖子。

"以理论家著称的我居然会在理论中出现混乱，真是上了年纪头脑昏聩了。如果在团体谈判的座位上犯了这样的错误，那可是一起重大事件，立马就会被抓住话柄当笑料了。"

"是吗，团体谈判的时候大家同仇敌忾之心那么强烈？"

他们这种动不动就气势汹汹的态度，在敦子看来不仅是可悲，更多的是无法理解。难道劳资协调这个词只是纸上谈兵吗？

"如果面对的是死去的社长或是灰原的话，无论如何都会变成那样。所以，这次的新社长不管是谁接任，我们都期望那个人能够充分地理解我们的立场。就算不是这样，借用一位学者的表述来说，因为日本人是一个情绪化的民族，很容易就会较真动气。对方非友即敌，而敌人就是憎恶的对象，我们看待别人都是采用这种简单干脆的方式的。这样的确不好。"

他抽出烟后敲了敲桌子，然后突然抬起了头。

"那，你说灰原杀了社长是因为？"

"就是说，他非常担心自己的劣迹从社长口里泄漏，然后传到我的耳中。看他那神情，好像为了阻止这件事情的发生，他甚至有可能去封住社长的嘴。"

"但他是那种会因为这种事而以身试法思虑不周的人吗？那家伙虽说是敌方，脑子却好使得很。"

对于鸣海的不赞成，敦子略感不满。她的语气更加激动，试图要说服对方。

"可是他那会儿已经忘乎所以了啊。看上去跟平时不大一样，昨天晚上也是——"

她说到一半，突然怔住了。这副狼狈的样子，鸣海不可能没有注意到。

"昨晚也是怎么了？"

"没，什么都没有。"

"怎么可能什么都没有。你刚刚那副慌乱的样子可不寻常。"

鸣海貌似很在意，眼里虽然浮现着微笑，却一直执拗地要刨根究底。如果在这里采取拙劣的隐瞒方式，两人的爱情反倒有可能产生裂痕。敦子不愿意这样，而要避免这种结果，她必须做一定程度的坦白。

"那我说了，但是你别生气。反正不是什么大不了的事情。"

"我怎么会生气，你说吧。"

"灰原握了我的手。"

"畜生，这个混账东西！然后呢，就这样吗？"

"然后硬要坐到沙发上，还试图去抱我……"

"畜生！要是敢有下次我绝不饶他。就这样了？"

敦子第一次看到鸣海嫉妒的样子。那张轮廓狭窄的脸庞涨得通红，漂亮的双眸不同以往地燃烧着。虽然有那么一会儿她有些惊慌，可是当她意识到鸣海的嫉妒是对自己的爱的另一种表现时，敦子的心宽慰了许多。

"就这样啦。然后菱沼夫人就进来了，所以灰原慌忙从窗户逃走了。"

"畜生。"

鸣海又骂道。看起来，他骂人的词汇很贫乏。

"而且，警察认为凶手是用枪对着社长，指使他把车开到上野公园的。社长这个人可是很要强的，他不可能轻易地被凶手威胁，肯定会采取中途把车开向派出所之类的行动来逮捕凶手的。"

"是有这个可能。"

"可是试想一下，如果对方是灰原的话，社长就会毫不怀疑地被诱骗到现场。因为，社长没有跟任何人说过灰原去夜总会的事儿,他做梦也不会想到灰原会对自己怀恨在心,所以应该是毫无戒心的。"

"的确是,这比警方的思路都要自然。看起来他爱慕你的热情是非同一般的,如此一来对社长的宿怨也是与此成比例加深的吧。不是还有句话叫作恶人先告状嘛。"

"哎哟,恶人也蛮可怜的。"

他的表情像是完全没有听见敦子的话一样。

"你拒绝了灰原的求婚,是因为有我这个老公呢,还是因为讨厌他这个人?"

"两方面原因都有。就算不认识秀作你,我也不要跟灰原什么的结婚,死也不要!"

"为什么?"

"我讨厌他。这个人对上面的人溜须拍马,对下面的人严厉打压。还有,我听去年参加伊豆慰劳旅行的人说,灰原居然把钓上来的虾虎鱼的肚子撕裂,把肠子都取出来以后又把鱼扔回海里。鱼儿并不知道自己的内脏已经被掏空,在水里像喝醉酒般摇摇晃晃地游动,灰原看到这副情景还冷笑了一番。我可是听得毛骨悚然呢。"

"这样啊。他在下层员工里名声不太好,这事儿我们也听说了。不过,那个虾虎鱼的活体解剖还真是残酷呀。不过也有可能他只是单纯地想做个试验,没有什么别的意思吧。"

鸣海像是在为他辩护一般说道。当你意识到自己处于优势地位的时候,不自觉地就会想要袒护弱者。

然而敦子立刻就反驳了他。

"喂，灰原是纺织工厂的职员，他可不是什么鱼类学者，完全没有做实验的需要啊。"

"这倒是。"

"你说，这事儿是不是必须得跟警察说一下啊？"

"这个嘛，这件事可得慎重。只凭你说的这些，警方会认为动机有些弱，有可能不会搭理我们。"

"我不喜欢告别人的状。但是呢，他有可能是杀了社长的凶手，也不能这么坐视不管吧？"

敦子异常兴奋地说着，鸣海一时判断不出来她究竟想说什么，只是一言不发地望着她那双明亮的棕褐色眼睛。

"怎么样？要不要我们自己先调查一下？干得漂亮的话应该不会被发觉。我觉得这样比直接去跟警察告发他要稳妥。"

"哎，要玩儿侦探游戏？你打算怎么调查？"

鸣海像是在取笑她一样，半开玩笑地说道。然而敦子的表情却意外地认真。

"直接去询问本人，这种事我们当然是做不到了。所以，我们要调查案件发生时他的不在场证明。明天我试着去调查一下，知多半平被杀的时候那个人正在哪里干什么。你回到东京以后，去见见相关人员，调查一下社长被杀的当天晚上他的不在场证明。"

一直略带嘲讽的态度听着的鸣海，看着敦子认真的眼神，表情不由得也变得严肃起来。

"不过啊，给猫脖子上挂铃铛这事儿虽说是好主意，但是有一个难题是，谁来挂呢？"

"什么意思？"

"我指的是怎么调查灰原的行动。我总不能恬不知耻地跑去问他，'社长被杀的当天晚上你在干吗'吧。"

"说的是，这一点我倒是疏忽了。那应该怎么去套他的话呢？"

敦子的眼神突然变得暗淡起来。自己想问题太过马虎，没有注意到最根本的难题。

鸣海也沉默着，用勺子舀着快要融化了的冰激凌。这个问题看似简单，但却很难想出个好计策。

"也不能自己厚着脸皮去问……那只能去拜托别人了吧。"

思考了一会儿，敦子像是终于想到了什么似的，小巧的脸上绽放出光彩。

"我有一个好主意，可以找个借口托人来调查。"

"有可以拜托的人么，调查这种事情？"

"有，有一个人跟灰原关系挺近。"

"谁？"

"哎哟，就是那位啊，菱沼专务的夫人。"

资本家一行人将会乘坐后天早上的列车从长冈出发前往东京。估计大家乘坐的都是同一班列车，因此可以在车上让文江漫不经心地打听出来。文江这个人处事圆滑周到，一定能毫不留痕地问个所以然出来，敦子在心里想着。

声优知道了什么？

1

回到东京后隔了一天的十八日傍晚，鸣海从足立的工厂坐上公车，接着在东京站下了车。他看了看表，距离约定的六点还有大约十分钟。他站在售票口的旁边，等着敦子的到来。

这会儿差不多也要过晚高峰了，可是公司职员的身影还是很多，看上去非常醒目。穿着轻快的罩衫工作了一天的白领佳人以及穿着白衬衫的公司职员接连不断地从眼前的地下通道里走出，接着又一个个被吸入了乘车口。每一个人都想尽快赶回家，分秒必争地享受这来之不易的只属于自己的时间，这是所有工薪一族的共同愿望。人群以一定的速度前行，仿佛永无止境的无限小数般延绵不绝。就这样在一旁呆看着，会觉得这些人就像是被放上传送带的半成品一般。

"秀作。"

从背后传来了声音。

"你看什么呢？"

鸣海急忙回过头去。声音虽然是敦子的，但因为她戴着深绿色的墨镜，所以看上去像换了个人似的。敦子今天穿了一身清秀的米色连衣裙，耳朵上镶着一对贝壳耳环。

"啊，是你啊。"

鸣海含糊地说。两个宽大的深绿色镜片看上去像是空荡的洞穴一般，从朱唇间可以看到一排洁白的牙齿，由此可知敦子在微笑，鸣海也像是被感染了似的露出了牙齿。

"你干不了坏事，我从刚刚开始就一直站在这儿的哟。"

"你可真狡猾啊，戴着这副墨镜我都认不出来了。"

"不是，我是试着检验一下自己，如果我们俩走在一起的样子被人看到不就糟糕了吗？不过现在连你都认不出来，那就没问题了。"

敦子像是放下心来，说着又露出了洁白的牙齿。她那双很有特色的眼睛被遮住后，红色的樱桃小嘴顿时就突显了出来。鸣海想起出了长冈餐厅后两人分别时体味到的触感，紧紧地盯着敦子的嘴唇。

"我们走吧，还是走到人群里感觉比较自在。"

她在窗口处买了两张车票，然后催促着鸣海从进站口通过了验票处。

"知多被杀的时候，灰原的不在场证明查得怎么样了？"

鸣海附耳低语道。从中央线的站台传来发车的广播声，在声音停止前敦子一直没有回复。

"这个嘛，有点模糊呢。他不是为了给下葬仪式做准备到处跑吗，所以如果他要去现场的话，也不是做不到的，那点儿时间怎么着都能空出来。从工厂到案发现场只有三千米，开车的话很快就能到。"

"的确是。"

"而且他去过长冈两三次了,对当地环境应该也挺熟悉。所以,要决定他是否清白,关键就在于弄清楚一号的晚上是不是他杀的社长。"

"明白了。然后呢,那天晚上他干什么了?"

"他声称自己在酒吧喝到酩酊大醉呢。所以我想,我们有必要去那家酒吧查一查他说的是不是真的。"

"哪家酒吧?"

"在银座,一家叫作'黑色天鹅'的店。"

"如果灰原常去那儿的话,估计店里的人也会记住他,这样的话事情就好办多了。"

"好像他最近经常去那儿,听菱沼夫人说的。"

敦子突然抿嘴一笑,对纳闷的鸣海解释道。

"灰原最近开始喝酒了,说是一想到我就痛苦得坐立不安,只好去借酒浇愁。"

"真可怜啊。人常说丑女情深,灰原这是丑男情深哪。"

两人在拥挤的人群中上了楼梯。

"我想让你去一趟'黑色天鹅'呢。"

"也是。"

"你在打听的时候,如果灰原偶然进来了就不太好了。所以为了避免这种情况,我会潜伏在公司前面的咖啡厅里,监视他出公司的情况。刚刚打电话试探了一下,他今天开会,开到七点左右,所以现在应该还在公司。"

"准备得真周到啊。"

"嗯哼。"

敦子笑了笑，一副没什么大不了的样子。

"灰原开完会如果直接回家的话倒还好，可他也不是没有可能在中途去趟'黑色天鹅'吧？"

"嗯，为了消解心中的苦闷啊。"

"所以，我会跟在他后面。如果他朝着酒吧的方向走的话，我会立即给你打电话的。"

她像是要享受探险的乐趣般，用一双活泼灵动的眼睛看着鸣海。

"电话中的暗号也要定成其他人理解不了的，我好好想过了。"

"怎样的暗号？"

上完台阶，两人站在了站台上，这里又挤满了一群急着回家的上班族。两人避开拥挤，朝着站台的一头走去。

"我想，'黑色天鹅'的老板娘和女招待应该都是灰原的朋友。事后灰原来酒吧的时候，如果知道有你这么号人物对自己的行踪刨根问底的话，一定会引起一场骚动。假如灰原真的是凶手的话，他察觉到危险没准就跑了。这样的话，我们不就会被警察呵斥了吗？所以，我给你打电话的时候也不能叫你鸣海。"

真不愧是女性，连细节都考虑得如此周全。

"是说要改名字吧？"

"嗯，你母亲姓什么？"

"坂梨。"

"这样，那我们就预设成给坂梨先生传话的形式，台词就定为'急行车票买到了'。听好了？调酒师如果说'坂梨先生,有位小姐让我告诉您急行车票买到了',你就赶紧逃出来。"

"明白了,怎么感觉好像是要实践惊悚片一样。"

"所以才有意思嘛,多刺激。"

敦子兴奋地笑了。鸣海觉得她的计划有些孩子气,但是仔细探讨的话,当前也没有其他好的办法了。他反倒发现,敦子想出来的正是最为妥当的方法。

"话说回来,你在哪儿等我呢？"

"嗯,碰面的地方我中途再找吧,看看有没有感觉不错的店。"

敦子看上去当真在享受着冒险的乐趣。

2

在数寄屋桥的交叉路口处告别了敦子,变成一个人的鸣海突然紧张起来。接下来,他必须像私家侦探一样去行动,究竟能否进展顺利,他对此毫无自信。拨开在霓虹灯下流动的人潮,他朝着银座走去。

"黑色天鹅"这家店非常好找。过了尾张町的交叉路口后从第一条小路往右拐,接着走上十米左右,就可以看到前面的墙上挂着一个脖颈很长体形巨大的天鹅招牌。在他前后,有好几个提着包的上班族来来往往。

不知是因为不务正业的人太多,还是由于地段好,虽然才刚刚过了六点,"黑色天鹅"里面已经坐了近一半的客人。鸣海原本就对酒吧之类的地方没兴趣，在这种地方和女招待聊着愚蠢的话题究竟有什么乐趣，抱着女招待喝的酒究竟美味在何处，他百思不得其解。鸣海觉得，与其把钱花在酒吧，倒不如直接扔到水沟里。因此，在他眼里，坐在凳子上或包厢里，怀里抱着女招待的男人，一个个看上去都如同丑陋的色鬼一般。

"哎呀，郑先生，真是好久不见啊。有快三个月没见着您了吧？"

一位闲着的女招待欢欣雀跃地走了过来，"扑通"一声坐了下来。

"不好意思，我还以为肯定是郑先生呢。您是第一次来本店吧？"

涂着蓝色眼影的女招待说道。由于她的眼睑有些肿，所以蓝色的眼影没有起到衬托的作用，看上去反倒像是瘀青。把鸣海错认作一位姓郑的先生，看起来也只是为了接近客人而编的借口。

"您要喝点儿什么呢？"

"我想想……"

鸣海有些心虚，装作若无其事的样子看了看周围。如果这里是自己常去的食堂的话，那么从贴在墙上的菜单中就可以看到菜名，然而这家装腔作势的酒吧里并没有那种俗气的贴纸。

"我想想……"

为了争取时间，他又重复了同样的话。虽然他试图在脑海中努力地回忆起鸡尾酒的名字，但这样做如同在考场上想要回忆起英文单词一般，起不到任何效果。总不能说要一盏台灯吧。

"我想想……来个灰原喝的那种吧。"

他像是总算想起了台词的低级演员般说道。

"啊,您是灰原先生的朋友吗?"

女子的表情突然变得亲近了许多。虽然她打扮得很年轻,但年岁的确也不小了,仔细看的话会发现涂抹成红色的嘴唇和皮肤都很沧桑。

"嗯,我叫坂梨,我们以前是同吃一锅饭的兄弟。"

"人家也喜欢吃小锅什锦饭呢。日本桥那边有一家店很好吃,您可知道?"

她会错了意,一边回答着奇怪的话,一边从腰带中拿出了一张小小的名片,上面写着"梨良子"。

"下次您二位一起来哦。"

"嗯,听那小子说他经常来啊。"

"也没有那么频繁啦,就来了大概三次。"

"这里有他特别中意的人吗?"

"是人家啦。"

两人开着玩笑,大声地笑着。女子一笑起来,眼角的皱纹看着就更加明显。鸣海心想,想隐藏年龄的话,倒不如板起面孔的好。

"其实不是啦,他都是一个人慢慢地喝着酒的。或许是在享受这里的气氛呢,您说是吧?"

一想到喜欢去夜总会和酒吧的灰原居然敢跟纯洁的敦子求婚,鸣海就越发对他的厚颜无耻感到愤怒。然而,这种心情他不能表现在脸上。

"你也喝点儿什么呗。"

"好开心,您想让我喝什么?"

"喝点儿你喜欢的就好,我跟灰原做事风格一样。"

梨良子站起来,过去跟调酒师点酒。

"一杯冰镇威士忌和一杯勃朗峰。"

"一杯冰镇威士忌和一杯勃朗峰。"

调酒师像是回音一样重复了酒名。坐在包厢里的鸣海虽然看不到他的脸和身子,但通过声音想象的话,感觉是一位三十多岁的古朴老成的美男子。

鸣海用手托着腮部,思考着应该怎么办。如今这样也没法伪装成私家侦探的样子了,既然是灰原的老朋友,就得采取老朋友该有的问话方式。有了!他在心里拍着手。他记得,曾经在某本书中读到过类似的场景。

"哎,怎么了这是,突然就一副沉思的样子……"

坐在旁边的梨良子说道。

"没,有件事情很在意。之前我跟灰原那家伙打了个赌。"

"哎呀,什么样的赌?"

"挺晚的一个晚上,我坐上电车,结果发现灰原那家伙跟一个大美人在一起。我有点儿嫉妒他,第二天就打电话问他,结果这小子居然厚着脸皮不承认,说他不记得跟这样的女子一起坐过电车。"

"哦?"

果然是女人，只听到灰原跟个美人在一起这一句，就有了极大的兴趣。她把身体凑了过来，一股浓浓的香水味扑鼻而来。

"结果呢，我们就打了个赌，看看谁说的是真话。"

"哎哟。"

"我们约定输了的人要请对方把银座最好吃的东西吃个够。"

点的酒水上来了，冰镇威士忌和勃朗峰这两种酒鸣海都是第一次见到。

"灰原那小子一气愤脸色都会变，经常生气的，他。"

"哎，是这样吗？他在这里倒是没怎么生过气。"

"在女性面前可就是另一副样子了。"

"有可能。不过男人不都是这样的吗？婚前净给女人说些甜言蜜语，一结婚立马就变成暴君。"

"嚯，你这是经历过？"

鸣海盯着梨良子看，为了掩盖粗糙的皮肤而涂抹得厚厚的粉底和腮红像是在诉说着她的过去般，看上去有种无名的惆怅感。

"讨厌啦，人家还没结婚呢。"

虽然她拼命地装出一副天真无邪的表情，但脸上细小的皱纹却背叛了她的努力。

"还没结婚啊。"

鸣海对于她一不小心说漏了嘴感到很好笑，不由得出声重复道。

"我喝了啊。"

梨良子伸手拿起了冰镇威士忌，鸣海因此知道自己的酒是勃朗峰。梨良子一边将嘴唇贴在酒杯上,一边对着鸣海嫣然一笑,喝下去了大约半杯酒。她喝酒时视线中都隐藏着挑逗男人的技巧。虽说是在做生意,但技艺的确很巧妙。

"啊,真好喝。那,灰原先生的事情结果如何?"

"他的借口太可恨了,说是那天晚上一直在这里喝酒,不可能去坐电车的,简直是胡扯。"

"那天晚上指的是什么时候?"

"我想想,什么时候来着?"

他看着天花板,演技非常精湛。受到间接照明的白色灰泥天花板上也画着几只黑色的天鹅。鸣海假装在思考,一直凝望着黑色的天鹅。正如"车到山前必有路"这句话说得一样,梨良子顺利地上钩了。他必须更加谨慎地、不被发觉地捯鱼线。

"想起来了,是我去东北旅行的前一天晚上,所以应该是这个月的一号。时间是十一点四十分左右。"

"一号的晚上?那就是您看错啦,灰原先生那会儿在这儿呢。"

"你说什么?"

鸣海的表情中夹杂着失望与疑惑,他瞪大了眼睛。

"你说他在这儿?"

"嗯。"

梨良子肯定地说着,点了点头。

"是十一点四十分。"

"没错,就是那会儿。"

"你没弄错日期吧?"

"不会的。调酒师身后不是有个日历吗？当时他忘了翻日历，上面还显示的是五月，我发现之后提醒了他，这才改过来。因为灰原先生就是这个时候来的店里，所以我的印象就更加深刻了呢。"

"真奇怪。"

鸣海说这句话，既是在演戏，也是他真正的想法。会不会是灰原收买了酒吧的店员，统一了口径呢？

"我可是跟灰原打了赌的，如果我输了就得请他吃银座最好吃的餐厅了。不过问题的关键不在这里，而在于输赢。我这个人呢，很讨厌认输。怎么样？告诉我真实的情况我就请你吃好吃的。比起请他，请一位像你这样的美人吃饭更有请客的价值，我也图个高兴。假如，我是说假如，灰原这个混账出了两千元来收买你，那我愿意出三千。梨良子，告诉我真相吧。"

虽然他这些拙劣的说辞有些无视对方的自尊心，但或许是因为鸣海的热情都表现在脸上了，所以梨良子一点儿也没有生气的样子。

"当时招待灰原先生的不是人家，是小光啦。您稍等一下，我叫她过来。"

她转过腰身回头看了看另一面的凳子，接着朝一个穿无领礼服的女子叫道：

"小光，过来一下。"

"怎么啦？"

"你来一下嘛。"

光子好像跟旁边的客人轻声耳语了些什么，然后从吧凳上下来了。如同那身雅致的衣服一般，她的脸长得也很雅致，是个很可爱的姑娘。她面对着鸣海和梨良子坐了下来。

"他真的在这里喝酒了。"

听了梨良子的话，她轻拂着梳得很整齐的头发回答道，樱花色的指甲靓丽而充满光泽。

"那天晚上是他第一次光临。说是公司开会，所以来得很晚。"

"他来的时候大概几点？"

"嗯，差不多刚刚过了一刻钟，因为那边——"

她用手指着位于四丁目交叉路口的时钟塔的方向。

"时钟响过了。"

那个时钟塔模仿的是威斯敏斯特宫钟塔，每隔十五分钟撞一次，这一点即使是不常来银座的鸣海也知道。

"他喝了不少酒呢，期间一直悲伤地叹着气。"

"他像喝闷酒一样喝了五六杯勃朗峰，最后躺在沙发上睡着了。没办法，只好等关门后人家和老板娘一起用出租车把他送回了公寓，绝对错不了呢。"

梨良子也跟在后面说道，丝毫没有在说谎的样子。

"原来如此，这么说是我看岔眼了啊？"

"没错。十一点四十分的时候，他正使劲儿地叹着气呢。那叹气声，听得连我都觉得有些郁闷了。他是出了什么事儿吧？"

光子露出窥探般的眼神，等着鸣海的回应。

3

　　光子被客人叫到后便起身离开了。鸣海又要了一杯勃朗峰，点燃了第四根烟。两位女招待都是一样的说法，她们的话是否可信，这是一个很大的疑问。

　　"哎，我还是不甘心就这么输给了灰原。这样，有没有客人能够证明他十一点四十分的时候还在这里？那种经常来的客人之类的。"

　　"这个嘛……"

　　梨良子皱起眉毛，略微歪了歪头，露出一副为难的样子。就在这时，一个男人站在了两人包厢的一旁。他戴着褐色的贝雷帽，穿着红色格纹短袖衬衫，身躯犹如铜像般庞大。

　　"不好意思，有件事我想问一下您。"

　　他用略带鼻音的声音说道。这样的男低音好像在哪里听过，可是暂时又想不出来具体在哪儿听到的。鸣海露出了夹杂着一半警惕的微笑，抬头看着他，然后用手指着光子刚刚坐着的位子。

　　"梨良子，你能先离开一下吗？"

　　等到她一起身走开，男子突然把脸凑过来压低了声音。他那凸出来的圆鼓鼓的额头几乎都要碰到鸣海的额头了。

　　"听到您在说一号晚上十一点四十分的问题，所以引起了我的注意。请问您是在调查那宗案件吗？"

　　"哪宗案件？"

很明显,男子指的是西之幡被杀案件。然而,鸣海觉得还是谨慎些比较好,所以装出一副不懂的样子。

"就是那个被杀、被抛尸,然后尸体被运到一个莫名其妙的地方的案件啊。"

"西之幡豪辅的……"

"没错。"

这个彪形大汉使劲点着头,声音变得更小了。

"你是在调查那件事儿吧?就算你隐瞒我也知道。"

他喝醉了酒,用手帕胡乱擦着油亮的脸。

"喂,梨良子,给上点儿水,稍微加点儿苦味酒啊。接下来我们有重要的会谈,大家都避开啊。"

看起来他在这家店很有面子,虽然讲起话来毫不客气,可是梨良子和其他人都没有露出丝毫不悦的样子。

"嗯,差不多就是这样。"

鸣海还没有完全消除戒备,说话的方式也很含糊。他在心里认真地搜索着记忆,试图想起自己究竟是在哪里见过这个熟不拘礼体形肥大的男人的。

"我呢……"

男子一边晃着竖在眼前的食指,一边露出一副装模作样的表情,仿佛接下来要谈一件非常重大的事情一样。

"我掌握了一个任何人都不知道的事实。今天傍晚给搜查本部打了个电话,结果是个底层的喽啰刑警接的,那家伙答话非常傲慢无礼,我一气之下就把话筒给摔了。"

他看起来醉得不轻，鼻子塞得严重，讲起话来非常痛苦，发音也很奇怪。

"没错，刑警没一个中用的。"

鸣海附和道。他也感受到了些许诱惑，想听一听这个男人究竟知道些什么。

"哟呵，挺会说的嘛，你！"

男人啪的一声拍了下他的肩膀欢声叫道。虽说已经酩酊大醉了，却还懂得先支开梨良子再开始谈话，的确是个处事周到的人。

"我呢，之前就把这个想法告诉过搜查本部，结果人家把我当外行，根本就不相信我。然后我也有些赌气，想着无论如何也要证明我的观点。不过，眼前摆着一个重要的数据，这件事我也是今天才注意到的，就在我看到台里、家里没取出来的报纸上以前的日期的时候。"

"台里指的是？"

"广播电台。"

他把手伸进裤子的口袋，把手帕、打火机、笔记本、钱包等所有东西都摆在桌上，最后掏出了名片夹。

看到村濑秀夫这个名字，鸣海终于明白自己为什么觉得听过他的声音了。对方是声优，所以就会不知不觉地通过广播熟悉他的声音。原来如此，那个声音的主人原来是这么一个胖子啊。鸣海暗暗地对比了一下自己瘦削的身材和对方硕大的体格后，露出了阴沉的表情。

"你注意到了什么？"

"就是，那个男人，卧、卧铺车里被毒杀的那个男人。"

听到毒杀这个词，在收银台处支着一只胳膊肘的光子用吃惊的表情看了眼声优。

"是说楢山源吉吗？"

"没错没错，楢山、楢山。我注意到，这个楢山源吉是个地地道道的东京人，地、地地道道的呢。"

不知是因为酒劲上来了，还是因为太过激动，声优三番两次地口吃，圆圆的鼻头上渗出一粒粒汗珠。楢山源吉出生在东京，这个鸣海在报纸上也读到过。

"那个人没出过东京，这一点很关键。"

"不过听说他曾经去埼玉县工作过呢。"

"不，那、那个无所谓，那个可以忽略掉。"

他挥着让人联想到棒球分指手套的大手说道。最近由于东京不断向外扩张，甚至让人产生一种埼玉县也是东京一部分的感觉。因此，除去源吉被毒杀的那次死亡之旅外，说他一生中从没走出过东京一步，或许也不是什么大的错误。

不过，源吉没有踏上过东京以外的土地这件事和案件之间会有怎样的关系，鸣海完全听不懂声优想要说什么。

"楢山源吉是东京人的话会怎样呢？"

"这可不是会怎样的问题，而是会从根本上改变西之幡案件的。到目前为止，搜查本部所采取的见解都是从大前提就错了的，这、这次在长冈，那个叫作知多半平的男人被杀了。我看了晚报，本部居然还在说着什么离破案之日不远了之类不服输的话。可是，照现在这个样子是抓不到凶手的，绝对的！"

"村濑先生，你要喝点儿什么吗？再跟我详细地讲一下你的发现。"

鸣海颇感兴趣地说道。他知道，这个男人所说的话是有某种根据的，不是简单的喝醉酒后开的玩笑。

"我当然会说。我也是特别想找个人听听我的想法，可是，唯独警、警察那边，抱歉了。我可不想再看见警察的臭脸。"

他看上去情绪很容易被触发，仅一通电话就彻底闹起别扭了。

"不过呢，因为我是声优所以才注意到这一点了。要是换了别人，就算有一百个人，估计也会忽视掉吧。"

听他这么说，鸣海的好奇心逐渐燃烧了起来。他想先让对方喝到不醉的程度，然后说出自己的发现。

"勃朗峰怎么样？"

鸣海说道。没办法，除了这个他也不知道别的名字了。

"或者是冰镇威士忌？"

"你要是请客的话，就给我来两份苏格兰威士忌。"

声优说。鸣海扭过上身，想要转达他的需要，就在这时，收银台对面的电话响了。调酒师做了简短的应答后放下话筒，接着环顾了一下客人座位。

"请问有位叫坂梨的客人吗？"

"是我。"

鸣海从包厢中站了起来。正如他想象中那样，调酒师是一位年长的美男子，穿着帅气的白色上衣，系着一个连男人看了都会为之着迷的潇洒的蝴蝶结。

"有给您的传话。对方说已经买到了急行车票，希望您尽快过去。"

调酒师白皙的脸上露出讨好的笑容，小声地说道。

"尽快？"

"是的，对方好像非常着急。"

"谢谢。"

调酒师又一次露出讨好的笑容，然后轻轻地点了点头。略微歪着头笑好像是这个男人的习惯。

也不知道出于什么原因，这通电话打得这么晚，究竟发生了什么。敦子要求他尽快，也就是在说，灰原不到一会儿就会出现在这里，鸣海必须迅速地做出判断。回到座位处，他站在那里回头看着声优。

"怎么样？要不要去别的什么店里吃点儿东西？我知道一家店很好吃……"

"我肚子不饿。不是要在这里说吗？"

正是因为肥胖，所以村濑貌似懒得动弹，他泰然地掏出了烟盒。

"而且，有一位女性我无论如何都想介绍给你。"

紧要关头，他提到了敦子。这下，一直一动不动地坐在那里的贝雷帽突然有了兴趣，默默地笑了起来。

"是个美人吗？"

"是个大美人哦。我跟她约好就在附近的咖啡厅碰面，我想让她也听一听你讲的事儿。"

"那我们走吧，我、我最喜欢女人了。"

他用凸起的肚腩顶着桌子站了起来，接着轻轻地拍了拍梨良子的后背。

"我会再来的。"

"哎哟，这就回去啦？"

梨良子和声优用亲昵的态度互相寒暄着，然后卖弄风情地接了吻，那样子鸣海看了有些想皱眉。

"这位客人，也欢迎您再次光临哦。"

梨良子微笑着看了一眼红着脸的鸣海。这个胖男人一边用一只手开着门，一边又给了女人一个飞吻。

"黑色天鹅"前面的小路被鳞次栉比的酒吧和餐厅的霓虹灯装点得绚丽多彩。出了酒吧，村濑迈着摇摇晃晃让人提心吊胆的步伐朝反方向走去。

"这边比较近。"

"不是的，我车、车停在这边。"

他打了个嗝说道。鸣海想要扶他，可是他固执地摇了摇头，接着继续跟跟跄跄地往前走，差一点就要撞到拿着吉他和手风琴的歌手身上。

"心情不错呢，村濑先生。"

"胡说什么呢，我可没喝醉。"

声优生气了似的呵斥道。或许是因为平日里他给起小费都很大方，所以两个街头歌手都嘿嘿地笑着迅速离开了。

走出小巷来到路上，可以看到一辆车停在那里。对汽车不感兴趣的鸣海，对于那辆车是什么牌子、价格又是多少完全没有概念。他只是觉得声优这个职业无比风光，可以开着自家车随意兜风，也不用担心钱包会瘪，只管优哉游哉地在银座的一家家酒吧里畅饮。

"好，上车吧。要去哪儿？"

"在有乐町车站旁边。"

"那样的话一分钟就能到。"

"你能行吗？"

鸣海想起了酒驾引发的多起事故，犹豫地问道。

"别担心，不就在那边儿嘛，我没醉。"

没办法，他也急于知道村濑要讲的内容。而且，继续在这里耽搁时间的话，有可能会被灰原看到。

"那就麻烦你了。要好好开啊。"

"我说了，没问题的。"

他一坐在驾驶座上，车身就向一边斜着晃了一下。

汽车立刻开动了。眼看着就要到尾张町的交叉路口处了，突然，绿灯变成了红灯。站在人行道上的人们一齐开始通过车行道。

村濑的车当然应该在这里踩刹车停下来。然而，实际上却发生了相反的事情。他犯了一个酒驾常见的错误，将加速器当作刹车踩了下去。正在过马路的人群惊叫着跑散了，村濑不顾一切地死死地抓着方向盘,一张圆脸如酒吞童子①般通红。

汽车飞速地穿过了十字路口,剧烈地摇晃了一下,接着伴随着车轮与地面嘎吱嘎吱的摩擦声,车子开上了人行道。路上有女人发出了尖叫声,随后那声音突然逐渐地远去了。就在这时,一个红色的邮筒朝着鸣海飞来,随着一阵剧烈的撞击声,汽车骤然停了下来。

声优大叫了一声,头部正好撞在车子的前窗玻璃上。红色的鲜血瞬间迸发出来,染湿了车体,接着滴落到人行道的石板上,逐渐变成了一片血泊。鸣海被车子甩了出去,头部撞到了石板路上,然后就一动不动了。

---

①相传为住在丹波大江山,常进城抢劫财物和年轻妇女的恶鬼。据室町时代的《御伽草子》所记载,酒吞童子有着一张红脸,长着五根大角和十五只眼睛,头发短而零乱,身长在六米以上。因为嗜酒,所以称为酒吞童子。

仙人掌俱乐部

1

鬼贯接手本次案件，并不是因为他的能力受到大家的高度评价，仅仅是因为他碰巧手头没有任务而已。在搜查本部遇到瓶颈的时候，干部中有人提出要不要换个人从别的视角审查案件这一观点。当案件与负责案件的主任警部性格不符的时候，警视厅往往会采取这种办法，这并不是什么新鲜事。

在这种情况下，鬼贯的工作主要是在内部进行的。为了给主任警部留够面子，即便是鬼贯的调查成功了，也不会算作他的功绩。然而，虽说如此，鬼贯心里并非觉得自己的工作没有意思，因为他这个人原本就把名利看得十分淡泊。或许上面正是看中了这一点，才选了他。

鬼贯开始调查的时候是六月二十五日，此时距离第一起案件发生已经过去了将近一个月。他留了一个叫作丹那的刑警做助手，其余刑警都打发去协助别的办公室的工作，接着开始对着桌子慢慢地研究迄今为止的调查情况。他从头开始熟读大量的报告书，核对了其中必要的地方，并将探究不足之处以及嫌疑人可疑的行动摘录到笔记本中。比如，行动不便的西之幡夫人即使自己没法杀害丈夫，却可以将此事交给别人去执行。鬼贯觉得，到目前为止对于这些疑点都没有进行充分的调查。他立刻派丹那深入栃木县的黑矶市完成一份有关若竹母子的详细报告。那天不凑巧下着雨，丹那满身泥巴地走遍了乡下的道路，最终了解到死去的若竹田鹤子的确是一个不谙世事的姑娘，除了家乡和东京的玉川以外对其他地方一概不知这一信息，同时还带回了可以证明若竹久子未被正式认定为豪辅的孩子的户籍誊本。由于确认了这个孩子还未入籍西之幡家，因此也可以消除对西之幡遗孀的怀疑了。

社长和知多被杀时各个嫌疑人的不在场证明，也都去现场跟每位证人进行了核实。举一个例子，他派丹那前往大阪宫原调车场的宿舍，让他拜访歇班当天在那里休息的"日本海"号上的乘务员，再次确认了恋洼两人的不在场证明。

鬼贯进行了更加缜密的调查。恋洼和鸣海都不存在杀害知多半平的动机，但即使是这样，他仍旧追查了两人在十四日的不在场证明，确认了他们在凶案发生时的确在上越线的列车上之后，才最终认可了这两人的清白。

结束了八天的探讨和调查，鬼贯还剩下以下两个疑问：一、村濑俊夫究竟看出了什么？据他说，这是一个重大发现，会从根本上改变西之幡案件。二、西之幡豪辅前后两次去保险箱究竟是为了什么？

"丹那，你如何看待这两个问题？追查了本案中的谜团，到头来关键就在这两点中了。"

鬼贯放下手中的铅笔，对热爱工作的小个头丹那说道。经过这八天的活动，原本肤色就很黑的丹那被晒得更黑了，他从桌上铺开的报纸中抬起了黑色的脸。

"我呢,从老早起就挺在意村濑说的话,所以一直在看过期的报纸。"

村濑在银座四丁目引发汽车事故后,被赶到的救护车送到了筑地的医院。他的伤势很重,颈部有一半动脉都被切断,目前生死未卜。因此,也不能通过临床询问得知他究竟发现了什么。

从同在车上的鸣海那里听取情况的结果表明,声优的发现关系到豪辅被杀一案。听完报告后,丹那试图自己找出这一发现。

"我给声优家里打了电话,问了他家里取出来的报纸的名称。除去那些报纸以外剩下的旧报纸,我目前正在阅读中。他说,自己在广播电台为了消磨时间打开报纸阅读的时候,获得了可以解开谜团的重大线索。他究竟在报道中发现了什么,我真是百思不得其解。"

"是啊,他如果能尽快恢复,可以开口说话就好了。"

"你别说,这可真是危险啊,按理说最近的汽车应该都装了强化玻璃了,不过这的确也得看当时的情况。"

丹那露出了暗淡的眼神。

"声优暂时恢复无望的话,我们就必须从其他方面来追查。话说这第二个疑问,西之幡社长去了保险箱两次究竟是为了什么,我认为有必要彻底调查一下这个问题。"

鬼贯等丹那点头后接着说:

"搜查本部关于这一点的看法好像也很简单。虽说西之幡社长前后去了保险箱两次，但仅凭这样就认定他第一次是去取出了什么东西，第二次又将其还了回去，未免有些轻率。"

丹那含糊不清地做了应答。鬼贯的性格探讨起问题来非常慎重，这一点他很了解。但本部的观点究竟哪里出了错，一时间他倒是看不出来。

"我们所能知道的，是他去了两次银行的地下室，仅此而已。"

"哦。"

"本部只设想了一种情况，可是我却能想象出至少四种情况。不对，如果换个思路，还会有更多的情况。"

"您指的是？"

"为了便于理解，写在纸上的话就是这样。"

他拿起笔，写了下面的内容。

（一）第一次拿出，第二次还回。

（二）第一次拿出，第二次再拿出别的东西。

（三）第一次放进去，第二次拿出。

（四）第一次放进去，第二次再放进去别的东西。

"原来如此。这么看起来，是有许多种情况呢。"

"不，还有更多。"鬼贯看着一脸头疼样子的丹那继续说道，"比如第一种情况，严格来说，这个就可以分成两种情况。最开始打开保险箱的时候拿出了 a，第二次打开的时候，既可能是把它还了回去，也可能是放进去了一个完全不同于 a 的 b。"

"哦……"

"同理,第二种情况也可以这么考虑。最开始放进去了 a,第二次打开的时候,既可能是拿出了 a,也可能拿出的不是 a 而是另外的 b。"

"……明白了。"

"不对,还有更多的情况。如果只计算可能性的数量的话,两次打开保险箱都没有拿出任何东西,或是都没有放进任何东西,也是可能的。或许因为某种原因,他需要假装成去了趟保险箱,因此才采取了那样的行动。"

不过,丹那跟不上鬼贯的思路。假如分成各种不同的情况来考虑的话,的确可以想出许多种可能。可是,这样不就变成了单纯为了分类而分类吗?

"这倒是。"

鬼贯像是察觉出丹那心中所想似的,一脸认真地说道:

"我只是想指出,本部无论是观察还是推理都过于肤浅了。换句话说,有关保险箱的调查会不会忽视了一些问题。虽然不能断定其中必然存在错误,但是在我们重新讨论了所有问题之后,剩下来的只有保险箱了,如此一来,我感觉还是有必要再调查一下保险箱。"

有必要再次调查一下保险箱,鬼贯的这一见解丹那也有同感。两人决定下午出门,他们首先邀请了忽谷律师在场见证,接着又联系了昭和银行。

2

虽然对于负责人、小稻以及忽谷律师来说已经是第二次经历了，但鬼贯和丹那却是第一次去地下保险箱。丹那偷偷地环顾了四周后，得出了无缘保险箱、适度贫穷的人生活得更幸福这一结论。地下室的空调开得太大，冷得人直打哆嗦。

五个人像六月三日那样打开了保险箱，从里面哐当哐当地拉出了钢铁盒。

"请您着手调查。"

白发律师干脆地说道。他比中等身材的鬼贯高出了大约十厘米，长着一张轮廓清晰的脸。如果裹上头巾的话，以他的肤色都可以被认作印度人了。

"我问一下，社长来金库的时候，有没有带着什么东西？比如提包、包裹皮之类的……"

鬼贯问了一下依旧用润发膏把头发涂抹得油光闪亮的小稻。

"没有，两次都是空着手的。"

"谢谢。这么说来，应该是可以装到口袋里的小物件。就算是文件，至少也应该有个四五张。"

他像是自言自语地说道，接着他让丹那帮忙从盒子中拿出文件，然后开始细致而认真地调查起来。律师一行人都默默地注视着警部的手，他们既对于他会发现什么抱有期待，又认为无论怎么看也不可能发现新的事实。

每张证书和股票鬼贯都用了近三分钟进行调查。随着时间一点点过去，众人脸上都浮现出既惊异于他的细致谨慎，同时又倍感无聊的表情。可是，警部完全没有注意到这些，他把若竹久子的两张照片和被撕得只剩下半身的照片拿在手里凝视着，这样还不够，接着又从口袋里拿出了放大镜。

"怎么样，有什么收获吗？"

或许是因为鬼贯不紧不慢的态度让律师等得不耐烦了，等到所有调查都结束后，他用焦躁的语气问道。在旁人听来，里面或许还有些鄙夷的意味。

"还没有什么发现。不过，我想好好研究一下照片。只要一天就够了，烦请借给我。不，我想要那张撕破了的。"

鬼贯像是什么都没察觉似的说道。得到律师的许可后，他将照片放进包里，接着向银行职员表达了谢意并让对方关上了保险箱，随后五个人来到了地上。

回到中央官厅的鬼贯坐在桌前，手里拿着放大镜仔细地观察着被撕破了的照片。丹那一点也不明白鬼贯究竟对那张照片的哪里感兴趣，若竹久子的誊本已经明确证实了案件并没有牵扯到遗产问题，然而到了现在，鬼贯却对久子母亲的照片抱有兴趣，这究竟是怎么回事？

丹那坦率地说出自己的疑问后，方下巴的鬼贯歪着嘴角苦笑了一下。

"不是那样的。因为三张照片被放在一起，所以你和本部都认定那是若竹久子和田鹤子的照片。但是，没有任何根据可以让我们那样断定。"

"您是说，这个女人不是田鹤子，是个完全不相干的人？"

"我想是有这种可能的。你过来，用放大镜看一下这里。"

鬼贯用铅笔头指着照片的一部分。照片中，一个穿着散乱的和服和凉鞋的女人朝着正面站着。可是，毕竟因为上半身是没有的，所以无法知道她的年龄与容貌。站的地方看上去像是城里带着格子的房屋正门前面，由于照片上可以看到铺砌的道路，因此推测是城市。此外，道路很远的地方停着一辆车，鬼贯用铅笔指着的，是那辆车的车牌。

"你仔细看看，这应该不是东京的车。"

"……嗯，是京都的。京都的'5す9998'[①]。这么说来，这张照片是在京都拍的？"

丹那像是被新的发现惊到了一般，声音听上去非常激动。

"应该是。根据你的报告，死去的若竹田鹤子除了家乡和东京的玉川以外，没有去过其他地方，所以不可能会在京都被拍到。虽然也有可能是京都的车碰巧开到了东京并被拍到了照片里，但是我自认为东京的街道还没有我不认识的，而照片里的道路我却没有见过。不过，照片有一半被撕掉了，所以也不能说我的看法就是百分之百正确的，但我想，用常识来思考的话，是可以得出这是在京都拍的照片，因而照片里的人不是若竹田鹤子这一结论的。"

[①] 日本车牌号格式，中间有假名。

"原来如此。"

"如果要问那个保险箱盒子里的文件与照片中最莫名其妙的是什么,那就是这张照片了。光凭它没有脸的部分,就让人觉得有什么隐情。丹那,你快去给我洗一下照片。我要拿着照片去京都,以查明这个女人的真实身份。这究竟对破案有没有帮助,只有去了才会知道。"

说完,他像个积极分子般迅速地打开桌子的抽屉,从里面拿出了列车时刻表。

3

急行列车"出云"于二十二点三十分从东京出发,第二天早上八点三十四分抵达京都。出发时刻虽然有点晚,但是从东京站出发的末班急行车除了"出云"以外别无选择。鬼贯乘坐的同一节卧铺车厢内,有一对接下来要去出云大社①参拜的新婚夫妇。虽说他倒也没有被两人恩爱的样子刺激到,但整个晚上的确睡得很浅。

"出云"滑进了京都站的五号站台。由于停车时间有六分钟,因此他不紧不慢地从座位上站起来,向那对看上去无比幸福的新婚夫妇投去好意的一瞥,然后下了车。或许因为恰好是早饭时

---

①出云大社位于岛根县出云市,占地两万七千平方米,是日本最古老的神社之一,也是日本被冠有"大社"之名的神社之一。

间，站台上挤满了想买便当的乘客。他将小包挟在腋下，穿过人潮走上跨线桥，接着通过了检票口。

鬼贯记得很清楚，战争期间自己在京都站下车后，曾被聚集在候车室椅子上的一群邋遢的流浪汉不断地纠缠索要食物的事情。战后他也在京都下过几次车，每次都会想起当时那悲惨的情形。即使是如今，站在这个盛装打扮的京都美人来来往往的大厅中，对于他来说，在人山人海的站内风景背后浮现着的那场战争中阴暗的影子，依然如同用伦琴射线透视般历历在目。鬼贯稍稍停住脚步环顾了一下四周，发现在咨询处的旁边有公用电话，于是他从那里给京都府的警察本部打了电话，告诉那边自己已经到了，吃过饭后就会前去拜访。

京都的夏天非常闷热，这一点是大家公认的。不过可能因为天还早，因此气温并不高，感觉相当舒服。他穿好外衣站在车站前，想了一会儿接下来要去哪里吃早饭。京都遍地都是美食，鬼贯每次到访京都都会吃一吃普茶料理，品一品川鱼料理，再在知恩院①内领略一下芋棒的美味，结果总是搞得胃都吃不消了才回家。来京都出差，虽然不能明目张胆地表示，但的确是他所期待的。他在心里暗自打算着，这次如果工作进展顺利的话，离开京都的前一天晚上要去吃一顿甲鱼料理。

现在鬼贯想的是，随便吃点简单的食物把早饭解决了，可是

---

①知恩院是日本京都的一座神圣寺庙，创始人为法然上人，在京都的寺院中规模最大，为净土宗的总本山。

一大早的连卖油炸豆腐乌冬面的店都没有开门。无奈之下他只得走入了附近的食堂，吃了毫无特色的三明治，喝了味道淡如白开水的红茶。以敏感的味觉和精致的料理著称的京都，在这种便餐上却毫不讲究，想来也是有些不可思议的。

吃完饭后，鬼贯从车站前坐上了开往高野的市区电车，在乌丸出水下了车。从车站走个五分钟，就可以看到一个别致的建筑物坚实地矗立在眼前，这就是京都府警察本部了。虽然才九点左右，太阳已经把白色的石阶照得闪闪发光，看上去格外刺眼，鬼贯也热得想要脱掉外衣了。

交通课的主任警部叫作矶野，是一个五十来岁的小个子男人。看到他，鬼贯一瞬间联想到了名声不太好的政治家。矶野警部和这种政治家都有着大大的脸庞和矮胖的身材，细小而敏锐的眼神也很相似。看着他，就会产生一种奇怪的先入为主的感觉，仿佛连这个警部都是个诡计多端之人。

"那之后我就立刻查了一下……"

初次见面寒暄过后，他开口说道。昨晚，鬼贯曾打过长途电话，委托这边帮忙从注册簿中查询'京5す9998'号是谁的车。

"那是驾驶俱乐部的车。"

"哦，那俱乐部的地址和名称呢？"

鬼贯一边在心里想着这下可不妙了，一边问道。假如这辆车是个人所有，那么他想要知道的问题就可以轻松地得到解答。可如果是驾驶俱乐部的车的话，连借过这辆车的人数有多少都难以估测。拿着照片一个一个去询问有没有在这个地方停过车,无论是从时间还是劳力,抑或是从费用方面来看,都会变得很麻烦。但是,既然已经专程到了京都,不能仅仅因为辛苦这个理由就回避问题。鬼贯的调查方法,如果一定要说的话,其优点就是锲而不舍不辞劳苦地四处奔走。不过,即使是颇有毅力的他,只是想一想要在这闷热酷暑中走到两腿发软,难免也会觉得厌烦。

"您要记笔记的话,我说慢点儿。下京区东寺町智惠光院一带八条向南。您要亲自过去吗?"

"嗯,打电话说不清。"

"那您可以看一下城市街道图。"

看到警部指着背后贴着的地图,鬼贯打开了在商店买的折叠式京都地图放在他的面前。

"就是这里,您以东寺①的塔为目标的话就很好找了。中途如果迷路了就找个人问问,近来京都人的普通话说得都很好,应该不会出现沟通不了的情况。"

接着,矶野警部告诉了他去驾驶俱乐部方便的交通工具,推荐的都是除了出租车以外的平民出行方式。从这里就可以看出预算少得可怜这一警察共同的处境以及已经对此感到习惯了的警察的悲哀。鬼贯拼命地忍住自己脸上浮现出的苦笑,郑重地道了谢。

---

① 东寺也称教王护国寺,位于日本京都车站西南,是世界文化遗产。

4

"仙人掌俱乐部"位于东寺的附近。这一带有许多街道工厂，用栅栏围着的宽广的院子里放着近二十辆各式各样的车，院子对面的柳树下是一间刷成白色的木造平房，一看就知道是事务所。鬼贯走近院子大门的时候，一辆纳什①开了回来，接着像是与它换班似的，开出去了一辆达特桑②。驾驶座上，一个穿着近乎透视装的沙滩裙的年轻女子握着方向盘，像是要通过开车将浑身的能量散发出来一般，只听到一阵轻微的引擎声，一眨眼车子就消失在街道另一端了。对于她那令人提心吊胆的开车技术，鬼贯有些在意。

为了不被车子轧到，他小心翼翼地穿过庭院来到建筑物前，接着推开了屏风门。一进去，右边就是接待处，一个女子正坐在那里。

"请问您要入会吗？"

她好像把鬼贯当成了想要加入俱乐部的人，用京都腔问道。鬼贯说明了身份后表示想要会见工作人员，她懒洋洋地挪动着肥胖的身体，走进了里面的门。从她身上那件廉价的罩衫和褪了色的凉鞋来判断，这个女子应该与开着车享受青春的年轻人毫无交

---

①纳什汽车公司由查尔斯·W.纳什于一九一六年建立。一九五四年与哈德森汽车公司合并，成立了"美国汽车公司"，简称 AMC。
②达特桑（Datsun）创建于一九三一年，是以生产汽车零件为主的公司买下了 DAT 汽车公司而冠名的。一九三四年，生产达特桑的汽车制造公司改名为日产汽车公司。

集，即使是借来的车。

很快，鬼贯就被带到了里面的事务室。涂着清漆的圆桌对面坐着一个瘦瘦的穿着短袖的中年男子，一看到鬼贯他就出于礼貌地站了起来。在主人和客人之间，一个黑色的旧式风扇正在一边发出嘈杂的声音一边摆着头。看起来，扇着温和的空气是对客人最起码的招待。

"真热啊。"

他用毫不掩饰的东京方言说道。或许是音调的缘故，他的话听上去像是在嘲笑正在一旁转动着的风扇的无能一样。

"我是这家俱乐部的负责人，请问您有什么事情？"

他把一张写着"玉井次雄"的名片放在桌子上，然后说道。鬼贯打开包，拿出洗好并带来的照片放在他的面前。玉井一边用奇怪的表情注视着照片，一边像是在催促鬼贯进行说明似的默不作声地抽起了烟。

"这里不是停着一辆车吗。"

"嗯，的确。"

"车停得有些远，是水星牌[①]吧。"

"没错，是八年前的车型。"

鬼贯拿出了放大镜，让对方看了看车牌号。

"怎么样，对这个号码有印象吗？"

"嗯……啊，是我们的车。"

[①] 水星（MERCURY）是北美最著名的汽车品牌，由福特创办人亨利·福特的长子埃德塞尔·福特创立。

这个身材消瘦的男人像是在纳闷鬼贯究竟要询问什么事一样，使劲地睁大凹陷的双眼凝视着对方。

"警方目前正在调查一起案件，我们一定要知道这辆车所停的地方是哪里。请问您知道吗？"

"这个嘛……"

他用一副奇怪于上半身为什么被撕掉了的表情拿起照片，一边抽着烟一边注视着。屋里出现了短暂的沉默。

"不知道啊，也猜不出来。"

玉井负责人如此答道，接着又盯着照片看了起来。比起鬼贯的问题，他好像更加在意站在那里的女性的真实身份。

"能借出这辆车的只有会员吗？"

"嗯，我们的车绝不会借给会员以外的人。"

"会员借车的时候会留下记录吗？"

"嗯，每辆车都有一个账簿，工作人员会把借出的日期和时刻、还回的时刻以及借车的会员名字记下来。"

"那真是太好了。不好意思，麻烦您让我看一下账簿，我会逐一拜访借过这辆车的会员们，询问他们照片里的停车地点。"

"这么热的天，可真是辛苦啊。"

他夸张地皱起了眉头，仿佛要四处奔走的是他一般，说完立刻起身出去了。鬼贯从外衣的口袋中掏出了笔记本和钢笔，做好了记录的准备。

门开了，负责人拿着一个黑色皮革封面的账簿走了进来。封面上用毛笔蘸了白磁漆写着"借出记录"，旁边填着车牌号。

"请看。"

道完谢后,鬼贯拿起账簿翻开了第一页。第一次的借出日期是去年的一月十日,距离买车只过去了一年半。正如负责人刚刚所说的那样,划了红线格子的一栏中用细细的女性钢笔字记录着会员的名字、借出日期及时间。后面的备考栏虽然都是空白,不过往后翻个两三页,就可以看到有几处写着发生事故撞歪车牌、修理所需费用、修理工厂的名字等内容了。

账簿有十六页,分五个人记录,一共借出了七十七次。其中,除去案件发生的六月一日之后借出的情况以外,作为调查对象的一共有七十一次。光是看看这个数字就够让鬼贯厌烦的了。

"平均下来,一个月大约被借出四次呢。"

"是这样的。"

"从使用频率上来看,这算高还是低?"

"算是低的了,一周才借出去一次。一般的车,每天都被借出也不算稀奇。像今年春天买的新型哈德森[①],那可是被所有会员都惦记着呢,就算是申请也没法立刻借到。毕竟会员足足有四十二三人呢。"

说到会员数量的时候,负责人露出了得意的表情。

"那为什么这个水星牌汽车不怎么受欢迎呢?"

"这个嘛,嗯,车型老当然是一个原因了。客人的心理是很奇妙的,像最近,连打个出租车,比起旧式车大家也都更愿意挑

---

①哈德森汽车(Hudson)曾经是美国一家著名的汽车制造厂,由美国人乔瑟夫·哈德森投资创立。

新式的坐，更不用说开车的是自己了，那自然就不喜欢样式老的了。不过呢，开惯了的话就会明白这辆车的好处，有点像动了恻隐之心一样，所以也还是有不少人用的。客人的年龄都是中年以上，基本都是固定的。"

听他这么一说鬼贯再一次打开了账簿，果然里面频繁地记载着同样的名字。摊开账簿整理一下借车人的名字，的确如负责人所说的那样，同一个人借出过好多次。他又对此做了进一步的分类，得知这辆车的常客一共有七人，就是这七个人中的某一个人将车停在了照片上的位置。虽然调查才刚刚有了头绪，但是一想到随着调查取得进展，事情的真相也将水落石出，鬼贯顿时觉得精力充沛。事实上，他已经几乎要忘记京都的暑气了。他问完七个人的住址和工作单位，将这些记在笔记本中，接着就离开了仙人掌俱乐部。他一边走着一边漫不经心地看着照片，车子像是在为自己的怀才不遇抱不平般，无精打采地停在车库的角落里。或许是自己的错觉，鬼贯觉得它的身影看上去是那么的孤单无助，沮丧落寞。

5

鬼贯拖着疲惫的双腿走入三条的旅馆时，距离强烈的太阳落下西山刚刚过了一个小时。虽然只有七个会员，如果能够打出租的话也还好，可是换乘着公交和电车跑遍人生地不熟的城市确实是个令人身心俱疲的差事。而且这七个人就像是事先商量好要捉弄他似的，拜访的时候要么外出，要么就是有脱不开身的要事。有的是等了许久，也有的是访问了第二次才终于见到。费了这么大劲，如果有成果也就算了，可是五个男人和两个女人看到照片时都摇着头说，既没有在这样的地方停过车，也不曾见过这里。这下，就连坚毅顽强的鬼贯也变得灰心丧气，他清楚地感受到，疲劳正在一点一点地扩散到全身的毛细血管中去。

京都旅馆的缺点是，虽然地处寒暑难耐的盆地，但冬天没有暖气设备，夏天没有准备空调。冬天的时候坐在被炉①里，一边自饮一杯，一边隔着玻璃窗欣赏雪景的话，没有制热效果差劲的暖气或许反倒会成为一种风雅。可是从炎炎烈日下走回来，还连淋浴都冲不了，这着实令人火冒三丈。屋檐下的骨碎补上吊着风铃虽说是好的，可是那风铃连一声都不响，鬼贯只是一个劲儿地扇着扇子。

七个使用者均表示，既不曾在照片上的位置停过车，也不曾经过那里，连那个地方是哪里都没有头绪。如此说来只有一种可能，那就是有人从俱乐部把车借出来以后，又将其转借给了其他人，停车的是那个人。然而，会员们都摇着头说，绝对没有将车借给过会员以外的人。

无奈之下，鬼贯又想到了一种可能性。那就是，会不会是车子出了故障被送到修车工厂的时候，那里的修理工开着车出去试驾，然后将车停在了照片上的位置。他从街角的电话亭和仙人掌

---

①被炉是一种日本独特的冬季生活用品。将炭火或电器等热源固定在桌下，为了不让热量外流，在木架的上面盖上一条被褥，将下半身放进去取暖。

俱乐部通了话，找来玉井负责人问了他修车工厂的名字和地址。接着他试着前往那里并给所有工人看了照片，问了必要的问题，结果依然不容乐观。走出工厂时的鬼贯感觉一双鞋格外的沉重。

"泡澡水已经准备好了……"

圆脸的女招待屈膝说道。鬼贯回答说马上就去，接着就起身准备泡澡。当他的手碰到皮带的时候，风铃发出了微弱的一声响。就在这一刹那，鬼贯突然注意到了一个自己一直粗心大意忽略了的事情。那就是，在被卖到"仙人掌俱乐部"之前，会不会有人曾经拥有那辆车并开着它到处跑呢。驾驶俱乐部购车的时候是去年一月，但那辆车绝不是去年的车型，而是更早之前制造的。如此一来，仙人掌俱乐部所购买的一定是有人使用过一段时间的二手车，或许就是那位之前的车主将车停在了照片上的位置。

鬼贯很少有匆忙的时候。由于他年轻的时候常进行体育运动，所以即使是现在身手也很敏捷，然而平日里，他却总是比别人更加沉着稳重。几乎从没有大声喧闹或是兴奋不已的时候，也绝不会在别人面前表现自己的喜怒哀乐。但是，只有现在不同以往。他顾不上快要解开了的皮带，拿起话筒用激动的声音找了收银台帮他连线到府里的警察本部交通课。这会儿已经过了下班时间，鬼贯将话筒紧紧地贴在耳边，祈祷着矶野警部仍在座位上。

当听到对方声音传来的时候，他松了一口气。

"怎么样呢，结果？"

矶野问道。鬼贯简单地概括了目前的情况，接着问他知不知道"水星"之前的车主姓名。

"啊,您稍等。如果是中介从别的县开过来的话就不大清楚了,但是如果前车主是京都人的话查起来就很容易了。等有了结果我再给您电话可以吗?"

鬼贯道了谢,告诉对方旅馆的号码后放下了话筒。皮带的卡扣碰到桌子一角发出声音时,他才意识到皮带是松着的。他系好皮带,在外廊的藤椅上坐下,但内心却总是平静不下来,时不时地看一下手表。

过了三分多钟,电话响了。

"查出来了。"

矶野的声音听上去也很激动。

"我说慢些,您记下来。准备好了吗?上京区……今出川路……千本……向西……车主名叫新仓干雄,从事纺织行业。八年前买了这辆车,买的时候是新车,因此在他之前没有别人用过这辆车。"

"明白了,非常感谢您。"

鬼贯又一次由衷地表达了谢意。随后,他告诉旅馆前台自己不去泡澡了,接着穿上新的衬衫准备出门。不知是因为休息了一会儿还是因为精神振奋,之前的疲劳感一下子消失得无影无踪。

6

只有这次特别地奢侈,他叫了辆出租车到旅馆。车子沿着加茂川前行，可以看到露出的河滩上早已有客人在祇园灯笼下坐着喝酒，周围围了一圈艺人。酒量不好的鬼贯心里丝毫也不羡慕那些喝酒的，不过他想，能像那样在河边吹着风想必会很凉爽吧。但是，那些化着浓妆背着大带枕的舞伎们就有些可怜了。

过三条大桥的时候河滩开始变宽了。如果是白天的话，应该可以看到河滩上晾晒着当地的名产友禅①及现代风格的印花②布，形成一道亮丽的风景线。不过，夜晚的景色也是别有一番风情的，以至于鬼贯都有些埋怨车子开得太快。

不久，过了加茂川，车子又往北野神社的方向开了十分钟左右后，速度突然慢了下来。

"这位乘客，这一片就是北野神社了。"

"我要去一家叫作新仓的纺织品批发店。"

"新仓的话在那一角。"

到了十字路口的时候，出租车停了下来。眼前是一家大的店铺，日光色荧光灯将店里照得灯火通明，门面之宽俨然一副老字号的样子。鬼贯向司机付了钱之后，毫不犹豫地走进了敞着大门的店里。一个高鼻梁吊眼梢的京都美人正坐在店的一侧，将旁边搁着的几匹布料放在手中挑选着，拿着红色友禅的纤纤手指让人联想到加茂川里的白鱼。

鬼贯小声地向老板说明来意并递上名片后，对方先是退回了

---

①友禅染是一种在布料上进行染色的传统技法，起源于三百五十多年前的京都。此处指用该染色法染成的布料。
②一种用印花纸板刷洒染料来表现纹样的染色法。

屋里一次，随后引着他横穿店内来到了里面的接待室。房间靠墙处放着一台电视，原来这里是老板夫妇观赏映在显像管上的家庭剧的地方，鬼贯惶恐地对于夜晚造访表达了歉意。

"家庭剧之类的全都一个套路，一点儿也没意思。比起这个，恐怖片要有趣得多。"

看上去有四十二三岁的夫人啪的一声关掉了电视，重新和初次见面的鬼贯打了招呼。真不愧是纺织物批发店的老板娘，身上的和服浴衣一看就是上等货，手上戴着一枚巨大的蛋白石戒指。

夫人身材纤细，皮肤白皙，而与此相对，五十四五岁的老板新仓干雄却面色发红，身材臃肿。看起来仅有风扇并不够，他还不停地用扇子往浴衣的胸部送着风。确认了他是水星车以前的车主后，鬼贯拿出了只有下半身的照片，重复了白天已经问过了许多遍的问题，等着他的回复。

"我看一下。"

他掏出一副大大的玳瑁框老花镜架在鼻子上，以大户人家老板特有的文雅大气的神态静静地凝视着照片。鬼贯看了看电视机旁边台子上的水槽，巨大的缸底沉放着鹅卵石，还有长了青苔的岩石，绿色的水草间，花鳉、天使鱼以及其他叫不上名的漂亮的热带鱼正在成群地游动，水温计的刻度上绕着红色的小贝壳。真是奢侈的兴趣啊，鬼贯心想。

"您这大老远地跑来也怪辛苦的，但是对不住了，我没有在这种地方停过车。没能帮上您的忙实在是抱歉。会不会是其他什么人停的呢？"

富态的老板说。

"那方面已经调查过了，今天白天跑了整整一天呢。"

"那可真是辛苦啊。"

旁边的夫人同情地说道。老板的眼神像是在思考着什么，他一言不发地盯着淡黄色的显像管。

最后的希望破灭了，鬼贯变得垂头丧气。既然答案是否定的，那么出于礼貌他应当一刻不停地离开。说家庭剧无聊没意思，或许是夫人为了照顾客人的心情，这也是女性才会有的细腻的关照。

收好照片起身的时候，鬼贯突然想到了还有一种可能性。一般出售二手车的车主很少会自己去找买家，几乎都是委托给专业的中介。所以，水星车必然也不是直接到了仙人掌俱乐部的，而是中途经过了中介之手。这样的话，或许是中介一方的某个人开着车到处跑，或是开着车去了照片上的位置。

快要站起来的鬼贯又坐了下来，他表示如果老板曾经把车交给了中介的话，自己希望知道对方的姓名。

"没有，没有经过中介。我和仙人掌俱乐部的玉井都喜欢垂钓，是很熟的朋友，我是直接把车卖给他的。被中介收取中介费简直再蠢不过了，玉井也乐意直接跟我交易。"

"原来如此。另外我想再问一下，您有没有把车借给过谁，或是有没有人擅自借过您的车呢？"

鬼贯将视线移到夫人身上，接着又看了看老板。当两人同时摇着头否认的时候，鬼贯知道自己完全被好运抛弃了。开头越是顺利，就越显得他败得惨重。如今，鬼贯面临的道路只有两条，要么举手投降返回东京，要么从头开始再来一次。可是，回顾今天的调查，他应该是照着自己的方法谨慎仔细地完成了每一步，他确信自己的调查没有任何遗漏。鬼贯感觉到原本已经要忘记了的疲劳突然袭来。总之先回旅馆泡个澡吧，他一边想着，再一次对突然造访表达了歉意，走出了店铺。

寻找头部

1

第二天早上睁开眼，毛毛雨正在悄无声息地下着。虽说鬼贯不是那种心情会受到天气左右的人，可是在自己正因为调查失败而郁闷的时候，外面再淅淅沥沥地下点儿雨，就会越发觉得消沉沮丧。他先是起床打开了防雨板，然后去洗脸。等他回来的时候，旅店老板拿着报纸进来了，被褥已经被收起来了。

"早上好。"

他用京都腔说着早上的问候语。鬼贯一边应着声，一边在心里想，京都女子说起京都话来听着很纤弱，的确是很有魅力。可是男人一说起来总觉得有些娘娘腔，实在是没劲。不过他会这么想还有一个原因，那就是这个老板看上去完全没有老板的感觉，一张苍白的脸上戴着一副近视镜，整个一文学青年的样子。

"吃完饭我要出门，麻烦您结一下账。"

"好的。真是不凑巧啊，刚碰着下雨。"

"京都的闷热我实在是吃不消。"

"啊，那实在是抱歉了。"

老板低下了头，仿佛责任在自己那里似的。

"对了，今天早上有一位叫新仓的客人打过电话。"

鬼贯将报纸放在桌子上，看着老板的脸。新仓的话一定是昨晚见过的新仓干雄，不过他为什么会打来电话呢。

"那会儿您好像还没起床，所以电话就连到我这儿了。对方说大约八点半会来拜访您，让您哪儿都别去在这儿等他。"

"谢谢，那就等客人来了之后再结账。"

"好的，这样的话那现在就给您上早饭吧。"

老板低着头出去了。

新仓干雄会有什么事呢？鬼贯试着回想了一下昨晚刚刚见过的那个穿着浴衣，一个劲儿地扇着扇子，脖子又短又粗的男人。

纺织物批发店老板来的时候，鬼贯正在女招待的服侍下吃早饭。

"真是，一大早就来打扰您实在是不好意思。"

不知是不是中暑的缘故，鬼贯也不太有食欲。他借机让侍女撤了早餐，将座位转移到了门廊的藤椅上。

"昨晚您难得来一趟，实在是招待不周。"

他将包放在膝盖上，身上是一件米色的半袖衬衫，一副接下来要走访顾客一样的打扮。他的脸很红，仿佛是早上喝了酒似的，肥胖的身躯看起来体毛很浓密。这种人对金钱的追逐是很执着的，对女性也一样，这一切鬼贯从经验中就可以得知。

"我夫人这个人夫唱妇随，就算是有客人来了，也半刻不离我。就像昨晚那样，有时候有些话想说也不好说。"

他掏出了一个厚厚的银质烟盒，给鬼贯递过烟来后，自己也点了一根抽了起来。

"哦,你不抽烟啊,可真是不多见。"

"体质原因。"

"虽然是这样,不过我的原则是人既然活在世上就应该尝试所有有趣的事情。抽烟喝酒我都是从征兵检查之前就开始了。现在我也是,会搜寻美食然后专程去品尝,有漂亮的姑娘就会去找她聊天……"

他突然停了下来,像是发现自己聊得远了,接着恢复了严肃的表情,将烟放在了烟灰缸里。

"其实我知道昨晚那张照片上面的地方是哪里。"

"哦。"

总算有结果了。鬼贯一边想,一边屏气凝神,等着新仓干雄接下来的话。不过,他昨晚为什么没有说呢。

"正如我刚刚说的那样,只要听说是个美人,无论在哪儿我都会去见她。那是七年前的事儿了,当时我听说有个肤如凝脂的大美人,是女招待出身,所以我就一刻也不能等地开着车飞奔过去了。"

鬼贯虽然一直在点头,但是在关西大家经常说的"女招待"这个词,具体是什么意思他其实不太懂。

"当时我骗我夫人说是去招待客户,接着开车飞奔过去,拜访了那家然后还住了一晚上。就是那时候把车停在了照片上的位置。"

"那是在哪里呢?"

"嗯，是飞田游廓①，大阪的。"

他说完之后看上去还是有些不好意思的，不断地用手帕擦着脸，脖子上的双层赘肉让鬼贯联想到大海龟。

"飞田游廓的哪里？"

"一家叫'老松'的店。不仅是我，不少有名人士也会瞒着夫人去游玩。"

他之所以不断地辩解，一定是因为内心在谴责自己。然而鬼贯不是告解牧师，这种事情怎么着都无所谓，他想知道的只有照片背景中的建筑物是什么而已。

"这个嘛，我除了'老松'以外其他的都不清楚。从方位来看的话，这个房子应该是在'老松'的南侧吧。"

"南边啊，知道这个就可以了。飞田游廓很大吗？"

"嗯，虽然和京都的祇园类型有些不同，不过据说这样的规模在西日本没有第二处了。虽然我还没去过东京的吉原②，不过它再怎么繁华也比不过飞田吧。"

他一边把烟灰缸中的烟拿到嘴边，一边夸耀着大阪。有关关西人对东京的竞争意识鬼贯也有过各种经历，不过拿花柳街来自夸，这怕是空前绝后的了。

鬼贯让他画了"老松"的缩略图，接着把他送到了门口。

"昨晚真是非常抱歉。我再怎么浪荡，玩儿女人的话在夫人

---

① 日本最大的花柳街，位于大阪市，建于大正时期。"游廓"在日语中指花柳街、妓院区，飞田是其名字。由于"飞田游廓"在日语中已成为固定地点名词，因此此处没有翻译"游廓"二字。
② 江户幕府公认的花柳街，起初位于日本桥附近，明历大火后迁移到浅草寺附近。

面前还是说不出口啊。"

旅馆老板跟他打招呼的时候,他还摆出一副大店铺的老板该有的气度,可是快要出大门的时候,他又压低了声音,再一次向鬼贯表达了歉意。

太好了,这次京都没有白来。看着新仓驾驶的车子变得越来越小,鬼贯觉得原本已经心灰意冷的自己又一次变得斗志昂扬了。

2

霞町因匠匠横町①而为人所知,从这里穿过市区电车与关西本线的天桥,通过一条宽阔的马路,接着再走上十分钟左右就到飞田游廓了。霞町这一带卖食物和饮料的店鳞次栉比,放在东京的话有些类似有许多小客栈的山谷。这里的食物便宜到令人瞠目结舌的地步,一块西瓜是五元,炸猪肉串是四元,饭团寿司一盘二十元,这样的价格恐怕连山谷的"馆旅街"都得甘拜下风了。每家店的前面都站着一个女子,用尖细的声音招呼着客人。不同于山谷的是,在这里可以看到穿着高级服装的绅士大口大口地吃着盘子里的食物,丝毫没有露出难为情的样子。鬼贯倒不是想吃四元钱的炸猪肉串,他只是对京都人和大阪人这种在食物上朴实无华毫不矫揉造作的生活态度心生艳羡。

可是,过了大马路后,刚刚踏入花柳街一步,马上就会感到

---

① 匠匠横町是日语"ジャンジャン横丁"的谐音,位于大阪新世界(大阪著名的老街区)的一角,是一条南北长约一百八十米的商业街,正式名字为"南阳通商店街"。

周围的空气都完全变了。只是在这里走上一走，就会感到那清扫得连一片纸屑都没有的道路，以及回避花哨的色彩而故意营造出的低调质朴的风格，似乎都在告诉着你，这里可是名扬全国的飞田游廓，千万别看错了。这种故作姿态格外刻意地炫耀着高规格的样子，着实给人一种打肿脸充胖子的感觉。

上午的花柳街几乎看不到行人往来。鬼贯碰到的只有一辆载着一位梳着日式发髻的女子的出租跨斗自行车，以及一辆市清扫课用来收集垃圾的车子而已。多亏新仓干雄画的缩略图准确明了，鬼贯毫不费劲地就找到了"老松"。按照他说的在"老松"的南边这一方位继续走了一会儿，鬼贯很容易就发现了自己在寻找的地方。

隔着道路望过去可以看到，那是一个相当大的二层房屋，地处十字路口，正门朝向拐角，门的上面带着个顶棚，让人联想到歌舞伎座的入口。以正门为中心，向左右九十度的角度延伸的走廊上镶着毛玻璃，下面的道路上摆着一排顶端尖尖的、形状类似关东的拴马桩的木质栅栏。鬼贯将它的作用解释为，大概是为了提防客人或是女人从那里逃出来而设的。二楼和一楼一样，也通着走廊，沿着走廊有木头做的扶手。屋檐上每隔一间就有一盏罩着乳白色玻璃灯罩的户外灯，怎么看都与做这种买卖的家里有些格格不入，总给人一种不解风情的印象。

鬼贯从外衣的口袋中掏出照片与眼前的风景进行了对照，可以看出照片中的女人朝着"老松"正门前略向左前方站着。因此，她背后的正门上的一部分格子以及一层走廊上的玻璃门和木栅栏，此外还有一直延伸到后面的道路和停在那里的水星汽车都被照了进去。虽然现在还不能明确西之幡豪辅如此慎重地保管这样一张照片的原因何在，但照片中的风景就是目前鬼贯所站的地点，唯独这一点是毫无疑问的。鬼贯终于理解了照片中的女人为什么将华丽的和服穿得那么散乱了，因为她所从事的不是正经职业，而是所谓的色情生意。

走近正门抬起头来，会发现上面挂着一个刻有"梦殿"字样的木质匾额，那应该是这家妓院的名字吧。可是这个厚而宽大的匾额，俨然一副可以直接挂在国币大社①的神殿里的样子，着实让人觉得装腔作势。如果是那种一站到神社前就会因诚惶诚恐而落泪的性情中人，看到这家妓院的招牌时，或许会感激涕零吧。

一般情况下，为了照顾客人希望悄悄来访的心理，像妓院或是情人旅馆之类的地方都会开一个旁门以方便客人从侧面进出。因此，正面的大门不过是为了掩人耳目的装饰而已。可是，左右两面看上去都没有类似旁门的构造，因此鬼贯决定从正门进去。沉重的格子门推起来并不轻松，从门的内侧可以清楚地看到外面的情形。一个来历不明的男人从刚刚开始就在外面左顾右盼的样子，里面的人一定已经观察得很清楚了。一拉开门，还没等他说话，一个中年妇女已经站在了那里。她两边太阳穴上贴着最近已经不怎么看得到的薄荷膏，正在用怀疑的眼神打量着鬼贯。

---

①明治时期制定的社格中，由国库奉献币帛的神社。

"如果是生命保险的话我们已经加入了,谢谢。"

从她那年老色衰的长相以及狂妄傲慢的说话方式来判断,这个人应该是老板娘。鬼贯先是递出了名片,然后一言不发地站着等她读完。不知是不是因为女人们都被热得浑身发软去午睡了,整个房子犹如寺庙般安静。

"啊,刚刚实在是失礼了。"

她像是有些不好意思,突然变得笑脸盈盈。与其说是变得,倒不如说是勉强做出来的笑脸。

"我想问一下,这个照片里的建筑确实是贵处吧?"

她拿过照片,用手压着浴衣的下摆跪在铺板地台①上,很快就大幅度地点了头。

"嗯,的确是我们这儿。"

"那您知道照片上的女人是谁吗?"

"哦,这是以前在这儿待过的一个叫弥生的姑娘。她怎么了?"

不习惯大阪方言的鬼贯虽然不能做出明确的判断,但从她提问的语气来看,她好像对于弥生会受到警察追究这件事感到非常意外。

"在这里说话不方便,要不然去我的房间吧。"

"确实是,那就打扰了。"

鬼贯不客气地说道。

她等着鬼贯脱了鞋,给他递了双拖鞋,接着走在鬼贯前面通

---

① 日式屋子中位于前厅入口的低一个踏步高度的铺木地板部分,用来迎送客人。

过走廊。深红色的绒毯一处从正面的楼梯铺上去，另外两处分别朝左右两边的走廊延伸出去。鬼贯的双脚像踩在海绵上一样，一步一步地被绒毯吸了进去。楼下的走廊有好几处闪电状的拐弯，拐角处有的地上铺着粗卵石，上面放着石灯笼，也有的架着涂成红色的桥，上面装饰着形状可爱的黑色葱花状宝珠装饰。估计到了晚上，灯笼和雪洞灯①里的电灯都会亮起来，整个走廊就会变成一个梦幻的世界吧。不同于外观，里面的装修完全是日式风格，整个屋子里面都很豪华绚丽。

不久到了后面的楼梯附近，楼梯旁边可以看到一个挂着门帘的房间入口。老板娘停下脚步，回头看了一眼鬼贯，接着走了进去。这里好像是她的起居室，八张榻榻米大的日式房间给人一种幽静感，正面是一个搁着招财猫的乌木做的茶器柜，仿佛在炫耀着主人的雅致。放在一角的移动式壁龛台上摆着插有鬼灯檠②的水盘，还有一个装在袋子里的三味线立在那里。这里又与走廊里的华丽印象完全不同，一下子就变得古朴而祥和了。她递过来扇子和夏天用的坐垫，打开了风扇，接着取下津轻漆茶柜的盖子准备泡茶。

"来，喝碗茶吧。"

鬼贯轻轻地低了低头。虽说是玉露茶③，可是水和茶碗都是温的。如果热到有可能烫伤的地步倒也还好，可是喝着这样一碗

---

①一种灯具，在蜡烛台上安装上长柄，上面的灯罩用纸或丝绸做成。
②鬼灯檠（也称作牛角七或老蛇莲）是一种喜湿润多年生植物，叶子大而漂亮。
③玉露茶是日本最上等的煎茶，甜多苦少，其使用的茶叶是通过遮盖新芽限制日照培育而成的。

不温不热的茶，总有一种会不会被传染上什么莫名其妙的病的感觉，这可真是倒添麻烦的好意。

"这碗真不错啊。"

无奈之下，他夸了一下茶碗。

"也还好啦。古久谷，就是我死去的丈夫，他很喜欢收集这些茶碗，不过后来要么送人，要么打碎，现在剩下的也就这几个了。"

女主人将手里的茶碗拿到眼前，一边仔细端详着，一边像是在怀念亡夫般感慨地说道。最初那张冷淡的面容，也在喝着茶闲聊的过程中，逐渐变得没有了棱角温和起来。一个女人管理着这么大的地方，有时候的确是会心情烦躁头痛不已，或许还会变得歇斯底里也说不准。鬼贯有些同情她了。

妓院里仍然悄无声息。

"……回到刚刚的话题，叫弥生的这个女孩现在已经不在这里了吗？"

"嗯，她在这儿的时候差不多二十三岁，待了四年左右。现在已经不在了。"

"弥生是她的花名吧？"

"没错，我们家从德川时代开始，每一代都有一个叫作弥生的姑娘。那姑娘后面还有两个弥生，现在也都不在了。"

她像是为这家店从德川时代就已经存在，拥有悠久的历史而感到自豪般，提高了嗓门说道。

"这张照片中的弥生，她的原名叫什么？"

"这个嘛，叫什么来着。昭和二十四、五年以前姑娘来去比较频繁，所以记得不太清楚了。叫什么来着……好像是叫齐藤咲子还是齐藤幸子，不过那个是不是真名我就不知道了。"

"有照片或是信件之类的东西吗？"

"这个嘛……"

被鬼贯揪着这个问题不放，女主人像是头疼似的将手指放在头痛膏上。

"或许您也知道，干我们这一行的人，都会刻意地忘记那些从良的姑娘。比如在路上偶然碰到的话，如果对方上来打招呼的话自然另当别论，只要对方没有反应，我们就会故意装作不认识的样子不去看她，这是在这里工作的同事们对那位姑娘的尊重。而且姑娘们准备从良离开这里的时候，她们本人都会整理或是烧毁照片和信件，我们也会在一旁帮她们看看有没有落下什么东西。所以，我这里完全没有那姑娘的照片或信件。"

听了这样的说明，鬼贯感慨着，原来在这样的世界里也有着相应的规矩。只是，既不知道这个叫作弥生的女子的姓名，也不知道她的长相的话，就无法确认她的真实身份，也没法知道她和西之幡豪辅之间的关系。为了查明案件的真相，必须想办法见到弥生。夸张地说，解开西之幡案件之谜的关键或许就握在弥生的手里。

"女人一般都比较喜欢和朋友站在一起拍照，有没有人有这样的照片呢？"

女主人立刻摇了摇头。

"可是不知道为什么,那姑娘非常讨厌拍照,甚至只要看到相机身子就会发抖。所以她的照片一张也没有……啊,对了。"

她看着鬼贯手里的照片,像是想起了什么一样。

"那张照片是她不小心被客人拍到的,随后她气急败坏地把客人骂了个狗血淋头……曾经有几次她知道来玩儿的客人偷偷地带着相机后,直接把胶卷抽出来给烧了。"

鬼贯面呈苦相地点了点头。看起来,那个叫作齐藤幸子或是齐藤咲子的女子好像在有意识地掩饰自己的真实身份。一想到这里面有可能隐藏着某种带有犯罪意味的秘密,鬼贯就越发觉得好奇了。

"不过,她的迁出证明应该还留在区政府吧。"

如果能看到迁出证明,就可以知道她搬去了哪里。这么想着,鬼贯激动地说道。

"这个嘛,她从一开始就没有办迁入手续,就只是人来了而已。"

"这样的话岂不是无法成为主食配售的对象了?"

"嗯,旁边就是匠匠横町,卖大米什么的店多着呢。所以,不接受主食配售完全无所谓。"

一切事实都向着弥生。或许反过来,正是因为这附近有匠匠横町,她才选了飞田游廓这个工作地点。

"离开这里的时候,她有没有预借款之类的问题?"

女主人禁不住因为鬼贯的无知而笑出声来。她解释道,现在不同于二战前,女人都是凭着自己的意愿来工作的,因此,只要愿意随时都可以辞掉。这么一说鬼贯想起来，好像确实在报纸上读到过这样的内容。

"她是说自己要从良，然后离开的吗？"

"没错。"

"从良就意味着，比如要结婚了吧？"

"嗯，虽然她没有主动说是要结婚，但我想应该是因为这个原因才不干了吧。"

"在工作过程中与客人陷入恋爱关系，然后发展成结婚，这样的情况我想也是有的。不过这个叫作齐藤的女子，当时有没有意中人呢？"

"这个嘛……"

女主人又把手指放在头痛膏上，露出一副思索中的样子。

"不是我自夸，来我家的客人都是有身份地位的人。比如某个县的知事或大臣，再或者是有钱人家的少爷，大多是这样的人。这些人都会顾及自己的面子，做事比较谨慎持重。到目前为止，来我们家的客人和姑娘陷入恋爱关系的例子还没有过。"

或许是这样的。如果没有恋爱的话，她应该是回到家乡踏踏实实地生活，然后再平静地嫁人成为家庭主妇了吧。不过，想一想她那看似隐藏着秘密的行为，又无法轻易地接受她就这样进入了婚姻生活的想法。

鬼贯问了她的年龄、相貌以及性格等，把答复一一记了下来。如果齐藤咲子或是齐藤幸子所声称的年龄是事实的话，那么她今年应该三十岁了。总体说来，她应该身材苗条，面容姣好，左边的耳垂上有一颗小小的红痣一样的东西。虽然有着需要隐藏自己真实身份的秘密，但她的性格却属于比较开朗的类型，不似同辈人那样阴郁。

"有一次，她跟一个迷路的美国兵用熟练的英语对话，事后大家都传她以前做过街娼。这姑娘做事麻利，脑子又好使，可机灵了呢。"

女主人又补充了几句夸赞她。做事麻利的性格，从她把客人相机里的胶卷抽出来烧掉这件事上也可以判断得出来。只是，这些事情听得再多，不知道她准确的姓名和地址的话，对于实际的调查没有任何帮助。必须想办法查出她的去向。

去向，去向……想着想着，鬼贯的脑子里突然闪现出一个新的办法。虽说称不上是很有希望的点子，不过总之他必须试着问一下。

那就是在离开"梦殿"的时候她是怎么运行李的。对于这种满世界工作的女性来说，或许添置衣服是唯一的乐趣。因此，估计她应该也有个五六件和服。那么，在离开工作岗位的时候，她会怎么处理这些衣服呢？一个留恋衣服的女性是不会把它们贱卖到旧衣服店处理掉的。那么，她是自己装到卡车里带走的吗？如果数量多的话应该会打包，要么用铁路行李托运，要么委托给运输公司。如果要运行李的话，就必须写上正确的地址。假如她按照鬼贯所想的那样处理了的话，那么要查出她的去向也不是不可能的，只要记录还保存着。

"弥生在离开这里的时候有行李吗？"

"行李……哦,对了,她让澡堂的大叔帮她买了个很大的柳条箱,给里面塞了好多和服。"

"她应该不是用手提着回家的吧?"

看起来,事情正在朝鬼贯所想的方向发展,他克制着情绪低声问道。

"哦,我记得她好像用的是铁路行李托运,是那个大叔帮着抬过去的。"

她的口吻听上去不是很确定。不过那都是六七年前的事了,而且那之后她也见了许多次类似的场面,各种记忆都重叠在一起,记忆变得模糊了也是人之常情。

"那位大叔是?"

"那个啊,很不凑巧,他已经疯了,因为脑梅毒瘤……"

她又露出一副怜悯惋惜的样子,说到句尾就含糊其词。鬼贯一瞬间有些灰心,但是静下心来想一想的话,要想象出她把行李抬到哪里去了也并不是什么难事。如果是去较远的车站,那应该从一开始就打辆出租车。既然她是让一位老人帮忙抬过去的,说明去的是离得比较近的车站或运输公司。离飞田游廓最近的车站就是国铁的天王寺站了,方才来这里的途中鬼贯也见到过。

"这附近有运输公司吗?"

鬼贯问道。

"啊?"

由于鬼贯的这个问题省略了中间的过程,因此女主人有些不明白他的意思，困惑地反问道。

"运输公司的话，开车十分钟左右的地方有一个叫作近畿运输的公司的办事处。其他还有好多，但是都挺远的。不过倒也没远到大阪站的地步……"

看起来，果然还是去天王寺站最方便。应该可以肯定地认为，扛着柳条箱的澡堂大叔和她所去的就是天王寺站。鬼贯象征性地喝了一口完全变凉的茶，对于自己打扰了这么久表达了歉意，接着站了起来。

3

一走出来就被强烈的阳光直射，鬼贯不由得头晕目眩。就像发生日食的时候一样，能见度变得非常低，即使睁大眼睛也看不清周围的一切，整个身体都被柏油路上蒸起的热气包裹着。他虽然还没有去过土耳其浴室，也并不想去体验，不过他想，那感觉大概跟现在的情形差不多吧。

穿过正晌午一个人影都没有的花柳巷，再爬上一个坡道后，鬼贯终于抵达了国铁天王寺站。破旧的建筑物入口处，有几组看上去像是要带着孩子去奈良方向采集昆虫的游客，正拿着捕虫网和水壶欢乐地说着话。鬼贯心想，今天一定是周日。对于既没有家庭也没有孩子的鬼贯来说，要意识到现在正是中小学放暑假的时候这件事，还是需要一些时间的。他一边躲着人群以防和他们撞到，一边四处张望，用眼睛寻找着受理小行李的窗口。

酷热的白天当然没有乘客来打包行李。鬼贯站在柜台前的时候,那位男性工作人员正一副像是中了暑一般,让人联想到北极熊一样的懒散表情,有气无力地坐在椅子上。

"我想咨询您个事儿。"

鬼贯开口说道。站务员迟钝而缓慢地站了起来,将手放在柜台上。连他的动作都跟盛夏时分上野动物园里的北极熊一模一样。

"是挺久以前的事儿了,我想知道从这里打包送出的行李的去向。"

"什么时候的?"

站务员用几乎没有口音的普通话反问道。鬼贯告诉了他从"梦殿"主人那儿听来的年月日后,他那刚刚打过哈欠的脸上露出了诧异的表情。

"这个嘛,那么久远的记录谁知道还在不在。为什么要知道这个?"

没办法,鬼贯说明了自己的身份,并告诉对方正在调查一起案子。听到这个后,他说了句"我去记录架找找看",然后就进到里面了。令人意外的是,他倒是很快就抱着一个黑色封面的资料装订物出来了。

"还在呢,你自己看吧。"

他用嫌麻烦的语气说完,就把那个厚厚的装订物扑通一声放在柜台上,然后坐回到椅子上了。站台上开往大阪的电车好像要发车了，扬声器里一直在重复地报着中途停车的站名。

鬼贯完全没有心思去听背后广播的声音，他翻开文件，开始寻找自己需要的日期。旧的记录是否完好无损地保存着，这对鬼贯来说是第一大难关。而第二大难关则是，行李究竟是不是从这个车站被托运出去的。虽然他根据弥生让老人扛着行李走着离开这件事推测，行李应该是拿到了附近的天王寺车站了，可是并没有能够使他确信这一判断的证据。平日里性格沉稳的鬼贯这会儿也变得紧张起来，随着翻页的指尖不断地接近目标日期，他的身子都开始微微地颤抖了。

那天从这里托运的行李一共有十六件。其中包括一个旅行箱、五个被罩包裹物、七个木箱、一个金属罐还有两个柳条箱，调查的对象就是这两个柳条箱了。鬼贯又接着将视线投向发货人一栏，现在的他已经完全忘记了酷暑，扩音器里指引目的地的声音也听不到了，所有的注意力都集中到了旧时托运物的记录上。

送出行李的其中一个是个男人，这没有什么问题。鬼贯又看了另一个，总算找到了他想要的名字。虽然站务员记录的字迹很潦草，但这里的的确确写的是"齐藤幸子"，发货人的地址是用玉露茶招待鬼贯的那家妓院。先不管齐藤幸子是真名还是化名，正如鬼贯想的那样，她从天王寺站托运了行李这件事是事实。

鬼贯打开笔记本，将行李托运的目的地一个字一个字毫无遗漏地记了下来。写完以后，他又一次按照字面的顺序从头出声读了一遍。

香椎线西户崎站

福冈县糟屋郡西户崎四十三号

泷泽里

那张行李单是属于送货上门的类型。

如果将字母f中竖着的那条线比作鹿儿岛本线的话，那么横着交叉过去的那根短棒就是香椎线。那根横着的棒子的右端是炭矿町的宇美，与本线交叉的地方是香椎，而左端则是西户崎了。虽然不知道泷泽里是齐藤幸子的老家还是只是她搬去的地方，总之有必要访问一下西户崎。

鬼贯在长椅上坐下，从包里拿出时刻表打开看。去九州的急行列车有"阿苏""云仙""高千穗"等四五班，可是从大阪站出发的时刻全都在晚上七点以后。在这之前，还得在这个酷热的城市中消磨时间，只是想想就会觉得不寒而栗。对于打算去九州旅行的人来说，大阪站的时刻编排极为不方便，鬼贯无意中发现了这个事实。

鬼贯既对电影和戏剧没兴趣，又喝不了酒。对于他来说，要如何度过上车之前的这大概八个小时的时间是一个相当令他头疼的难题。他一边痛感喜悦的对立面来得意外地早了，一边绞尽脑汁想着好点子。

终于，他想到了一个好方法。为了执行这一想法，他从椅子上站了起来。这大热天的，没有比去一家冷气充足的宾馆午睡一会儿更好的主意了。相比头疼，他选择了委屈钱包来解决这一难题。

4

急行列车在香椎不停车。鬼贯从折尾下了"云仙"，在站台的长椅上坐下来。到下一趟去博多的内燃动车进站为止，他还得等大约二十分钟。受到在宾馆午睡的影响，他在夜行列车上几乎没有睡着觉，可能是由于这个原因，这会儿感觉有些精神恍惚。

同东京的秋叶原一样，折尾站也是全国少见的双层站台构造，交叉成 X 形状的下面一层是筑丰本线的专用站台。听到汽笛声后，鬼贯站起来望了过去，一列货车正通过筑丰本线朝着若松方向开去。这辆列车通过的下一站应该是二岛站，他必然性地想到了一起始于二岛站行李临时存放处的案件。然后，他又想起了隐居在运河边上一个小村落里一间古老的房子中的一位女性，还有那个自己曾经在学生时代爱过的女孩。在开往博多的内燃动车到站前，他的思绪一直在持续着。

香椎是一个不大有生气，看上去满是灰尘的小站。在这里等了三十多分钟后，他又换乘了同为内燃动车的香椎线。或许因为是地方支线，车上的乘客很少，列车发出单调的声音不紧不慢地前行着。出了香椎后窗外一直是红色黏土地，可是随着列车离开鹿儿岛本线开始转向北方行驶,周围的景色也逐渐变成了一片沙地。朝着右边窗户的话,从松树林间可以看到大海。朝着左边窗户望去的话,仍然可以看到在松林的另一边有一片蔚蓝的大海。列车沿着又细又长的海角,朝着它伸入海洋的最尖部开动着。

经过和白,又过了雁巢,接着就到了一个叫作海之中道的乡村车站。这条支线好像的确是一直朝着大海里面延伸着的。如果车上坐着一位善于幻想的童话作家的话,或许会描绘出一段这辆列车是只海龟,而自己正跨在海龟的背上朝着龙宫前行的空想。然而,鬼贯是一个绝对的现实主义者,那种童话般的思维方式实在是跟他的性格不符。他只是对列车行驶速度之慢感到有些焦躁,而且这种焦躁似乎随着列车逐渐接近目的地成倍地增加。

列车鸣了一声笛,总算抵达了终点站西户崎。坐得零零散散的乘客都各自起身下了车,鬼贯将从一开始就抱着的包挟在腋下,最后一个走上了站台。香椎线的终点站用陈旧的枕木围成了一圈栅栏,虽说看上去有些寒碜,但在南国阳光的照耀下,这里看上去就如同站台中间盛开着的黄色的向日葵花朵所象征的那样,虽然有些乡土气息,却给人一种很积极明朗的感觉。走上二三步,读了站名牌上的字后,鬼贯才知道原来自己一直读错了站名[①]。

还回车票的时候,他在检票口处问了路,接着朝着西边出了

[①] 日语中的汉字根据读法不同会有不同的发音。原文中的描写是,"西户崎"应该读作"さいとざき",而鬼贯一直读作"にしとざき"。

车站。周围一片全是沙漠般的沙地，虽然才刚刚过了上午九点，这些沙子就已经热得好似能烤焦鞋底了。鬼贯不断地用手帕擦着身上冒出来的汗。

周围一带有许多松林。在这些松林中，散布着一些用发红的镀锌铁皮围成的简陋小屋。从其中一间传来音调很像日语，但却不是日语的说话声。女人正在大声地叫嚷着，而与此相对，男人则听上去像是在点头哈腰地道着歉。

按照别人告诉他的那样走了五百米的距离后，鬼贯躲到松树的阴凉处擦了擦汗，调整了呼吸。记在笔记本中的泷泽家应该就在这一片了。他朝四周望了望，看上去像是上班族的家一样的小而紧凑的中流住宅零散着有三处，其中有两家是和式的二层建筑，另外一家屋顶上铺着波浪状的石棉瓦，周围涂着木馏油，整体感觉像是山间小屋一样。

"不好意思，我想问一下。"

鬼贯用手扶着帽子，对经过的青年说道。男人停住了脚步，他身上的开襟衬衫也完全被汗水浸湿了。

"这附近有没有一家叫作泷泽的房子，泷泽里？"

"泷泽？不知道，听都没听说过。"

"有没有长年住在这里，对这里的情况比较了解的人？"

"这个嘛，那边那家倒是挺有年代的。"

他指着山间小屋一样的建筑物说道。

与青年分开后，鬼贯又顶着烈日朝着山间小屋走去。爬上一个缓坡后，视野突然变得开阔起来，从正面可以看到博多湾中一片波光粼粼的蓝色大海。虽然从地形上早就知道那里有一片海湾，但由于它出现的方式太过突然，所以让人有种猝不及防的感觉。就在眼前，有一艘船身为红色的三千吨左右的货船正悠然自得地浮在水上，在它后面很远的地方还停泊着四五艘船。忘了是几年前，他自己也曾经从这个海湾乘着一艘渡船登上了对马岛。他一边回想着绽放在严原山中的山茶花那如血般鲜红的色彩，一边继续走着。

终于站到了山间小屋的前面，他看了看门牌，上面写着林田。叫了一声后他环顾了一下四周，砖块周围装饰着的小花坛中正盛开着五颜六色的蜀葵。主妇很快就出来了，是一个长着一张椭圆形的脸，肤如凝脂的美人。虽说正是盛夏，可是她却穿着整齐的长袖连衣裙，是个挺重视仪容的人。

林田夫人一脸诧异地站在那里，在听完鬼贯的话后，她摇了摇白皙的脸。

"滝泽夫人大约四年前就去世了。原本在那个电线杆的另一侧有她的家，后来被拆掉运到别处去了。"

鬼贯回头看了看她所说的电线杆，差不多立在刚刚自己小憩过的松林和这个房子中间的位置。

"家里只有滝泽夫人一人吗？"

"不是，二战前是夫妻两人和女儿三个人一起生活的。后来丈夫在博多遇到空袭而亡，战后就一直是母女两个相依为命了。"

"那、那个女儿呢？"

鬼贯问道。用齐藤幸子这个名字在"梦殿"工作的女子会不会是滝泽夫人的女儿呢。

"加代子从博多的女子学校毕业后很快就去了大城市了。她一定是讨厌这种乡村生活,母亲活着的时候也很少回来呢。"

从林田夫人的话中可以得知,滝泽里的独生女儿名叫滝泽加代子。讨厌单调的乡村生活的加代子憧憬着都市离开家里的心情,鬼贯是可以理解的。而到了都市中的乡下女子步入堕落的歧途,这也是一般的套路。如此想来,滝泽加代子就是齐藤幸子,应该是错不了的。

"那位加代子现在身在何处,您知道吗?"

"不知道。最后一次见她是她母亲去世的时候,她穿着漂亮的和服哭泣着。但是,现在在哪儿我也不清楚。葬礼结束后她来打过招呼,之后就没有音信了。我也是,有时候一想到小学时候的加代子,就挺想见见她的。毕竟以前还在同一个教室里学习过。"

她像是突然想起来似的,递给了鬼贯一个坐垫,然后准备泡茶。鬼贯谢绝了她的好意,坐在了铺板低台上。也许是由于在沙地上的行走,他感觉双腿非常疲乏。

滝泽加代子怀着对大都市的憧憬离开家乡,只是偶尔回来一下的故事和她在花柳街工作的设定非常吻合。如果当了妓女的话,应该也不可能经常回家。为了知道滝泽加代子和齐藤幸子是同一个人这种说法是否正确,鬼贯想要得到进一步的证据。这么一来,他就觉得那张照片被撕得只剩下一半着实是遗憾。也许撕掉照片的就是那个人称歇斯底里的西之幡夫人,但如果她至少把头部那一半留下来的话，现在这种情况，问题应该也就很好解决了。

突然，他想起了"梦殿"女主人说过的话，于是向林田夫人问道：

"滝泽加代子的身体有没有什么特征？"

"特征？这个嘛……"

"像是黑痣了，或是伤疤之类的……"

她一边摆弄着连衣裙，一边搜寻着过去的记忆。

"鼻子之类的怎么样，鼻子或者耳朵……"

她把双手放在膝盖上，盯着墙上的一点。林田夫人长着一张轮廓匀称，眉目清秀的脸。

"我想起来了，她左边的耳朵上有个小红点，小时候讲悄悄话的时候我看得很清楚。"

"是左耳吗？"

"就是这里。"

她用纤细的手指指着自己的耳垂。不出所料，在"梦殿"做妓女的就是滝泽加代子。

西之幡豪辅去大阪旅行的时候大概留宿在"梦殿"了吧。从他好色的性格来看，这也不是没有可能的。接着，他就被在那里工作的加代子迷住了。对女子来说，得到像西之幡这样的大实业家的垂爱的话，就可以过上锦衣玉食的生活了。如果是因为讨厌乡村生活而跳到大城市这种性格的女人，一定会欣然接受这个做情人的机会。即使不中意他那如同陆军大将般与时代不符的胡子，为了荣华富贵这点事情也是可以容忍的吧。

如此想来，加代子的照片会在西之幡的手里，以及这照片或许偶然地被正妻看到而引发了一场麻烦，这些都很容易理解了。只是，鬼贯并不仅仅满足于这种表面性的观察。那张照有加代子的照片关系到社长谜一样的独自外出，甚至对他的死也有着重大的意义。这么一想的话，滝泽加代子不会跟案件没有任何关系。非但如此，如果将焦点聚集在这个至今仍在暗处的加代子身上的话，案件搜查一定可以取得新的进展。而且，如果她现在的居所不明确的话，就更需要她的照片了。

"小学时的照片的话我这儿有。"

林田夫人爽快地站起来，拿来了毕业照。在这张纪念照中，近二百名男女学生排成好几排，用认真的眼神看着镜头。可是即使是把豆粒大小的照片放大来看，要从一张天真可爱留着河童发型的小学生脸上来想象现在的加代子的面容也是不可能的。

"有再大一点儿时候的照片吗？"

"一张都没有。"

"有没有加代子读女子学校时的同学？"

如果是旧制女子高中毕业时的照片的话，面容一定和现在非常接近，鬼贯想要看看那时的照片。假如不用去加代子毕业的博多女子学校就可以解决问题的话，那就再好不过了。

"关系好的有两个。不过因为我上的是别的女子学校，所以我跟那两个女生都没说过话。"

"但是名字应该还记得吧？叫什么呢？"

"名字我不知道，不过她们的家在哪儿我知道。一个是香椎一家旅馆的孩子，另一个是农园的姑娘。"

虽然说是姑娘，但应该已经年岁不小了。他问了这一点后，林田夫人回答说，旅馆的姑娘结婚后很快就在附近开了家店，而农园的姑娘据说已经过了适婚年龄，现在还是未婚。

她又站起来，从屋子里面拿来铅笔和笔记本，画了一张简单易懂的香椎缩略图。

"谢谢。农园很远吗？"

"是的，农园在城镇的尽头，旅馆就在车站附近。"

"那样的话我就试着去拜访一下旅馆，真的非常感谢您。"

道完谢走出山间小屋，鬼贯又走上了来时的路。不过到了车站后他发现，在下一趟十点五十九分的列车出发前，他必须坐在坚硬的长椅上候车。

5

出了香椎站，按照林田夫人指的路往前走，很快就发现了要找的旅馆。说是旅馆，所以鬼贯一直想象的是一间和式的客栈。因此，当看到一座混凝土材质，形似方糖的煞风景的建筑物时，他感到非常意外。不论是墙上的两开窗，还是入口处的石阶，都跟大正时代进入中国东北部的日本人根据喜好建造的住宅很相似。鬼贯心想，估计这家主人定是从大陆那边回来的，为了怀念过去，所以才建造了这样没有情调的房子。

只要拿到照片，在这里就没有什么事情了。为了乘坐"朝风"或"和平"回京，鬼贯准备在这里休息到傍晚。他想，把加代子的那位女性朋友叫到房间里，一边看着照片一边慢慢地听她讲，这是最好的方法了。

鬼贯被带到了二楼一间朝北的房间。他先是洗了个澡，接着叫了外卖吃完午饭，然后找来了旅馆家的女儿。由于她嫁给了离这里很近的干货店，因此每天都会回趟娘家。鬼贯叫她的时候，她也很方便地就来了。

"请问一下，那个想看加代子照片的人，就是您吗？"

这个三十岁左右样子矮胖的女人正抱着一本相册。按理说，从肩膀露出来的女性的胳膊应该是给人一种凉爽的感觉的，可是她那双丰满的胳膊，反倒让看的人觉得更热了。

"没错，因为牵扯到遗产继承问题，所以必须要看看她的照片。"

鬼贯微笑着随便编了个谎言。下巴呈方形，面部又多少有些厚重感的他，虽说倒也不是不会让看的人产生一种难以亲近的感觉，可是他一笑起来脸上就会浮现出柔和的表情，流露出一种看似非常善良的本性。这个略微肥胖的主妇看到这样的微笑后，似乎已经完全放松警惕了。

"我跟您说，我可是加代子独一无二的好朋友哦。上学的时候我们会坐在一起，学习的时候也要一起的。不过这都是毕业前的事儿了。毕业后我就平平淡淡地结了婚成了家庭主妇，而加代子——"

窗户下面，西日本铁道的电车一边发出轰鸣声，一边开了过去。建筑物剧烈地摇晃着，屋里壁龛上的花瓶也随之发出"咔嗒咔嗒"的响声。过了一会儿，噪音渐渐变小了，前面很远的地方传来略带哀愁的鸣笛声。虽说同样是民营铁路，但和东京大阪的比起来，那鸣笛声总让人觉得有些乡下味。

电车远去的时候她的话也结束了。她转了一下摊开在桌上的相册，将它摆在了鬼贯面前。

"这个呢，是女子高中入学时的纪念照。"

和林田夫人拿出的照片一样，上面一排排都是幼小的面孔。不同之处，只是这张照片中没有男生而已。

她一页一页地翻着照片。看起来她和加代子关系非常好，每一页都贴着加代子的照片。有的是全身照，有的是半身照。既有加代子单独一人表情一本正经的照片，也有或许是和农园的姑娘一起拍的三个人排成一排笑着的照片。随着年代推移学年升高，女孩的河童发型变成了垂发，胸部开始发育，为了展示女性的魅力，她开始歪着头摆出娇媚的样子，或是有意地做出一些表情。这个相册展示了少女破茧成蝶脱胎换骨的全过程，作为理科教材也是很有趣的。

身材略胖的女人继续翻着相册。

"我跟您说，这是从女子学校毕业后第一次化了妆的加代子。那会儿正是大东亚战争①的时候，管得可严了，上学的时候抹个

---

① 当时日本对太平洋战争的称呼。

乳液也会被训斥。但是一毕业，立马就可以理直气壮地化妆了，那会儿真是高兴极了。加代子也变得这么漂亮……"

鬼贯睁大眼睛凝视着加代子的脸。的确，她的容貌不同于之前看到的没什么变化的学生时代的样子，抹了口红画了眉毛之后像换了个人似的变得非常漂亮。到前一页为止还不过是个少女，这张照片上就是一个成熟的女人了。然而，引起鬼贯注意的并不是这个，而是他好像在哪里见过照片上的这张脸。不是在国营电车中看到，或是在街头擦肩而过的这种见过，而是更加近距离地凝视过的感觉。虽然如此，究竟何时何地见到过，他一点儿也不记得。

如果加代子是西之幡豪辅的情人，那么一定是这起案件发生之后见过的。但是社长有情人之类的想法是在林田家谈话的时候浮现在鬼贯脑海中的，在这之前他根本没有这么想过。因此，如果他曾经见过加代子的话，那也不是作为社长的情人，而是作为一个完全不同身份的人注视过。

"还有其他的照片吗？"

"加代子的吗？没有了。"

她摇了摇头。

"我跟您说，她毕业去了东京以后，我们的关系就渐渐疏远了。现在我连她住哪儿都不知道。"

"不是大阪吗？"

鬼贯一脸意外地反问道。

"不是大阪，她上的是东京的女子大学。"

这意想不到的发言令鬼贯很是困惑。

"我跟您说，加代子去的是英文系。我以前是数学学得好，而加代子是英语很厉害。她非常喜欢学习，因为家里不是很宽裕，她曾经说过就是拼了命也一定要毕业。"

鬼贯已经忘记了回话，一直凝视着加代子的照片。她先是考上了女子大学，接着转而沦为妓女，而这个堕落的天使之后又再一次飞上枝头变凤凰，这种命运的跌宕起伏似乎让他看到了一个被丢进战败后混乱的社会中，试图靠自己的努力闯过一切难关的年轻女子，那可悲可叹的一例生存方式。

他想起来"梦殿"的老板娘说过弥生的英语很好。现在看来，考上女子大学英文系的她擅长英语对话并不是什么稀奇事。

突然，加代子的照片像是笑了一下，一副张开嘴唇露出酒窝的样子。微笑着的加代子的脸他的确是见过的，没错，在官厅的桌子上。好像应该是在翻看一本厚厚的绅士录①的时候见到的……没错，想起来了。为了了解东和纺织资本家一方的信息，在查阅人名录的时候看到的。那里不仅登载着公司董事的照片，还有他们的夫人的样子。一定是其中的一位。鬼贯又凝视着照片，拼命地回想着。是某个人的夫人，某个人……

刹那间，脑海中的迷雾散开了。他清楚地记起了登载在那里的董事夫人的名字。泷泽加代子不是社长的情人，而是专务夫人菱沼文江本人。

---

①登记有财产有地位的人的姓名、住所、出身、职业等的名簿。

两个不在场证明

1

因为中途在大阪下过车,所以鬼贯回到东京的时候已经是第二天七号的晚上了。这趟匆忙的旅行在他的鞋底触到东京站站台的瞬间结束了。

回到官厅的时候,课长已经回来了,丹那正拿着周刊杂志一个人坐在鬼贯的房间里。

"呀,欢迎归来。我就想着您应该差不多今天就回来了,一直等着呢。挺热的吧,关西?"

这个小个子刑警放下杂志站了起来。不知道为什么,他的脸色看起来很憔悴。

"课长好像已经回来了,明天再做报告。怎么样,要不要一起吃个饭?得用美食犒劳下自己啊。"

"可惜了。"

丹那露出一副确实很可惜的样子。

"我肠胃出了点儿问题,难得您邀请我,可我却什么都吃不了。吃不了饭,那就让我听听您这次的收获吧。"

"也好,我也有东西想给你看,那坐下来吧。"

两人朝着窗户附近的桌子坐下了。白天的时候天气热到了三十三度以上,但是太阳落山后气温能降下来一点,偶尔还会吹进来一丝凉风。

"我都跑到九州去了,在博多附近的一个地方。"

鬼贯一边看着丹那意外的表情,一边继续讲着自己前往西户崎的原委。

"这就是滝泽加代子的照片。"

丹那拿过照片凝视了一会儿,接着站起来取来了人名录翻到菱沼专务那一项,将照片和登载在那里的文江的肖像作对比。

"……确实一模一样啊。"

"如果她有姐妹或是年岁相仿的堂姐妹的话,倒是不能立即下结论,但是这些她都没有。因此,我想应该可以认为滝泽加代子就是菱沼夫人。"

鬼贯避开了草率的推断。这并不是因为对方是很有社会地位的实业家的夫人,而是他这种对待任何事情都非常谨慎的性格使然。

"要快速地查明菱沼夫人是否就是加代子,方法只有一个,只要知道她的左耳垂上有没有一个小红点就可以了。因此,我们必须首先弄清楚这一点。不凑巧你现在吃不了东西,所以也不好到处走动。找个其他什么人去查吧,跟熟悉她的医生或是她常去的美容院问一下,很容易就可以查出来。"

"我来查吧。"丹那还回照片说道。

鬼贯指着拿过来的照片说:

"中途我在大阪下了车,又去了趟'梦殿'。为了保险起见,我去跟老板娘确认了一下那个自称是齐藤幸子的女子和照片中的是不是同一个人,她二话不说就承认了。也就是说,已经明确了在银行保险箱中发现的没有上半身的女性的真实身份就是泷泽加代子。"

"不过,西之幡社长是如何弄到加代子妓女时期的照片的呢?"

"我中途在大阪下车为的就是要搞清楚这一点。"

鬼贯将手伸进包里,在期待着他会拿出怎样重要的资料的丹那面前放了两块巧克力。

"怎么样,这个的话应该不会伤胃吧。"

不抽烟的鬼贯对甜食情有独钟。而且,现在正是晚饭前,他想用巧克力暂时减轻一下空腹感。

丹那推回巧克力谢绝了他的好意。

"不只是肠,胃也出问题了。如果是当药①的话我会很乐意接受的。"

"那真是可惜了。"

他又将巧克力放回了包里。在吃不了东西的丹那面前吃甜点是很残酷的。

"我又进一步询问了'梦殿'的老板娘,结果得知这张照片原本是在她手上的。说在她手上有点不太对,确切地说是不知道什么时候混到了她的橱柜抽屉里。可是最近,西之幡社长突然来到了'梦殿'。"

---

① 龙胆科二年生草本,生于丘陵地。根茎干燥后称为当药,煎后作健胃药。

"等等，一个大实业家突然出现在一家妓院，总觉得有些不自然啊。"

"不是的。虽说都是妓院，但档次也是良莠不齐的，而'梦殿'在大阪算得上是顶级的妓院了。从德川时代就开始营业，许多历史上有名的人物都曾光顾过，还有作为消费抵押收取的长刀和铠甲，现在已经变成传家宝了。因此，这家妓院蛮上档次的。不过连妓院也要分出个等级，这也真是够滑稽的。所以，到了二十世纪的今天，来这里玩儿的人也都是有钱的浪荡子。西之幡社长自己在七八年前去大阪工厂视察的时候，也曾在'梦殿'住过一晚。"

"留着一副看上去了不起的胡子，真是招人讨厌啊。"

丹那气愤地吐露了内心的感慨。

"老板娘当时也去打了招呼，所以对他的事情记得很清楚。这个豪辅社长不期而至，弄得老板娘也有些手忙脚乱。他说，这次来不是为了玩儿，是因为无论如何都难以忘怀以前住过一晚上的时候服侍过他的那个女子，所以希望起码能得到一张她做妓女时的照片，谢礼的话多少都愿意出。老板娘听他讲了半天，得知陪他的妓女是齐藤幸子，可是她的照片早在她离开这里的时候都已经处理掉了，哪里也找不到。老板娘使出了浑身解数，连壁橱里都翻了个底朝天，其一可能是因为想要谢礼，另一个原因好像也是因为同情老人的爱慕之心。"

"然后就从柜橱里找到了这张照片吗？"

"没错。看起来，再怎么谨慎的齐藤幸子也没能检查到老板娘的柜橱里去。总之,她说西之幡社长拿到照片后满心欢喜地回家了。当时,社长拜托老板娘,让她无论如何都不要告诉别人给了他这张照片的事。自然,老板娘认为他的这一请求是出于害羞,因此发誓说不会告诉任何人。所以,她才对我也装出一副什么都不知道的样子。"

丹那在口袋中找了找,接着掏出破了的烟袋,将最后一支烟放在嘴里点燃了。鬼贯继续说道:

"关于西之幡豪辅为什么会需要加代子的照片这一点,我虽然不是没有想法,不过这话放到后面再说,我们先来想想加代子的事情。她在战争时期以优秀的成绩从女子高中毕业,同一年考入了东京的女子大学。她曾经跟同学们宣誓说,就是拼了命也要毕业,从这一点上来看,最开始她也是打算认真学习的。紧接着战败后,所有的制度都瓦解了,人们曾经绝对相信的权力也丧失了,整个国家变得民不聊生兵荒马乱。在这样的情况下,即使她堕落了,我也没办法指责她或是蔑视她吧。女大学生变成街娼的例子,除了她以外还有许多。不过,这个加代子为什么突然决定金盆洗手,接着又为什么会变成专务夫人,这中间的缘由我怎么也想不明白。或许在这个盛衰沉浮瞬息万变的时代中,也没什么可大惊小怪的吧。"

"也许是这个专务也去了'梦殿'游玩,然后对她一见钟情了吧。强将手下无弱兵,没准专务和社长一样,也是个好色之徒。"

"的确,是有这种可能。"

鬼贯沉默了一会儿,像是在领略夜风的凉意般,将下颚宽大的脸朝向昏暗的窗户。

"总之呢,虽说曾经是为生活所迫,但成为专务夫人的滝泽加代子还是需要隐藏自己之前见不了光的身份的。原本应该叫作菱沼加代子的她却自称是菱沼文江,这不也是她为了避免之前的经历被别人知道所做的努力吗?"

"我也有同感。"

"再回到之前的话题,为什么社长会想要加代子的照片?真如'梦殿'老板娘所相信的那样,是因为爱慕曾经共度一夜的加代子,出于所谓的老人之恋吗?我不这么认为。现在加代子成了属下的夫人,完全没有必要专门跑到大阪觍着脸要照片,因为她就在身边,想见的话随时都可以见到。因此,他想要加代子的照片,并不是出于他告诉老板娘的那个内敛文雅的理由,一定是有其他的目的。"

"这个我也有同感。"

丹那重重地点了点头,弹落了变得很长的烟灰。苍白的烟雾缓缓地画了一个圆,然后随风飘到昏暗的窗户外面去了。有那么一会儿,鬼贯和丹那都一言不发地望着烟雾的移动。喜欢美色的西之幡豪辅为什么想要加代子的照片,其原因丹那也很清楚。他定是拿着当时的照片威胁对方按照自己所说的去做,如果不遵从他的意思,他就要公开她曾经做过妓女这件事。加代子当时内心的惊愕,丹那也可以想象得到。

"只要知道了她的耳朵上有红点,我们的任务就到此结束了。

差不多该回家了,丹那。"

鬼贯像是松了一口气似的说道。他的声音听上去非常干涩,果然是旅途太疲劳了。

申请逮捕令和执行逮捕任务,这些都是搜查本部的工作,不在鬼贯他们的职责范围内。两人都认为,案件到这里应该就可以解决了。

2

第二天傍晚,搜查本部传唤了菱沼夫人。已经通过她常去的银座一家叫作"红牡丹"的美容院证实了她的左耳上确实有一个小红点。只是,即使百分之百确信她是凶手,毕竟是知名人士的夫人,因此不可能像带走街上的流氓混混一样带走她。万一是警方弄错了,一定会遭到舆论的批评。直接让菱沼文江来中央官厅的课长室,虽然也有保护她不被媒体拍到的意思,但真正的原因是,这么做对当局也是有利的。

菱沼文江穿着一身银灰色的两件套,旁边一起来的还有忽谷律师。这位看上去性格急躁的老人俨然一副当局若是敢有半点儿离题的询问自己绝不轻饶的气势,从头到尾都在袒护她。然而事实上,文江根本就不需要老律师的帮助,因为她有着可以证明自己不是凶手的完美的不在场证明。

夫人镇定地坐在椅子上,用庄重的眼神凝视着课长和主任警部萱,她那深邃的黑色眸子是那样的澄澈,看不到任何犯罪的意识或是对惩罚的畏惧。

"说我杀了社长,您是在开玩笑呢吧?"

听到自己被怀疑是杀了西之幡的嫌疑人,她非常愤怒。虽然她的表情没有什么特别的变化,说话的音调也很沉稳,但这种郑重其事的口吻显然是生气了。按照正常的顺序,主任警部萱先是问到了她的不在场证明。

"我记得不太清楚了,请问社长遇害是哪一天的什么时候?"

"是六月一日。地点是上野的两大师桥,时间是晚上十一点四十分。"

"十一点四十分……"

文江一边像是在默记似的小声重复着,一边打开了鳄鱼皮包。

"那会儿我应该看完电视在睡觉了,家里的帮佣苔是知道的。"

说着,她从包里拿出了一个和式装订的笔记本和一支金色的铅笔。文江像是在期待自己的记忆没有出错一样读着上面的文字,不久轻声叫了一下。

"哎呀,刚才说得不对。五月末的时候我让苔回老家休息了一周左右,所以当时是我一个人生活。"

"这么说的话,就没人能证明你那会儿在自己家里了吧。"

嫌疑人用同情的眼神看了看急于下结论的萱。

"不,有人。"

"什么人?"

"我当时有些胃痉挛,所以去附近的药店买药了。"

"夫人,请您再说得详细一些。"

一旁的课长说道。被称作官厅第一理论家的他透过眼镜露出锐利的眼神，仿佛要看穿文江话里哪怕一丁点的欺瞒。

文江说了一声"好"，然后浏览了一下笔记本。

"一号晚上我十点多睡的觉。苔也不在，我老公也去旅行了，除了睡觉也没的可干。我都睡了一觉了，胸口周围突然开始绞痛，于是就醒来了。打开台灯看了眼表，正好是十一点。我先是忍了一会儿，但还是疼得受不了，于是就去了附近的药店。很不凑巧，苔那会儿回老家了，所以只能自己出门买药。药店一般到十一点左右都是开着的，可是等我到了的时候大门已经关了，灯也灭了。虽然觉得很失礼，但我还是敲开了门买了药。我不知道药店老板是否记得，但那会儿的时间是十一点半。所以，说我杀了社长，这是绝不可能的事。"

她一边看着形似口袋日记一样的小型笔记本，一边满不在乎地解释道。至少课长和萱都认为，她这个样子只能是在说谎。

菱沼家在埼玉县的大宫市，现在正在国外旅行的专务每天早上都会坐着夫人开的车到东京的总公司上班。而十一点半在大宫的药店买了药的文江，仅仅过了十分钟后就出现在二十五公里以外的上野，这无论如何都是不可能的。

"药店叫什么名字？"

"帆足药店，在旁边的大门町，从我家走过去大概四五分钟。"

"卖给你药的是？"

"是药剂师老板，红头发的那个人。"

她对答如流，萱将她所说的一一记下了。

"药名呢？"

"我不知道，是药店给配的。"

萱又问了许多其他问题，都是些诸如当晚的天气如何、穿着什么样的衣服等跟正题没关系的事情。除了天气记得不太清楚以外，文江都能毫不犹豫地回答上来。

这样的问答告一段落后，萱进入了下一轮提问。文江不断地用手帕擦着宽大的额头上渗出的汗。不过这不是因为她在冒冷汗，而是解释成屋里温度太高的缘故会比较准确。虽然忽谷律师的专业是商法，但无论他是什么专业，有一位律师像骑士般守护在一旁的话应该会很安心吧。她看上去反倒是很冷静的。

"接下来我想就六月十四日，也就是沙满教的知多半平被杀当天的事情进行提问。"萱说道。

萱警部长着一张没有特征的脸，没有特征这一点到了他那儿就成了特征了。

"知多半平被杀，为什么一定要怀疑夫人？"

老律师问道。在夕阳的照射下，他的银发也染成了红色。萱简要地讲了警方怀疑知多目击了社长被杀的现场，然后以此相要挟勒索凶手的事情。

"夫人，知多被杀是在下午两点十五分到两点半之间。请问这段时间您在哪里？"

"我那会儿在车上。"

文江立即答道，接着翻到了笔记本的另一页。

"现在没有列车时刻表，所以我也不能说出具体是在哪个地方。但是我从大宫上车时是六点半左右,到长冈的时候是下午五点半左右。因此,您所提问的时间段里我是在车上的。"

"请稍等,萱,能给我看一下时刻表吗?"

课长一边在心里感受到了一丝不安,一边命令道。难不成是自己这里犯了一个离谱的错误?他开始担心起来。文江拿出了七宝纹样①的烟盒,亲切地递给了课长一支烟,然后自己一边抽着烟,一边讲着住在轻井泽的别墅院子里的松鼠有多么的可爱。

接过萱拿来的时刻表后,课长回头看着文江。

"您乘坐的列车是?"

"麻烦借我看一下……就是这个,这趟去新潟的列车。"

"哪个……"

科长又拿过了时刻表,一旁的主任也盯着它看。文江所指的是五点五十分从上野出发,二十点零四分到达终点站新潟的信越本线三百一十一次列车(参照列车时刻表三)。

"也就是说十四点十五分到十四点三十分这段时间是在……"

"……正行驶在二本木和胁野田之间吧。"

萱用粗糙的手指指着两个站名。指甲被烟袋油子染成了黄色,看上去非常不雅。

"是长野县吧?"

"嗯,看一下地图吧。"

萱翻到了最前面一页的交通图。与想象中不同,二本木和胁

---

①传统纹样之一,等长半径的圆形在每一圆周四分之一处重叠相连而成的四方连续图案。

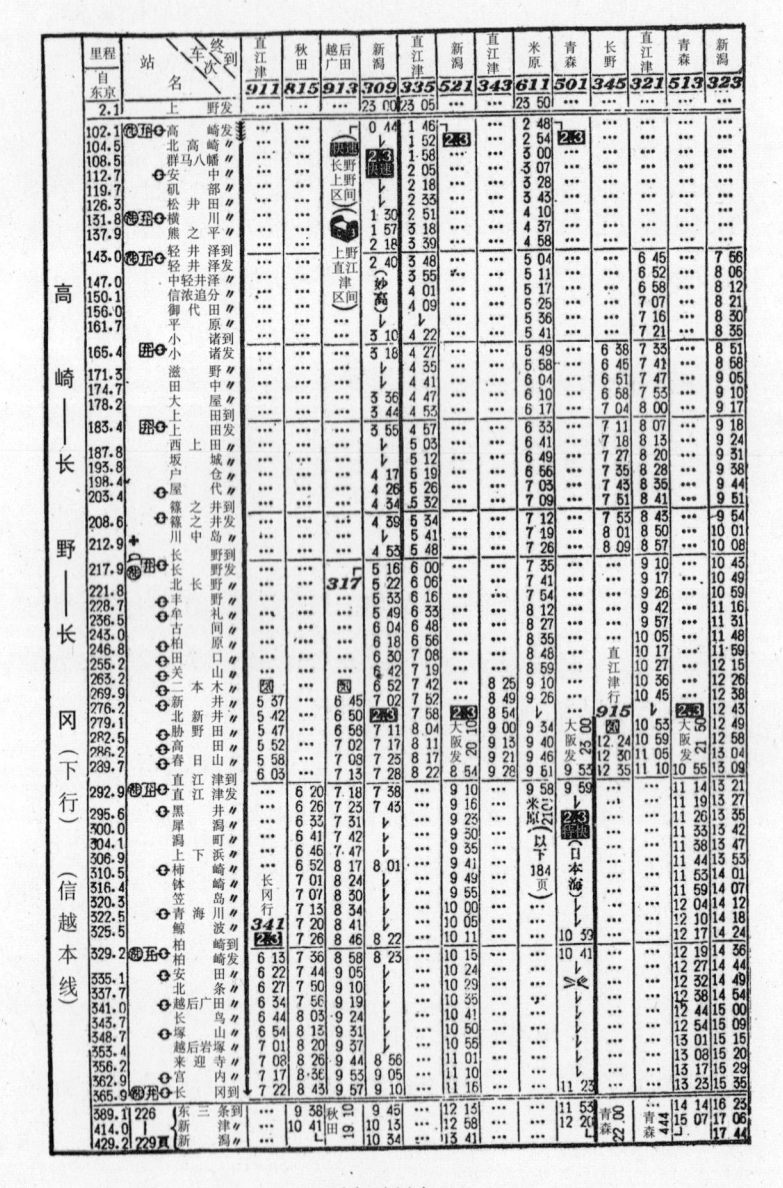

列车时刻表三

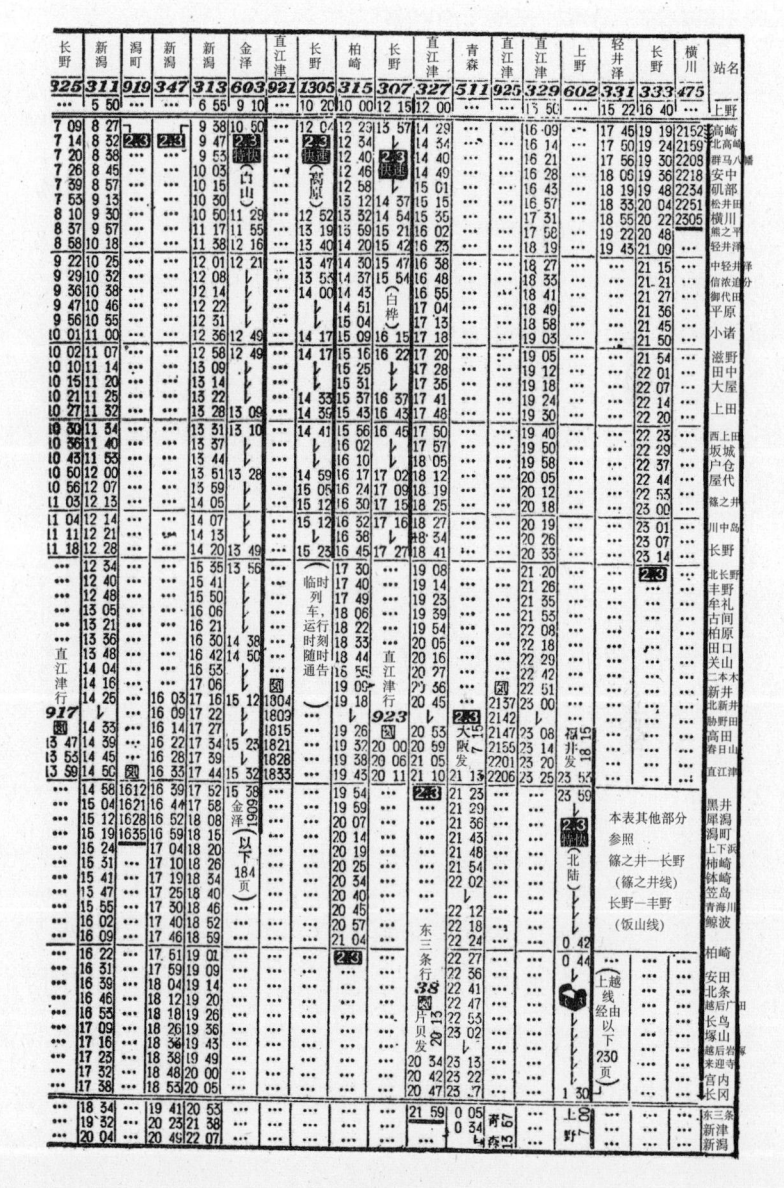

列车时刻表三

野田都越过了县界，隶属于新潟县。

课长抬头望着文江。

"您当时有同行的人吗？"

"有，那会儿苔已经从老家回来了，所以也带着她去的。"

"哦，帮佣，是帮佣啊。"

课长的话听上去有些不满。帮佣的证词是不可信的，被主人收买后什么谎话都编得出来。

"除了她还有其他人吗？"

"这个嘛，很不凑巧，能够证明我那会儿正在二本木和胁野田之间的，除了苔以外再没有其他人了。不过，我自始至终都在车上这件事是事实，您如果详细询问一下苔的话，我想很快就会信服的。"

"这个您不说我们也会询问的。不过，我们无论如何也希望能有一个帮佣以外的证人，如果能再有一个人证明您乘坐了这趟三百一十一次列车的话，那就帮了我们大忙了。"

文江目光朝下思考着。不，或许说装成是做出思考的样子会比较准确。至少课长和萱都认为这不过是她装出来的样子。

"不知道这个能不能帮上您的忙。为了找个人看家，我雇了一个信得过的女学生临时来家里打工，当时是她送我们到车站的，所以我想她可以证明我们两个上了这趟车。还有一个就是，列车刚出柏崎之后，我向乘务员室申报了物品丢失。"

"丢了什么东西，麻烦您具体讲一下。"

课长追问道。

"是邮戳册子。收集车站的邮戳是我的兴趣,这次旅行我们转了信越一带①也是因为我想收集从轻井泽往后的邮戳。到轻井泽这里我来回过许多次,一直在收集邮戳。上越沿线一带也因为经常跟随去长冈工厂出差的老公旅行,所以都收集到了。可是长野县的邮戳还一个都没有。"

课长点了点头,一副明白了的样子。之前他一直对于文江为什么会乘坐绕着信越一带行驶,每站都停且耗时很久的慢车抱有疑问。

"那,您所丢失的是?"

"就是那个邮戳册子。我在柏崎站台上盖了邮戳后,想着让苔去买点儿煎饼,走着走着就弄丢的。如果只是信越线的邮戳册子的话我也就放弃了,可是里面还有我之前去东北一带旅行时收集的许多邮戳,所以我觉得挺可惜的,就向乘务员申报了物品丢失。虽然最后还是没找到……"文江遗憾地说道。

萱不断地用铅笔记录着。

"您知道看家的那个打工学生的名字吗?"

"是我在女子大学的学妹,英文系二年级的真野圣子。"

"那个帮佣现在还在您家里干着吗?"

"嗯,她是从岩手的山里来的,叫大桑苔,地地道道的农村孩子。"

---

①指日本中部地方的长野县和新潟县。名称来源于过去这两个县所对应的令制国名"信浓"和"越后"开头的字。

"了解了,我先失陪了。"

萱颔首示意了一下,接着离开了座位。自然,这是为了立刻联系本部派刑警过去问话。他的离开仿佛给了一个信号般,天花板上的灯亮了。西边的天空还没有暗下来。

"刚刚忘了问您,这趟三百一十一次列车从大宫站出发是在六点二十六分吧?"

"是的。"

"为什么您要坐这么早的一班车?比如,再晚一个小时的话还有三百一十三次列车,坐这趟车的话不就不用早起了吗?"

"因为会赶不上宾馆的聚会。大家约好傍晚六点半的时候到齐碰个面,如果坐三百一十三次列车的话就会迟到。"

听她这么一说,课长又看了一眼时刻表。果然,这趟列车从上野出发的时间虽然只晚了一个小时,但是中途很耗时,到长冈的时候能差出两个半小时,二十点零五分到达的话当然赶不上十八点半开始的聚会。

屋里出现了一小阵沉默。

"请问您要问的就这个吗?"

这次说话的是律师。

"如果没有了的话我想问一个问题。"

"您请说。"

"你们都认为杀了社长和知多半平的凶手是夫人,那么是说,杀了楢山源吉的也是夫人了?"

他的声音听上去有些敌意。

"这个我们不否认。"

课长回答道。他也同意须藤部长刑警的说法，认为让楢山源吉做替身出现在"兰兰"的那个幕后人物，同时也是杀了社长的凶手。这个人既不是知多半平，也不是工会的正副委员长，这一点是可以通过理论得到证明的。由于尸体很偶然地掉到了列车上方，导致了行凶时间被明确这一不妙的后果，因此使用替身完全没有了意义。但是凶手没有足够的信心能让楢山替他保守秘密，为了封住他的口，除了杀了他别无他法。课长瞬间又复习了一遍这个理论过程。

课长的说明结束后，律师大幅地点了点头，做出明白了的姿势。

"好，那我反问一下。夫人十一点半从药店出来后就回到了自己家里，然后就睡觉了。也就是说，十一点半以后的行动是没有人可以证实的，对吧？"

老律师褐色的脸上，一双眼睛正以胜利的目光看着课长。

"因此，让社长的替身去中餐馆吃饭，即伪装成社长在十一点四十分之前还活着，这对于夫人来说没有任何意义。我再重复一遍，这位夫人十一点半之后的行动是没有人可以证明的。伪装成社长是十一点四十分之后被杀害的，对于她来说绝不是有利的，反倒是不利的。"

课长的大脑运转得也很快，不用等律师说完，他就已经知道他想说什么了。被对方以一副胜利者的姿态没完没了地解释，他既觉得厌烦也觉得可气。

"所以，夫人没有必要准备替身，更不可能杀了楢山源吉。"

"我知道了。"

课长头也不回地答道。的确，律师所说的是有道理的。杀了社长的凶手就是指使替身的那个人，这一观点至今仍是没有谬误的。可是，假定凶手是菱沼文江的情况下，这一说法就不成立了，而这一点他居然粗心地没有注意到。正是因为他是大家公认的理论家，在律师指出来之前没有注意到这个问题才更让他觉得沮丧。

3

从中央官厅接到电话通知的本部立即派了须藤和关前往大宫。

"在这起案件中我真是学到了不少东西。"

在上野站的站台上等着京滨东北线电车的时候，关愉快地说道。虽然在此之前他也做过被害人生前关系调查以及当铺旧衣铺搜查的工作，但终归是背后比较不起眼的体力活。正是因为和资深部长刑警做了搭档，他才能够不同以往地神气活现地到处奔走。须藤张嘴回答了什么。从他的抿嘴一笑来推测他应该不是在警告什么，只是由于混在噪音中所以没有听到。关觉得再做一些愚蠢的应答会显得不太机灵，之后就一直沉默着。不凑巧，这会儿正赶上晚高峰，站台上挤满了上班族。

从上野到大宫需要四十分钟。拥挤不堪的电车过了浦和之后开始逐渐空起来，到了与野终于可以坐下来了。关的鞋子前方扔着一个被挤掉的女式扇子，扇骨上有雕刻的花纹，样子小巧可爱。他条件反射地摸了摸皮带，确认自己的扇子是否安全。如果弄丢了可得被老婆骂了，他怕的是这个。

出了检票口，是一副再普通不过了的站前广场的样子。小吃店和出租车办事处交替排列着，远处有一个戴着角帽①的大学生正在用嘶哑的声音喊着攻击政府的口号。在晚高峰的杂沓中，没有一个人驻足静听也真够可怜的。

路的另一侧可以看到一家很大的啤酒屋，从里面传来与其规模相符的巨大声响，部长刑警"咕咚"一声咽了口口水。

"专务夫人所说的话，反正都是不得已之下胡诌的，如果工作进展顺利的话，回来的时候喝上一杯再吃顿晚饭吧，我请客。"

须藤一边走着，眼睛仍然望着啤酒屋。

帆足药店距离车站大约有十分钟的路程。由于事先通过地图记住了大部分的町名，他们才得以畅通无阻地抵达大门町。这一带都是些老店铺，只有帆足药店是新建的，给人一种很干净的印象。在一排陈列柜的里面有一间镶着玻璃的房间，上面用金色的字写着配药室。在它的对面可以看到架子上摆着药瓶、秤、乳钵等东西。两人走进去后，穿着白大褂的老板站了起来，一副准备倾听需求的样子。他是一个肤色白皙，长着褐色头发和眼睛的

---

① 上部有棱角的帽子，多指大学的学生帽。

四十岁的男人。

他们接到的命令是要谨慎调查。换句话说,就是调查过程中不能给对方一种菱沼夫人是嫌疑人的印象。

"请问您认识菱沼夫人吗?"

部长刑警熟练地开口问道。他那副毫不做作的平民长相,有着一种能够迅速地将对方拉入自己讲话节奏中的神奇力量。迄今为止,关已经经历过许多次这样的情形了。

"她的样子我记得很清楚。"

"她是您这儿的常客吗?"

"不是,她不怎么来这儿呢。"

"您是说,都是帮佣来买药的意思吗?"

"不是的,我指的是她不是我们这儿的老主顾。因为她长得很漂亮,所以才记着她的样子。"

"原来如此。其实呢,是菱沼夫人的家里进了小偷。"

"啊,这个我倒是不知道。"

药剂师突然露出一副严肃的表情。

"但是,小偷是何时进去的,这个还不清楚,因此给搜查带来了阻碍。夫人说半夜没关门就外出的情况只有一次,会不会就是那一次进去的,就是来您家买药的时候。"

"啊,啊。"

老板的样子像是想起了什么一样。

"所以,我们想知道当天的日期和时间。您能帮忙记起来吗?"

"我想想,您说是深夜的事情,是不是就是配了止痛药的那一次?"

"没错没错,她是说头疼来着。"

"不是头疼,是胃痉挛。我给她配了莨菪碱①、樟脑和非那西汀②。事后,她高兴地跟我说药效很好。"

"那是什么时候的事儿?"

他说了声"稍等",接着走进了配药室,很快就拿着处方卡出来了。

"是六月一号的晚上,十一点半的时候。那会儿店里刚关门没多久,所以我记得很清楚。"

"他算问到点子上了,这个时间没问题吧?"

须藤看着老板白皙的面庞问道。绕了一圈总算绕到这个问题上了。

"我确信,正如我刚刚说的那样,因为是关门后没多久的事,所以我印象很深,另外处方卡上也有记录。有良心的药剂师为了在配方上负起责任,一定会把这些数据记录下来的。"

老板出示的处方卡上,除了有调配的药物名称和剂量外,还用蘸水笔记着菱沼文江的名字和日期等。在最下面印着"时刻"的地方,同样用蘸水笔清楚地写着"PM11:30"。看到这里,须藤和关都相信了药剂师的证词。

---

①莨菪碱是副交感神经抑制剂,有止痛解痉的功能,对坐骨神经痛有较好的疗效,有时也用于治疗癫痫、晕船等。
②一种解热镇痛药,用于治疗发热头痛,神经痛等。

4

从药店前面的路往东一直走，就到了中仙道。横穿过去之后沿着冰川神社的参拜路往左拐是一条商业街，给人一种战后临时建起来的感觉。穿过这条街后从神社前再向右拐一次，就到了高鼻町一带了。这里是白领聚集的新兴住宅区，所以没有驿站街那种土里土气的氛围。

用栅栏围住的庭院里，可以看到下班回到家的主人穿着短裤正在用软管给草坪洒水，也有人早已泡完澡，穿着浴衣观赏微白的牵牛花。每一家都是一片静谧与祥和，而身为刑警、工作繁忙的两人是与这样的情景无缘的。

菱沼家在穿过这一条中产阶级住宅街的前面。随着离目的地越来越近，首先看到的是巨大的柏木，接着，一个倾斜度很大的红色屋顶映入眼帘。这是一个看上去房间数很多，有种略带年代感的都铎风格的建筑物。透过黄昏的天色，白色的灰浆墙以及横竖斜着组装而成的黑色木材呈现出一种优美的协调感。院里铺满了草坪，后面有一间看似车库的小屋。厨房的窗户亮着灯，看上去里面正在准备晚餐，敞开的门里有一个身材微胖的女子不断地进出。

"就是那个，叫作大桑苔的帮佣。"

"其他屋子的灯都没亮起来呢。"

"啊，主人还没回来。我们绕到后面去问一下吧。"

他们站在正门前看了看,发现侧门是开着的。两位刑警从那里走了进去,穿过庭院来到了厨房的门前。伴随着食用油芳香的气味,还可以听到"滋拉滋拉"在炒着什么的声音。关看了看老刑警的脸,觉得他的眼睛似乎在说着"好香啊"。至少,那不是人在思考宇宙的秘密时会流露出来的眼神。

"不好意思。"关叫道。

油的声音太大,对方没有听到,直到喊了第三次才有了应答声。看到昏暗的庭院里站着两个诡异的男人,女子发出了一声惊叫。等听完刑警们的解释总算弄明白了情况,锅里的菜烧焦了,她又一副快要哭了的样子。

"你去过长冈吧?"

得到允许进入厨房后,须藤坐在身边的椅子上问道。真不愧是中产阶级的厨房,里面有不锈钢的水池、大型电冰箱还有煤气灶,墙上挂着一个小收音机。大桑苔说自己总是用它听着流行歌一边在嘴里哼唱一边做饭。

"去过。"

她把锅从火上拿下来,关掉了煤气灶阀门,接着面朝刑警坐下了。

"是什么时候?"

大桑苔伸出手,开始一二三地掰起了手指。

"……是六月十四号。"

"是跟谁去的?"

"夫人。"

"夫人？隔壁的夫人吗？"

"不是的，是我家的夫人。"

为了不吓到对方，须藤用和蔼的表情慢慢地问着，而苔也慢慢地一一作答。看起来，她天生就是个说话慢的人。

"坐的是几点的列车？"

"这个……您问夫人吧。"

"这样啊，那等她回来了问吧。不过，你一直都跟夫人在一起吗？"

"嗯……"

大桑苔看上去不太明白问题的意思，沉默着摆弄头发。

"从出大宫的时候到抵达长冈的这段时间里，你们一直都坐在一起吗？"

"到长冈都是一起的。不过夫人时不时地会一个人下到站台上，因为她要给邮戳册子上盖邮戳。"

"那个邮戳册子现在还在吗？"

苔摇了摇微微发红的圆脸。

"怎么了？"

"夫人把它弄丢了。"

"然后呢？"

"然后就去跟乘务员申报物品丢失了，她说反正会被某个人捡到的。"

"在哪里丢的？"

"车站名我不知道，不过，是在快到长冈的时候。"

两位刑警不由得面面相觑,越是调查越能证明菱沼文江所说的是事实。

"苔……苔……"

一个女人的声音传了过来。

"是夫人,她回来了。"

大桑苔有些惊慌失措,如果被夫人知道她在看家的时候让来历不明的男人,而且还是两个,进到厨房里,她一定会遭到斥责的。

"是夫人的声音,她回来了。"

身材微胖的女子又重复了一遍同样的话。与她的慌乱不同的是,须藤则显得既冷淡又坦然,他还有话想问。

"怎么了,这究竟是……人不在吗?"

文江似乎对没人应答有些气恼,声音变得专横起来。一脸不知所措的苔正要去迎接她的时候,门开了,文江走了进来。

"我们是搜查本部的刑警,前来调查夫人所说的话是不是事实。"

"啊!那,结果怎样?"

她那一身用叫不上名的布料做成的灰色服装,在天花板灯光的照射下形成了美丽的阴影,丰满的胸部伴随着呼吸上下起伏。

"如何,结果?"

文江那双深色的眼睛从部长刑警望向关,接着又望回到须藤身上。

"如夫人所说。"

"必然如此啊,因为我说的都是事实。"

"顺便想再问您一两个问题。"

须藤死死地揪着她不放。从帮佣那里没有问成的问题,他想从她的口中问出答案。

"什么问题?"

"您在去长冈的时候,坐的是几等车?"

"三等车。苔,我很快就去泡澡,你去准备一下。"

苔出去后,文江站在了电冰箱前面,将身子轻轻地靠在米色的长方体上。

"在那孩子面前不太方便说,如果一起坐二等车的话她就有些可怜。她虽然看着是那样,但其实很伶俐,自尊心也挺强的。但是,如果我一个人去坐二等车的话,好像是我在标榜阶级的不同一样,这我也不乐意。所以,我们一起坐三等车是最好的方法。"

"宾馆也一样吗?"

"不一样,她住的是市里一家舒心的旅馆。因为我必须得跟其他人采取统一的行动,所以不仅是宾馆,回来时我也是跟大家一起坐的二等车,让那孩子提前坐三等夜行车回来了。"

在她淡淡的语气中,包含着体恤帮佣的良苦用心,至少从表面上给人的印象是这样的。

5

天完全黑下来了。来到车站前,果然人变得多起来,其中还混杂着一手拿着扇子身穿浴衣的身影。车站右方可以听到纳凉舞蹈的鼓声,穿着浴衣的年轻男女们都朝着那个方向走去。

部长刑警突然停下脚步,回头看着关。

"怎么办才好呢?"

"什么怎么办?"

"啤酒啊,因为我们的调查结果不太令人满意。不过等等,竹田他们那边可能进展得比较顺利,那就为了庆祝他们的成功去干一杯吧。"

须藤好像非常想喝酒,哪怕是找个借口也要去。竹田刑警那一组是去向三百一十一次列车的乘务员取证了。

"说得也是。"

喝酒的事关也赞成。在肚子饿了的时候"咕咚"喝下一杯冰啤酒,相信胃也会感激自己的。

"我们问一下那边的情况吧,顺便也报告一下我们的结果。"

旁边的烟店里就有红色的公用电话。他从那里给市外打着电话,关站在路旁点了一根烟。朝车站对面望去,啤酒屋的霓虹灯闪烁着鲜艳的红色、绿色和紫色,试图在胃中唤起乡愁。入口旁边的橱窗中摆着用蜡工艺做成的形状逼真的炸虾、烤鳗鱼、饭团寿司以及即使吃饱时看了也会流口水的美食。想想的话,这里的每一样都许久未吃了。

打完电话,部长刑警回来了。满头大汗的他从裤子口袋里掏出有些脏的手帕,胡乱在额头上擦了一通,接着顺便摸了一下小胡子。

"怎么样？"

"不行啊，啤酒得暂缓了。"

"为什么啊？"

"竹田他们的调查结果也不理想。叫真野圣子的女大学生，就是临时雇来看家的那个女大学生也认可了菱沼文江的说法。据说她表示，文江在十四日早上从大宫站坐上了三百一十一次列车是毫无疑问的事实。而且，接到邮戳册子丢失申报的列车乘务员也说这是毋庸置疑的事实。所以，菱沼文江从头到尾说的都是事实。"

"这么说，文江是清白……"

"有这个可能。菱沼文江是无辜的，杀了知多、楢山及西之幡社长的凶手另有其人。"

两人遗憾地沉默着站了一会儿。不是因为喝不了冰啤酒，而是因为他们刚以为有暗示着案件破解的微弱光芒照了进来，结果一瞬间，这光线就被黑暗吞噬了。这才是他们所遗憾的。

筱饴[1]

---

[1] 竹叶包裹的透明饴糖,新潟县上越市的名产。

1

"如果声优能开口说话就好了……"

在鬼贯接到课长要求重新调查文江的不在场证明的命令后，丹那刑警不死心地重复说着这句话。根据医院一方提供的消息，村濑以及在村濑开的车上遇险的鸣海依然处于危险状态，特别是村濑，到现在仍在昏睡。

据"黑色天鹅"的女招待说，村濑当时嘲讽当局采取的搜查方针，说他们从根本上犯了一个重大的错误，而且完全没有意识到这个问题。无论他是哭是笑，搜查本部都不可能一一去在乎，只是如今事态已经被逼到了这种地步，也不可能继续无视声优的发言了。

"这大热天的，被绷带缠了一圈又一圈的，睡觉得多难受啊。"

丹那说着很普通的感想。

"他们都还没有意识，所以也不会知道热和痛。作为他们来说，在伤口痊愈前持续昏睡可能会更好一些。"

"这么说起来，活生生的我们倒是热得够呛。"

丹那一边用浆得很好的手帕擦着额头，一边用被晃到了的视线望着反射着强烈阳光的窗外。鬼贯站起来拉下了百叶窗，接着回到桌子边看着他说：

"我呢，听课长讲她的不在场证明的时候，突然注意到了一个问题，不知道你怎么看？"

"这个嘛……"

听他这么一说，丹那急忙回想了一下刚刚听到的文江的两个不在场证明和有关它的调查报告。可是，鬼贯所指的是什么问题，他绞尽脑汁也想不出来。

"……这个嘛，没什么特别注意的。是什么问题？"

"是一个叫作松野的三百一十一次列车乘务员的证词。"

鬼贯给了他提示。丹那被晒黑的脸上浮现出惊讶的表情，而且一直保持着这个表情。菱沼文江声称自己在乘坐松野所服务的列车前往长冈的途中，在柏崎站遗失了邮戳册子，而松野乘务员则证实了在这之后，他带着文江去了乘务员室申报了物品遗失。二者的发言内容中，日期与时间都没有任何矛盾，而这件事也通过帮佣大桑苔得以印证。无论如何，都不可能在乘务员的证词中发现可疑的地方。

"明白了吗？"

"没，完全不懂……"

鬼贯一言不发地笑着。当他露出自信的表情时，下巴部分总会显得更宽大。

"这一点不留神的话我也注意不到。她坐上那趟车是在上个月的十四号，而乘务员做证则是在这个月的八号，这中间岂不是差了有四周时间嘛。"

"哦。"

"你说会有人清楚地记得在列车上仅仅随便看过一眼的女性的脸吗?"

"啊,这样啊……的确是。按照常识来看,应该不太可能。除非是他有惊人的记忆力,或是文江长着一张奇怪的脸。"

丹那终于明白了对方的意思。理解了这个,接下来鬼贯会采取怎样的手段也就可以理解了。

"我去查查吧。"

"不用,这次我去。"

他一边收着扇子一边答道。丹那看得出来,鬼贯对这一发现寄予了很大的期望。

2

松野的家在荒川区尾久町六丁目。那里虽然地处荒川附近的低地,但却遍地是干涸的灰色土地,给人一种满是灰尘的感觉。家庭工厂繁盛的地方工业人口自然众多,而铁道从业者之所以也同样之多,则是因为附近就是东北本线的尾久站和调车场。这是这个小镇的特色。

松野乘务员住在环形道路最深处一条狭窄的小巷尽头,院子里有一个他精心打造的丝瓜棚。鬼贯去拜访他的时候,他也只穿着一件内衣在给丝瓜浇水。只不过他的努力都是徒然,可怜的丝瓜一个个都长成了黄瓜一样的大小。

"请问您有什么事?"

他从名片上抬起头问道,颧骨突出的消瘦脸庞上有着一双很诚实的眼睛。鬼贯在讲明来意之前,先看了一眼他家里的情形。站着说话肯定是不行的,但是等着对方意识到这个问题再邀请自己进入狭小的屋子里,那样感觉有些对不住他的家人。

"这附近有没有安静的咖啡馆?"鬼贯问道。

松野乘务员退回家里,很快穿着短袖衬衫和白裤子出来了。那裤子没有一丝褶皱,看上去像是电线杆一样挺。

两人来到昭和町的大街上,踩着融化得软绵绵的柏油路,进了一家与这个看上去满是灰尘的小镇不太相称的时髦咖啡厅。这家咖啡厅入口很窄,里面也不深,中间的台子上摆着一个看似很珍贵的封着夏菊和康乃馨的冰花。由于天气太热,冰块融化了大约一半,红色的花朵从里面探出头来。

没有客人正合鬼贯的心意。他在角落里的软管椅子上坐下,然后点了冷饮。旁边的墙壁上挂着一幅模仿东乡青儿[①]的人鱼画,那人鱼模糊的面部看上去有些像文江夫人。

"好不容易放个假,还占用您的时间实在是抱歉。"

鬼贯将目光从画上移到松野乘务员身上,表达着歉意。时不时地被当局工作人员拜访并接受询问,对谁来说都是件麻烦事。

"没关系。"

他简短地答道。在他突出的颧骨上是一双小眼睛,脸上浮现着一丝不易察觉的微笑,一个不留神就会看漏。

[①]东乡青儿(1897—1978年),日本现代洋画家。

"请问，能再讲一下菱沼夫人乘坐的那辆列车的事吗？"

松野乘务员没有回答问题，而是直接讲起了故事。

"上个月十四号，我乘坐前往新潟的下行三百一十一次列车上班，那位夫人来到乘务员室，说在柏崎站的站台上丢了邮戳册子，虽然她自己说不清楚是弄丢了还是被偷了，不过我想应该没人会去偷一个邮戳册子，多半是她自己弄丢的吧。她说如果发现了的话让我们务必还给她，于是我立刻问了她的姓名住址，然后将这个情况告知了柏崎站。"

"是什么时候的事？"

"时间嘛，我想想，那会儿已经过了越后广田，会不会是十六点五十分呢。"

他思索了一下说道。鬼贯拿出时刻表看了看，那趟列车是十六点四十六分从越后广田发车的（参照列车时刻表三），因此文江来到乘务员室的时间应该正如他所说，是十六点五十分左右。至少不会是这个时间之前，这一点自不用说。

冰激凌上来了，两人同时拿起勺子向白色的固体发起挑战，冰凉的触感冻住了舌头，沁入牙齿。前面的环形道路上，无轨电车好似无法承受巨大的身躯般，步履蹒跚地前行着。

"您说的话我都懂，松野先生。"

虽然他自己没有意识到，但是语气听上去很严肃。松野把勺子放在盘子上，略微隐藏了一些表情后看着鬼贯。

"正如您刚刚所说的那样，您接到菱沼夫人的失物呈报是在上个月的十四号。过了四周您都还记着那个人的长相，这是为什么呢？"

不知是不是因为鬼贯没有表述清楚，他一副不明白的样子，不断地眨着一双小眼睛。鬼贯不得不又重复了一次自己的问题。

"哦，那个很简单的。因为之后她又来了乘务区两次，询问是否找到了邮戳册子，所以我就完全记住她的脸了。结果到最后也没有找到，夫人可能也放弃了，之后就没再来过。"

说完，这个不当班的乘务员又拿起了勺子。由于炎热的天气，两人的冰激凌都有一半融化成了液体。

鬼贯虽然没有表现在脸上，但他的内心很是沮丧。丢失了宝贵的邮戳册子，想知道之后的情况而到乘务员区询问当时的乘务员，这一点也不奇怪。松野乘务员记住了文江的脸这件事，在听他讲述之前虽然觉得有些疑点，可是一旦听完解释就会知道这是再正常不过的事了。要想攻克唯一的嫌疑人主张的不在场证明，立足点只有一处。而现在，这一处脆弱的立足点也悄无声息地土崩瓦解了。文江给出的不在场证明，无论从哪个角度来看都是无懈可击的。

鬼贯虽然失望了一下，但很快就涌上一股无论如何都要打破她的不在场证明的决心。文江不在场证明的完美反倒激发了他战斗的欲望。

那么，应该从哪里开始调查呢？方法只有一个。那就是访问剩下的两个证人，倾听并用放大镜去审查她们的证词，毫无遗漏地发现其中的错误、失误或者矛盾。

3

从顺序上，首先访问女大学生真野圣子，然后再去大宫会比较妥当。真野圣子是文江和须磨敦子的学妹，在文江去长冈期间给她打工看家。鬼贯首先给她的公寓打了电话，得知她去了学校图书馆。

与松野乘务员告别后，他从尾久站坐车到上野，接着换乘到山手线前往目黑，真野圣子的学校就在那里。

从目黑站到女子大学虽然只有两公里的行程，但是却有定期的公交车通行。鬼贯坐上了公交，接着想起几年前，自己曾经很偶然地坐上过这趟挤满了年轻的女大学生的公车。他是一个独身主义者，对异性不是很熟悉，而女人身上的气味，他到了那个年龄才第一次闻到。如果只是家里养狗的话，几乎是闻不到臭味的，可是如果去狗舍看看的话那气味就会变得很强烈了吧。狭小的空间里充满了女大学生身体散发的臭味，那种酸甜发馊的气味绝不会让男人神魂颠倒，反倒会令人产生生理上的不快，并且再也不想经历第二次。当汽车到达终点时，从臭气中得以解放的鬼贯深呼吸了好几次，同时也无比同情起公交车司机来。

今天的公交上很空。女大学生放暑假后，几乎没有人走这条线路。不久，公交抵达了终点。鬼贯下了车，穿过宽阔的马路来到了校门前。这个女子大学创建于昭和初期，历史虽然并不悠久，但却因自由主义的教育方针而广为人知。当然，中日战争爆发时这里不可避免地成为军方的眼中钉，受到了种种压迫，连教授中也有人也遭到了迫害。

在封锁得严严实实的铁门旁边开着一个小小的便门，从那里可以看到铺满草坪的操场和砾石铺设的道路。石子路画了一个缓缓的弧线，一直延伸到呈凸字形的白色校园建筑前。深绿色的草坪上只有碧凤蝶在随意地飞舞着，看不到一个人影。鬼贯猜想校园大楼对面那个褐色的四方形建筑应该是图书馆，便朝着那边走去。

图书馆的周围被悬铃木、月桂树、水杉等稀奇古怪的树木环绕着，估计是为了纪念什么而栽种的吧。这些树木下形成了一片片树荫，或许由于这个原因，馆内的空气也让人觉得意外地凉爽。他向正在看着公示板的学生询问了有关真野圣子的事，那学生很快就进到图书馆里面，带着她出来了。

这是鬼贯第一次见到这个叫作真野圣子的女学生。她穿着一身白色的连衣裙，身材高大，体格健硕。虽说她那张不施粉黛的脸绝对称不上漂亮，但却给人一种健康开朗的感觉。圣子邀请鬼贯到桉树的阴凉处，自己则在一个小长椅上朝着这边坐下了。

"菱沼夫人的事情，前些日子我已经讲过了……"

她抬头看着站在那里的鬼贯说道。不知是因为再三接受警察的盘问而有些厌烦，还是因为学习被打扰而感到不满，她的声音听上去有些抗议的意味。为了安抚她，鬼贯坐了下来，用他那天生沉稳的语调,从她被找去打工看家的原委开始问起。

"我去学生会那边报的名。讨厌旅行的人、不习惯旅行的人这些条件我都满足,所以我就决定去了。不过,为什么那位夫人有这么大的问题啊?"

她问了一个理所当然的问题。而这个问题,鬼贯也早就料到了。

"不是的,我们没有特别针对那位夫人做调查。我们正在调查一起案件,与这起案件有关的所有人,具体来说是十一个人,都会接受相同的调查。"

看起来,鬼贯貌似合理的说明很容易地就令真野圣子信服了。

"这大热天的,可真是辛苦啊。"

她体恤地说道。

"这是工作,没办法。话说回来,能给我讲一下菱沼夫人让你看门之后出发时的情况吗?"

鬼贯伸出手,拂去了女学生衣服上的毛虫。应该没有女性会喜欢毛虫吧,虽然鬼贯并不是刻意这样做的,但从结果上来看,女学生对他的这一动作产生了好感,语气也明显变得柔和了。

"她出发的前一天我就去了那个宅子,听夫人介绍了里面的许多情况,然后第二天一大早起来送她去了大宫的车站。虽然都是女性用的小行李箱,但是为了装丧服和其他什么东西,一共装了五箱,夫人和帮佣两个人根本拿不了。"

"第二天准确来说是几号?"

"上个月的十四号。"

"夫人乘坐的列车呢？"

"是去新潟的列车。"

"发车时间是几点？"

"前几天也被刑警问到了这个问题，所以记得特别清楚。是六点二十六分从大宫出发的。"

真野圣子毫不停顿地用爽快麻利的语气回答着，鬼贯也自然而然地记住了三百一十一次列车从大宫站发车的时间。

"一小时后有一趟同样开往新潟的列车，有没有可能是跟那趟车搞混了？"

"没有这种可能。"

真野圣子大幅摇着头。

"前几天刑警也问到了这个问题。夫人乘坐的列车是六点二十六分出发的，而您刚刚所问的列车是七点三十四分从大宫站出发，这不可能搞混。如果是七点半那趟车的话，大家就都起床了。可是我们出发去车站的时候，整个町都还在睡梦中呢。"

"那我再问一个问题：夫人和谁同行？"

"和帮佣。是一个胖胖的——虽然这么说不太好——看上去有些迟钝的人。她们两人并排坐在三等座上，我清楚地记得夫人说'有座位真是太好了'。"

"你怎么看菱沼夫人？"

"嗯，我觉得她是个要强又利落的人吧。和帮佣一起坐三等车这种行为，是一般的董事夫人所做不到的。虽然我不喜欢说同性的坏话，但能有那样的人文关怀的女人是很少见的。"

她像是在夸奖学姐般说道。

这趟调查鬼贯仍然没有收获，反倒让他更加确信文江不在场证明的真实性。如果硬要列出一点收获的话，那就是又加强了文江行事积极果断这一印象。这一点与飞田游廊的女主人所讲的故事是相符的，而且这种性格的人一旦做出了决断，就有可能毫不犹豫地杀人。

4

从大宫站下车的鬼贯虽然事先已经将缩略地图牢记在心里了，可是仍然走错路从北口出了站，这一定是因为酷暑难耐导致他脑子不好使了。大宫町从铁路的南侧一直延伸，北部则几乎没有开发。不久以后新中仙道开通后，这边一定也会建起住宅街，不过这是几年之后的事情了。总之，繁华的南口和荒凉的北口对比非常鲜明，鲜明到只要出了检票口看一眼就会知道自己在哪个口。为自己的失误咋舌后，他又通过道口来到了南口。

从车站前的大门町向南走一会儿，快要到中仙道的地方就是帆足药店。可以看到一个穿着白大褂看上去像是老板的中年男人正在忙着跟一个头上缠绷带的男人说话。客人面前摆着五六个大大小小的药瓶。看起来，老板正在手脚并用地给客人讲解药的功效。

过了中仙道向左拐就是冰川神社的参拜路了。从这里到神社正门之间将近一公里的距离，被道路两侧鳞次栉比的店铺填得水泄不通。战后的混乱中，在一个意想不到的地方平地建起一条临时房屋构成的商业街，这种情况并不少见。这条参拜路上的商店也是如此，虽然样子看起来很完善，但总透着一种新兴商业街的稚嫩。这里有花店和甜品店，有豆腐店也有肉店。走着走着，不经意间鬼贯的眼睛被一家挂着"救命堂"招牌的药店吸引了。看上去，这家药店里所摆的药品数量也很多，并不逊于帆足药店。或许是因为互为对手都有着竞争意识，这家店看上去也很干净宽敞，用金色的字写着"配药室"的屋子也很漂亮。然而，引起鬼贯注意的并不是这些，而是出现胃痉挛的文江走过了救命堂，专门去了更远处的帆足药店这一不自然的行为。鬼贯也有过胃痉挛的经历，那种剧痛是非同一般的。正常情况下，人都会渴望尽可能快地止住疼痛。可是，文江为什么会专门去了大门町那么远的地方呢？

目前，文江去帆足药店的原因有两种可能。其中一个，是她想要的药救命堂里没有，这一点倒是不成什么问题。然而，考虑到她去了帆足药店这一事实成了社长被杀案件中她重要的不在场证明这一情况，有可能是因为救命堂缺乏可以证明她不在场的条件，而帆足药店却可以满足这一条件，因此她才选择了后者。鬼贯避开前方骑过来的自行车，停下了脚步。救命堂没有而帆足药店有的，究竟是什么呢？

鬼贯慢慢地迈出了两三步。他觉得要解开这个谜题是比较容易的。文江不在场证明成立的依据是帆足药店老板的证词，而其证据则是有着配药记录的卡片。正是因为有了卡片，才增加了老板证词的准确性。这么看来，满足可以证实她不在场这一条件的就是记录卡，因此他推测救命堂与帆足药店的不同之处就在于，这里配药的时候不用填写记录卡。自己的猜测是否正确，只要实际去确认一下便可知道。鬼贯转过身去大步返回，接着走进了救命堂。

救命堂的老板是一个看上去非常健康的五十岁上下的妇人，她的右眼角处有一个与盈盈笑脸不太相称的泪痣。

"欢迎光临。"

"我想要治疗胃痉挛的药。"

鬼贯随便说了一句。女主人环视了一遍身后的架子，拿出了两三个纸盒，全都是报纸上经常打广告的止痛剂。

"这药不太适用于我妻子的体质，成药都不太起作用。能帮我配一些效果好的药吗？"

妇人药剂师点了点头进了配药室，从摆在药架上的药品中取出了蓝色和褐色的瓶子，在乳钵中混合起来。鬼贯自始至终注视着她的一举一动，如他所料，完全没有填写记录卡这一行为。恐怕文江根据长年的经验，已经很清楚哪家店会登记哪家店不会登记了，因此才有了把它用作伪造不在场证明的手段这一主意。

"一共三顿，收您三百日元。疼痛发作的时候顿服。"

付完钱接过袋子后，鬼贯上前一步问道：

"请问您知道菱沼家在哪里吗，就是那位年轻漂亮的妇人的家……"

"从鸟居前向右拐，然后一直向前走，就在左边。是一家很大的宅邸，很好认。"

从她的表情上鬼贯感受到了她对客人的好意。很显然，菱沼家是救命堂的常客。而且，救命堂也会配止痛药，但文江却避开它去了帆足药店。鬼贯从这里清楚地嗅到了她在不在场证明中所做的手脚。

5

鬼贯来到菱沼文江家附近的时候，后栅栏门打开了，一个提着购物篮的年轻女子走了出来。她穿着炊事和服，正在浏览着手里应该是购物清单的纸片。鬼贯凭直觉认为那个女子就是大桑苔。

打了招呼后，果然如此。刚开始她还有些胆怯不怎么说话，但过了一会儿就对鬼贯亲切的笑容放松了警惕，说自己正要去买炸东西用的肉、油和蔬菜，篮子里放着盛油的容器。鬼贯配合着她的步伐又朝着刚刚来时的路返回。迎面走来的主妇们无一例外地用稀奇的眼神看着这两人诡异的组合。

盘问大桑苔的事情早晚会传到文江的耳朵里，总归是隐瞒不了的。因此，他表明了自己的身份，带着大桑苔去了冰川神社。苔虽然说着回去晚了会被训斥，犹豫着要不要同行，但看起来她还没有习惯坚持自己的主张，最终放弃了，老实地跟了过来。

走上石阶,从唐狮子旁边转过去后是一片杉树林,里面有长椅。鬼贯用手帕擦了擦上面的灰让女子坐下来,然后自己坐在了她的旁边。知了不停地叫着,附近除了身后有四五个拿着昆虫网的小孩之外再无他人。

"你还记得和夫人去长冈时的情形吗?"

鬼贯向看上去反应迟钝的她问道。看着她的表情,鬼贯都开始担心对方是否听懂了自己的问题。

"……嗯。"

"是和谁去的?"

"……和夫人。"

"难道不是你中途和夫人分别,一个人去坐的火车吗?"

"不是的,我们一直在一起。"

苔看上去一副不理解为什么会被问到这种问题的样子,缓缓地回答着。鬼贯耐心地坐着,针对一个问题从各个方向去询问、确认,然后再转到下一个问题。虽然觉得用时太久的话,她会被文江斥责有些可怜,但这也是没办法的事。

可是,尽管他采取了如此细致的盘问方式,但仍然没有取得关刑警和须藤部长刑警问出的结果以外的收获。她和文江一大早就从大宫站坐上了开往长冈的列车。而且她仍然表示,乘车的时候,看家的真野圣子提着行李箱送她们到了大宫站,之后一直到抵达长冈,她都始终和文江在一起。她讲话的语气很沉稳,脸上毫无表情变化,这使她的话听起来更像是事实。不,不是像事实,而是这就是事实。看着大桑苔那张反应迟钝而又诚实的脸,既不会觉得她在说谎,也不会觉得她能聪明到去说谎。假设文江指使了她做伪证,这个看上去头脑运转迟钝的大桑苔,也是不可能在资历深厚的须藤部长刑警面前一直伪装到最后都没有露出狐狸尾巴的。不仅如此,她们所坐的车是六点二十六分从大宫出发前往新潟的,日期是六月十四号,这些也和刚刚真野圣子所讲的完全一致。综合这两人的证词来考虑的话,知多半平在黑条被杀的时候,文江如她自己所说的那样,正在行驶在二本木站到胁野田站之间的列车上,这也是事实。

鬼贯陷入了沉思中。大桑苔扭动着胖胖的身体,一直担心着时间。在参拜殿的一旁,小孩因为捉知了起了争执,紧接着就有女孩大声哭了起来。杉树林中黄昏的色彩逐渐变得浓厚起来。

"……请问,我可以走了吗?"

"嗯。"

鬼贯像是有所牵挂似的,漫不经心地答道。可是,继续问下去好像也不会有什么新的发现,他已经没有要留住她的理由了。如果日后想起忘记问的问题,就只有再通过电话询问了。

"耽搁了你的时间实在抱歉。如果夫人训斥你的话,就说是因为我的缘故。"

道完谢后,鬼贯补充道。就算把晚餐的准备延迟归咎于他,文江是否会理解并原谅苔就不得而知了。想到这里,他觉得这个看上去老好人的胖女人有些可怜,有些懊恼自己拉住她问了这么久的话。

"如果再有问题的话，我会打电话给你。电话号码是多少呢？"

鬼贯站了起来，弹了弹裤子上的灰问道。大桑苔也小心翼翼地揽着购物篮站起来，接着将手放进烹饪和服的口袋，开始咔嚓咔嚓地找着什么。

"……我写在了纸片上，不这样的话很快就会忘记。"

女子说道，手依然在找着。

"我帮你拿东西吧。"

"谢谢。"

她将购物篮递给鬼贯，继续在口袋里翻找着，终于掏出一片折叠的绿色纸片，用粗大的指尖笨拙地打开它，然后念了写在背后的电话号码。

"……非常感谢。"

鬼贯合上笔记本，一边道谢一边随意地瞥了一眼苔手里的那张纸片。那张绿色的纸片上有一个朴素的石印商标，上面用红色的毛笔写着"越后汤泽特产筱饴"。这个商标鬼贯也见过，不喝酒的他原本就对甜食情有独钟，战后刚过五年去新潟旅行的时候，他曾在站台上看到这种糖并买了一些。只是，这糖不过是将白砂糖滴到竹叶上对折一下而已，味同嚼蜡异常难吃，就连爱吃甜食的鬼贯也感到十分气愤。还是说，现在为了满足人们的味觉对其做了改良，变得好吃起来了？

"这次旅行时，前面座位的人买来送给我们的。"

"这糖不怎么好吃啊。"

女人摇了摇胖胖的头，表示不难吃。或许对于在乡村长大嘴也不挑的大桑苔来说，吃什么都会觉得好吃吧。

"……我回去的时候还想去买来着，可因为是夜行列车，而且自己也不知道站名，所以没买成。"

看起来，她对筱饴很是留恋，说起话来也带着怨气。可就是这一句话，却如同一根刺一般扎到了一直都随意听着的鬼贯的耳朵里。

"这么说来，这糖是在去长冈的火车上收到的？"

"是的。"

"去长冈的火车，也就是和夫人一起的时候了？"

"是的。"

鬼贯越想越觉得奇怪。引起他注意的，是越后汤泽在上越线上这一事实。按照刚刚大桑苔所说的，她应该是乘坐上越线去的长冈。可是另一方面，她又声称自己是和文江一同经由信越线前往了长冈，而这也已经被女大学生真野圣子和松野乘务员证实了。

从证人的数量以及证词的可信度来考虑的话，应该毫不犹豫地相信经由信越线的说法。然而，鬼贯之所以对筱饴这一插曲颇感兴趣只有一个原因，那就是虽然同样是开往长冈的列车，走上越线的话从距离上能缩短几乎一百公里。假设文江声称的经由信越线是谎话，实际上她是通过上越线前往了长冈，那么从时间和距离上都会留出相当大的富余。她会不会就是利用这段时间来作案的呢……

等他回过神来，大桑苔依然一边扭动着身体，一边揽着购物篮站在那里。在从叶荫中透过的夕阳光线的晕染下，她那原本就是红色的脸蛋显得越发红了。

6

鬼贯回到房间后，那里照例只有丹那一个人，无所事事地翻看着报纸。看上去，他已经差不多读完了所有的报道，正在百无聊赖地看着广告模特的美女照片。

"欢迎回来，刚刚有一通电话——"

"先听我说。"

鬼贯止住了他。他迫不及待地想要讨论一下，看看自己的调查结果能引出怎样的答案。他拿了毛巾擦完汗，接着坐下来，快速地扇着扇子。

"你也知道，我认为菱沼夫人的不在场证明肯定是假的，为了打破它我专门跑了一趟。可是，松野乘务员和女大学生都做证表示她的不在场证明是事实。我好不容易鼓起干劲跑过去，却没有发现任何须藤调查结果以外的事实。太阳也毫不留情地晒着，我有一种完全被打垮了的感觉。"

由于长年在一起工作，丹那也非常了解对方的脾性。从他的表情和声音来判断，丹那凭直觉感到他一定是有什么收获的。他想尽快地知道他的收获。

鬼贯用一只手扇着风，另一只手从包里取出了列车时刻表，接着将它砰的一声扔到了桌子上。

"即使这样,我也没有放弃。不过,我的确是从一开始就打算跟所有的证人当面取证的。结果,我从菱沼家叫作大桑苔的帮佣那里发现一个意外的事实。"

说完,他详细地讲了他们在冰川神社的对话。听着听着,丹那手里的扇子逐渐慢了下来,突然就停住了,那张黑色的脸庞上很明显地浮现出兴奋的表情。直到听完的时候,他都像是在大脑中整理思绪般,沉默了一会儿。

"……首先需要彻底追查一下这个矛盾。"

"没错。"

"我条件反射般地冒出来一个疑问……"

"你尽管说。"

鬼贯一边擦着冒出的汗,一边鼓励道。他说话时带着点儿鼻音,是因为正好擦了鼻子上的汗。

丹那舔了舔嘴唇。

"会不会帮佣其实前后去了两次长冈呢?一次是经由信越线,另外一次是经由上越线……如果是从上越线走的那一次收到了糖,那就说得通了。"

"这一点我也确认过。但她的说法是,无论是长冈还是别的什么地方,那么长距离的旅行对她来说是绝无仅有的。"

"真是诡异。不过筱饴在信越线的直江津站也有卖的,她收到的那个的确是汤泽的筱饴吗?"

"商标上清楚地写着越后汤泽呢。"

"可是，按道理来说……"

丹那一边毫不畏怯地用合起的扇子轻轻地敲着桌子，一边颇具气势地接着说道：

"会不会有可能是送糖的那位乘客前一天乘坐了上越线，然后当天碰巧和大桑苔她们坐了信越线呢？也许是乘客拿着前一天在汤泽站买的糖送给了在信越线列车上认识的大桑苔。这么想的话，乘坐了信越线的她吃到了上越线汤泽站买的糖也没什么可奇怪的。"

"这个我也再三确认过了。前面的座位上是一对看似夫妇的中年乘客，在中途停车的某个车站跟流动叫卖的小贩买了筱饴。这些都是她亲眼看到的，就在眼前的窗口买的，所以不可能看不到。绝不是像你说的那样，是前一天买的东西。"

"这……"

"信越线的车站上不可能卖上越线的特产，所以这对中年夫妇买糖是在上越线的车站，确切地说是在越后汤泽站，因此大桑苔乘坐的列车也就是上越线了。"

鬼贯不紧不慢地说着，像是要说服对方一样。

"但是呢，如果旁边的位子上还坐着菱沼文江的话，我想那个商标当然会被她撕下来处理掉。而正是因为她没有销毁商标，才会导致现在的局面。因此，我们反过来想的话，商标没有被撕毁是因为文江不知道这件事，换句话说，她并没有和苔坐在一起。也就是说，文江是经由信越线前往长冈的。"

丹那借着一切空子来寻找可能性。不过，这是通常情况下丹那所采取的战术，以此来使鬼贯的理论变得更加完善。

"那是因为，那对夫妇给她筱饴是在列车停在下一站石打站的时候，那会儿菱沼夫人正好拿着邮戳册子下车去了站台。当然，那不过是形式上的伪装，是她的演技。而大桑苔是一个性格无拘无束的女子，她说自己没有告诉主人收到的糖的事，而是将它放进了口袋，事后一个人吃了。"

"真是个贪吃的女人。"

丹那虽然说了脏话，但总算接受了这一结果，他的表情非常欢快。到达长冈的时刻可以通过乘坐上越线大幅提前，这一点他也知道。

"事情变得很奇怪。只要有松野乘务员和女大学生的证词在那儿，主人和帮佣所坐的就应该是信越本线。可是根据大桑苔的话，又只能推出她们乘坐的是上越线这一结论。究竟哪一个才是真的，我们首先需要明确这个问题。"

"走上越方向的是真的。因为这样旅途的时间一下子就缩短了，应该正好可以赶上行凶时刻，除此之外别无可能。"

"我也这么想，可是丹那，女大学生已经明确证实那两位坐上了六点二十六分从大宫出发的三百一十一次列车，而且菱沼夫人去了那辆列车的乘务员室这件事，松野乘务员也是记得的。这个要怎么解释？"

"那是伪证吧。"

"那我想反问一下，菱沼夫人是如何让两个证人都给她做伪证的？收买吗？"

"这个嘛……"

虽然嘴上这么说，但丹那自己也没有信心。因为根据以往的经验，他清楚地知道收买这一手段是多么危险，要掩盖起来又是多么地困难。

"我认为，她应该不可能收买松野乘务员他们。这么一来，我们只有相信证人的证词，认为她们坐了信越本线。因此，在相信他们证词的基础上，我依然想要解释成菱沼夫人她们是经由上越线去的长冈。"

丹那看着他的脸，觉得他在开玩笑。然而，宽下巴的鬼贯表情非常认真，也不像是把矛盾看作是矛盾的样子。

"怎么可能做到，这种事情？"

"你听我说，因为我就是这么想的，所以我试着问了这个帮佣两个问题。一个是从她的智力状况考虑想到的，就是她是否记着途中的站名这一点。"

"结果呢？"

"完全不记得。不是不记得，是原本就没有兴趣，所以根本没有留意。我想，如果利用这一点的话，菱沼夫人可以非常轻易地一边通过上越线，一边灌输给她那是信越本线的意识。更何况她是个诚实的老好人，根本不会去怀疑别人说的话。"

"原来如此。"

"第二个是，为了查清楚有问题的上越线列车的真实情况，我们需要知道她是什么时候到的越后汤泽站。如此一来，就可以知道那辆列车是几点抵达长冈的，进而也可以明确她是否能赶上行凶时刻。"

鬼贯的言辞中充满了自信，听上去铿锵有力。

7

可是，丹那认为大桑苔不可能有手表，退一步讲，就算她戴着手表，记性这么不好的一个人要记住中途车站的到站发车时刻，实在是比登天还难。

"运气很好，我的运气……具体是几点几分她当然不可能记得，但是她清楚地记得正午时吃了盒饭，就像我们难以忘记由食物引起的仇恨①一样吧。她说那对夫妇买筱饴是在吃盒饭前大约一个小时的时候，因此可以推测列车停在汤泽的时刻是上午十一点左右。我们来看一下时刻表。"

鬼贯说完，用熟练的手法翻开上越线下行列车这一页，沿着横向查看越后汤泽这一栏（参照列车时刻表四）。不同于东海道本线等路线，这条路线比较冷清，中途在这个车站停车的下行列车一天之中只有十二趟，平均下来两小时一趟，因此很容易就找到了目标。十一点零二分抵达该站，开往长冈的七百二十九次列车就是他们所找的。在此之前是八点五十分的普通列车，之后是十二点四十七分的急行"佐渡"列车，两者都不符合十一点前

---

① 日语中有句谚语叫"食物引起的仇恨是很可怕的（食い物の恨みは恐ろしい）"。食物是人类不可或缺的东西，因此由食物引起的怨恨纠葛过了多久都不会消失，所以不能去做一些在食物上招恨的事情。

后这一条件。

丹那从座位上站起来,在鬼贯的旁边坐下,共同看起了时刻表。

"你看,就是这个。这趟十一点零二分从汤泽开出的七百二十九次列车,一定错不了。"

"的确是,其他列车在时间上差得太远了。"

鬼贯的手指从七百二十九次列车一栏竖着划过去,接着在抵达长冈站的时间处停了下来。这趟车的抵达时间是十二点五十六分。

"知多半平被杀的时间是十四点十五分到三十分之间。"

"没错,十四点十五分到十四点半之间。"

"所以,对于十二点十六分抵达长冈的菱沼夫人来说,行凶有着非常充足的时间。"

"的确是啊。"

说着丹那点了点头。知多离开那家叫作"御朝"的旅馆时是十二点半,因此估计两人之间已经事先商量好了在某处见面。知多是为了拿到勒索的钱财,而文江则是为了取他性命……

"不过,那个苔是怎么打发的呢?总不能带着她一起走过去吧。"

"文江带着她去了市里的旅馆,让她一个人休息了。据苔说,文江告诉她,'估计你也累了,好好地泡个澡休息休息吧'。话又说回来,如果真照菱沼夫人所说的那样是经由信越过去的话,抵达长冈的时候就到傍晚了。可是如果走的上越一带,根据刚刚查到的结果，正午刚过就能抵达了。就算苔的记性再差，正午过后到的还是傍晚到的，这点总会记得的。如果我们从一开始就关注了抵达时间的话，问题一定会更早地暴露的。"

鬼贯的声音听上去有些扭曲，他一定是在苦笑自己的愚蠢。不过，当他的手指沿着同一栏往上移到最开始从上野站出发的时刻一处时，他又恢复了原本充满活力的声音。

"丹那，你来看看这个发车时间，是五点五十分。"

"嗯。"

"别嗯啊，五点五十分这个时刻和她所声称的她俩乘坐的信越本线上的三百一十一次列车是一样的。"

他兴奋地说着，翻到信越本线下行列车一页，用手指指着三百一十一次列车从上野站出发的时间（参照列车时刻表三）。原来如此，三百一十一次列车的发车时间与上越线上的七百二十九次列车一样，都是五点五十分。也就是说，信越本线的三百一十一次列车与上越线的七百二十九次列车同时从上野站朝着同一方向发车。

但是丹那依然无法理解鬼贯的意思。

"这可是一个重大发现。信越本线的三百一十一次列车和上越线的七百二十九次列车是不可能同时从上野出发的，这当然是因为线路只有一条。"

鬼贯有些焦急地解释道。

"这也就意味着，从上野站出发的时候，三百一十一次列车和七百二十九次列车其实是同一辆列车。更清楚地说，就是从信州方向行驶的三百一十一次列车和从上州方向行驶的七百二十九次列车是被接成同一辆火车行驶的,在到达两条线路的分叉点高崎站之前。因此,从上野到高崎之间,仅从外面看是不可能分清楚哪个是三百一十一次列车哪个是七百二十九次列车的,如果不读标志的话。"

"这么说来……"

"没错,菱沼夫人向别人说的都是乘坐经由信越本线的三百一十一次列车前往长冈,而实际上却坐上了七百二十九次列车。提着行李箱的女大学生完全不知道她耍了这么一个花样,因此才深信她从头到尾坐的都是三百一十一次列车。因为,如果不专门将它和上越线的时刻表对照着看的话,就不会识破这一骗局。"

丹那露出一副不好意思的样子,鼻子都皱了起来。自己明明已经看了两张时刻表,可是直到鬼贯解释完才发现了这个问题。

丹那像是突然想到似的反攻道:

"乘车之前,也就是在站台上走的时候,如果被看到了经由信越线、上越线这样的标志该怎么办?没法保证不会被看到啊。"

鬼贯摸了一两下下巴后回答道:

"因为女大学生在看着,所以也许乘车的时候是信越线,之后再移到上越线的吧。这种做法也是有可能的。"

鬼贯停了一下接着说道:

"刚刚忘了跟你说,菱沼夫人在雇打工看家的学生时,附带的条件是讨厌旅行、不习惯旅行的人,而这其实是为了自己的诡计不被看穿。"

列车时刻表四

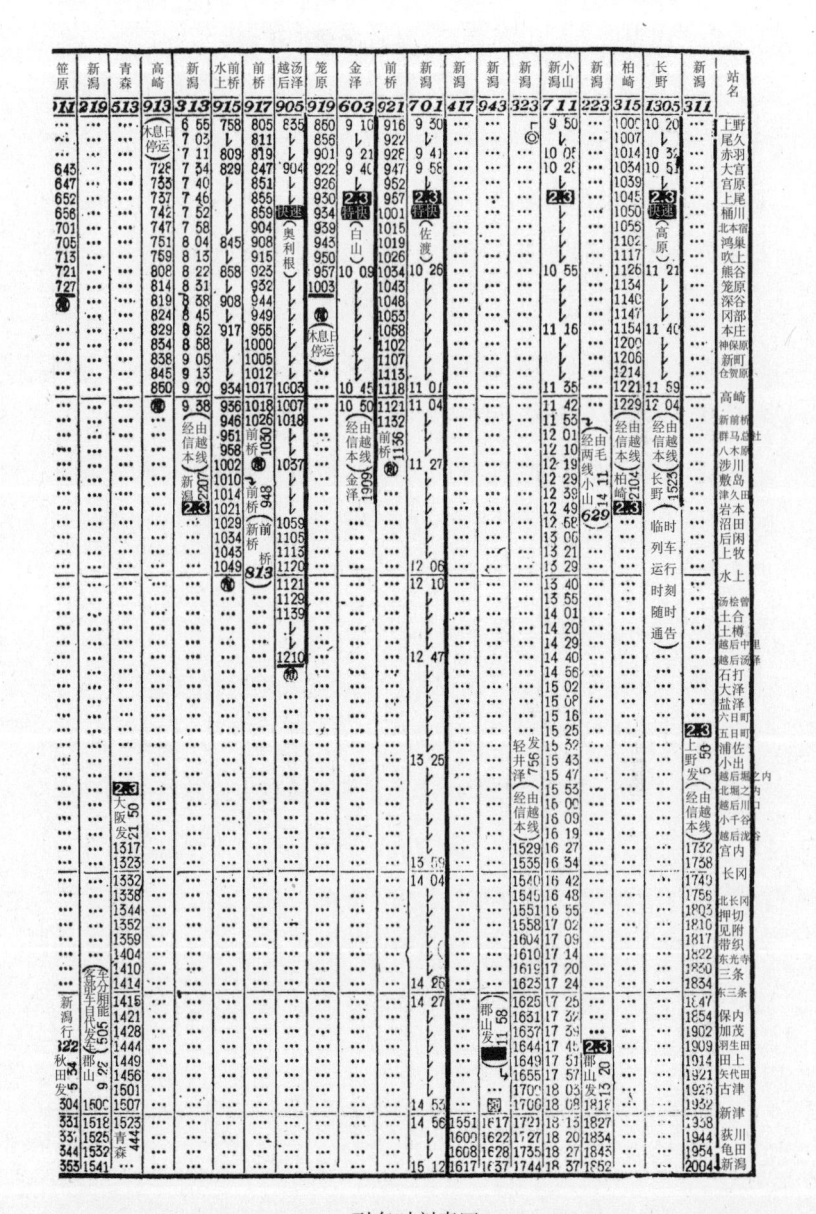

列车时刻表四

鬼贯用温茶水润了润嗓子，继续缓缓地说着。

"我们已经向前进了一步，在不否定那个女大学生证词的基础上，发现了菱沼夫人经由上越线前往长冈的可能性。那么，接下来必须解决的是松野乘务员的证词。我们必须探讨一下菱沼夫人乘坐了他于六月十四日所服务的三百一十一次列车这个问题。"

鬼贯合上了时刻表，将上身朝着丹那的方向挪了挪。即使到了夜晚，闷热也丝毫没有消减，两人的脸上满是油和汗。而在油腻的脸上，两双眼睛都在闪闪发着光。

"鉴于我之前陈述的原因，我不认为松野乘务员是在歪曲事实做伪证。如此一来，我们就必须考虑成是已经到了长冈的她利用某种办法又上了正在朝着长冈方向行驶的三百一十一次列车，然后还去乘务员室露了面。"

"那在柏崎的车站丢了邮戳册子也不过是她的借口吧？"

"没错，我想她使用了邮戳册子这个小道具的目的有两个：一个是为了掩饰去长冈的时候选择了绕远路经由信越本线的列车这一不自然的举动，另一个是为了以丢失了册子为理由出现在乘务员室，以此来制造出非常自然的不在场证明。"

丹那看上去非常懊恼。这是因为，被也许根本就不存在的邮戳册子而迷惑，没能轻易地看穿真相，无非意味着自己完全陷入了文江所策划的计谋中了。

"身处长冈的文江要坐上三百一十一次列车，应该不可能租车或是搭便车，因为如果这样的话，很容易就会被记住。"

"更何况是她那样的美人了。所以她最终只能搭乘火车，再清楚一点来说,是从长冈站或是案发现场附近的北长冈站乘坐信越本线的上行列车。"

"我来找一下。"

丹那迅速地拿起了时刻表,被文江玩弄于股掌之间所带来的懊悔驱使着他要通过自己的努力来解决最后一个问题。

"不用那么着急,肯定存在合适的上行列车的。比起那个,先去吃晚饭吧?点些你喜欢吃的东西,提前庆祝一下。胃已经好了吧?"

直到刚才都很认真的鬼贯,这会儿笑了起来。丹那心想,他笑起来,一双眼睛显得越发柔和了。

"那就恭敬不如从命了。"

"想吃什么?"

丹那的肚子也饿了。刚刚一直打算回家后吃妻子做的饭,现在听说鬼贯要请客,他突然觉得胃部像是被掏空了似的,一种强烈的空腹感向他袭来。

"那就吃牛肉丁盖浇饭吧……"

"不是食堂,是在外面的饭店。吃点儿鳗鱼饭如何?"

"啊,真不错。"

丹那轻轻地用舌头舔了舔嘴唇。

鬼贯打电话订好餐后,像是突然想起来似的将手伸进口袋里,拿出一个药袋,放在了纳闷中的丹那面前。

"这是什么?上面写着止痛剂呢。"

他将白色的药袋放在手掌上,看着鬼贯的脸。

"我从那个药里面也发现，西之幡社长被杀时她的不在场证明里果然有做了手脚的痕迹。"

这样开场之后，鬼贯讲了自己在救命堂所做的测试。丹那又一次忘记了饥饿，将身子向前探了探。

"正如您说的那样，的确是有些可疑。"

说完，丹那露出了一副正在深思的眼神。文江在帆足药店做了和她在三百一十一次列车上对松野乘务员做的同样的事情。即故意加强自己的存在感，以此作为日后需要时的证据，她的意图如同隔着透明玻璃般一目了然。

只是，仅仅推测出那一定是伪造出来的不在场证明，还是拿她没办法。问题在于怎样才能破除伪造的不在场证明。这一点，鬼贯好像也没把握。

"这样的话，丹那，还真是想快点知道那个胖胖的声优发现了什么、注意到了什么啊。真想问问他，断定我们的调查从根本上就是错误的，他的依据究竟是什么。"

"鬼贯刑警——"

"恐怕是从那个叫作楢山的冒充社长的可怜人那里发现了什么重要的事实吧。真希望他能快点儿康复，接受我们的询问。"

"鬼贯刑警。"

丹那又着急地叫了一声。

"我从刚才起就想说那件事了。"

"那件事？"

"大约一小时前医院那边打来电话。"

"医院？"

"嗯，说是村濑最终去世了。"

"去世了？他？糟糕！"

鬼贯这么叫了一声后，突然就沉默不语了。眼看着就能够打破杀了知多的文江的不在场证明，可是，解开社长被杀之谜的关键却被带去了一个他永远都够不到的地方。

意外的事实

1

搜查本部的人员比起最开始少了一半多，这是由于嫌疑人已经浮出水面，且距离案件发生已经过了一个多月的缘故，许多刑警都被派去接手其他的新案件了。但须藤部长刑警和关这一组并没有被转派，他们以上野署的二楼为根据地继续着搜查活动。

就在菱沼文江在帆足药店的不在场证明得以确立，而鬼贯他们的调查又陷入僵局的时候，须藤和关被主任警部萱叫了过去。

"坐下吧。"他面无表情地朝着椅子示意，等到两人坐下后接着说道，"楢山源吉穿的西装，目前小川他们正在调查。"

"哦。"

"现在想让你们两个调查一下文江和源吉的关系。"

"好的。"

"无论楢山源吉有多么缺钱，或是有多爱喝酒，都不可能在被一个素不相识的女人委托了做替身的事情之后，毫不怀疑地听从她的摆布。"

"的确是那样。"

"对于干零工的他来说，只是穿着毫不习惯的西服应该就够令他吃惊了，更不用说，还得戴着一个奇怪的胡子去中餐馆。如果有一定常识的话，是不可能不怀疑的。"

的确如主任萱所说的那样。虽然楢山源吉的样子跟豪辅社长很相似，但是跟一个完全不认识的源吉去谈这样一笔高风险的交易，对方会怎样怀疑是不得而知的。

"所以，我想文江和源吉一定之前就认识或是有某些联系。"

"估计是这样吧。"

须藤稍留余地地赞同道。

干到须藤这个资历，这种在工作中对任何事物都持有怀疑态度的心理也会对性格产生影响，整个人就会变得无法轻易地肯定一件事情。有时候，当意识到这个问题时，连他自己也会觉得可悲又可叹。

"源吉是东京人。他对从来没出过东京感到很自豪，不过'御朝'的老板娘说他仅有一次去埼玉县的经历。"

"是的。"

"去埼玉县的意思，既可以理解成当天去当天回，也可以理解成是接了活出个好几天差。不过，还可以解释成在埼玉县内住了几年。实际去听老板娘讲话的是你们俩，从她当时的口吻来看，是哪种意思呢？"

"这个嘛……"

须藤将留着胡须的脸转向关那边。

"这个……"

关也歪了歪头。正是由于到目前为止都没有深究过这个问题，所以突然被问到的时候，就会觉得记忆非常模糊，无法给出明确的回答。

看着两人的样子,主任像是察觉到了他们的窘迫般说道:

"埼玉这个说法有些笼统,我在想会不会是大宫,他会不会在大宫住过几年?"

"啊。"

"源吉之前不是个能干的园艺师吗?所以我想,在他堕落之前,会不会一直进出着位于大宫的菱沼家呢。"

"原来如此,我都没注意到这一层。"

一直用怀疑的表情听着的部长刑警无意识地大声说道。他将手里的扇子啪的一声收了起来,忘我地将上半身探向桌子。

"我们即刻就去调查。"

"那就拜托了。事实上,现在进入那个家的园艺师里有一个叫作植辰的男人。说起园艺师辰五郎,在大宫几乎没有人不知道。所以我想,问问这位老人家的话,应该就可以知道了。"

"他家在哪里呢,那个园艺师?"

警部看了看翻开的笔记本。

"在宫町。"

"大致是什么方向呢?"

部长刑警看着关说道。关还没来得及回答,他就像自言自语般嘟囔说:"去看看估计就知道了。"

天空中覆盖着一层厚厚的云,两人朝着大宫出发了。天气之所以这么闷热是因为阴天湿度大,无论怎么使劲扇扇子,混着油脂的汗水还是前仆后继地往出冒。

出了大宫站有一个派出所。关去那里问了宫町的位置后,两人就朝着东边行进了。园艺师所住的这片街区虽然有着距离车站远的不利条件，但是倒也不似大门町那样，还是有些热闹的。两人按照被告知的那样从腌菜店一角拐入了小巷里，小巷的两侧摆着架子，上面有植辰的招牌，还有排列成好几层的万年青花盆。从他不顾周围居民的感受搭起架子这一举动中，关感受到了这个叫作植辰的男人的自大高傲，对他生不出好感。

巷子的尽头是一个杉木门，走进去后，可以看到一片花木栽植田。右侧的地里种满了石楠、山茶花、罗汉松、冬青卫矛等围篱笆用的树，而隔着道路的左侧则种着樱花、枫树以及看着像木兰的高挺秀美的树，因为树上没有花所以叫不上名来。过了这一块之后是一片果树林，里面种着桃树、梅树以及结着又青又小的果实的柿子树等。为了方便随时将树拔出来，树根都用绳子捆了起来。

来到这里的时候，路上的噪音已经听不见了，取而代之的是有间断地传来的悠闲的剪刀声。

"这声音听上去真舒服。"

须藤突然停住脚步，侧耳倾听着。的确，那声音在平日里追着案件四处奔波的刑警们听来，好似能清洁耳朵般清爽舒畅。

他们又走了起来。从小道上拐过去有一片灌木丛，一个戴着褪成褐色的麦秆帽的男人正蹲在那里，用剪刀修剪着南天竹。拔染[①]着"植辰"的号坎[②]背上停着一只菜粉蝶，或许他那宽大的

[①] 仅纹样的部分保留染地的颜色，其余部分染成别的颜色的手法。
[②] 在衣领和背后等处染印家号、姓名等的和服短外褂，江户后期开始为手艺人等穿用。

背部如同一块巨大的岩石般，给了蝴蝶一种安心感吧。

"师傅！"

部长刑警圆滑地打了声招呼，一张柿漆色的脸不耐烦地转向这边。那张脸和戴在头上的麦秆帽一样，在太阳的照射下氧化得变了色。

"什么事？"

他嘴里横叼着一根粗烟管，烟管前端噗噗地冒着白烟。他一动不动地用镇定的，更确切地说，是不以为然的眼神抬头看着须藤他们。瞬间，他好像察觉出了对方的身份似的，立刻一扫之前的不耐烦，露出笑脸站了起来。直着腰的园艺师个头比关还要高大。

"要不歇会儿？有事想问你。"

部长刑警用粗俗的方式搭话道。这种亲昵的语气之所以没有招来反感，要归功于他那平民风格的面容以及浮现出的微笑。

"正好，俺也想歇会儿。"

植辰缓缓地从地里出来，坐在了路边。

"我们进来的时候看到了，那万年青真不错啊。"

"那个啊，没什么大不了的。俺这里的全是罗纱系列①，正想着入秋后给它分株呢。"

"不会啊，有些形状修剪得很好呢。"

"好东西都没在那儿搁着，会被偷的。"

---

①罗纱是万年青的一个品种，叶小且厚，叶面有羊毛质感。

说完植辰笑了起来。他一张开嘴,所有的金牙都露了出来。关注意到,他的脸之所以看上去利欲熏心或是庸俗粗鄙,全都是那副金牙给害的。

"你喜欢万年青吗?"

"喜欢啊。虽说是喜欢,但因为没有庭院,所以也只有那五盆而已。想再多一盆有雅丝龙①的,看上去形态绰约的万年青呢。"

接着,园艺师和部长刑警又聊到了根岸的松树如何、金紫殿是这样的、比起雪光冠长寿乐更有意思②等。他们列举着好似日本酒的品牌一样的名称,就万年青的话题聊得不亦乐乎,年轻的关则左耳进右耳出,对此全然不懂。人如果老气横秋到对万年青和仙人掌之类的东西感兴趣的话就完了,他一边这么想着,一边抽着烟。

"话说,"快抽完一根烟的时候,部长刑警终于进入了正题,"你知道叫作楢山源吉的人吗?"

"知道,他以前是个很能干的园艺师。"

说完这句,他像是在说"等等"一般,目不转睛地盯着刑警的脸。

"真奇怪,前些日子也有人问起过源吉。"

"哦,谁问的?"

---

①万年青叶子形态的一种,指表面有许多狭长的隆起的叶子。
②金紫殿、雪光冠、长寿乐都是万年青的品种。

"就算说了,你也不知道。"

"不是菱沼夫人吗?"

他用亲密的语气问道。不仅是语气,连那眯着眼睛的表情看上去也像是在表达对菱沼夫人的敬爱一般,鼻子下方的小胡子一如往常地增加了这种效果。

"你认识她?"

"何止认识,我都去过她家好几次了。她家院子里的石头难道不是源吉布置的吗?"

他一边笑着,一边套着话。院子里的草坪里埋着一块巨大的石头,这个前些天拜访大桑苔的时候关也看到了。

"不是的,那个石头是在宅邸建成的时候由其他园艺师摆放的。源吉这个家伙来大宫是在战后,东京的家被烧毁,老婆孩子全都被烧死以后,孤零零的他就来到俺这儿了。俺觉得他可怜,就给他介绍了许多宅邸的活儿,不过他后来因为酗酒,最终还是被解雇了。"

"他跟你谁酒量更好?"

"俺不喝酒的。源吉这个家伙过去也几乎不喝的,只是老婆孩子都在空袭中死去后,他就管不住自己,开始酗酒了。"

虽然他的言辞有些粗鲁,但从他的话里却流露出对源吉的友情。关感觉自己最初对植辰的印象正在逐渐发生着变化。不过,从他没有追悼源吉这一点来看,他似乎并未听说源吉的死讯。

"菱沼夫人为什么会打听源吉的事呢,果然还是因为工作吧?"

须藤一边用对方可以听到的声音自言自语着,一边无意识地摸着下巴。

"因为工作。虽说他由于喝酒被解雇了，但他本人是没有什么坏心眼的，再加上手艺也的确很好，所以那位夫人才想找他干活吧。俺听说他在山谷的馆旅街干日工，就把这事儿告诉夫人了，她觉得十分惋惜呢。"

植辰噗的一声吹掉了烟管上的灰，接着从腰间的烟袋中拿出棕色的烟丝，慢悠悠地用指尖将其揉成团，然后塞到烟袋锅里。

部长刑警又聊了其他的话题，期间装着无意的样子问到文江的事，但植辰好像对她并没有更多的了解。不过，通过刚刚的谈话，她来跟植辰打探楢山源吉的行踪这件事已经是显而易见的了。

须藤找了个合适的时机结束了谈话，带着关跟园艺师告别了。

"真是的，这当刑警的还得什么都懂，否则都胜任不了工作。我学的那点有关万年青的皮毛，还派上用场了，他因此才对我放松了警惕。要不是这个原因，那个顽固的老头儿怎么会跟你滔滔不绝地聊天？"

走出门后，部长刑警一边看着两侧架子上的花盆，一边悄悄地说道。

"这下我们已经知道菱沼文江找过源吉了。不过，她是怎么找到他的呢？"

来到街道上时，部长刑警回头看了看关。

"估计她应该不会拜托其他人，而是自己出门找的吧。因为如果中间再多个人，万一没处理好，后面的事情就会变得很麻烦。"

"没错，那你目前认为她去了哪里找他？"

"三轮的免费职业介绍所吧，因为日工和职业介绍所的关系是分不开的。"

"我也有同感。我想菱沼文江十有八九去了免费职业介绍所，如果在那里没有找到的话，可能接下来就会去私人职业介绍所。"

私人职业介绍所不同于正规的职业介绍所，那些人在路上寻觅没有找到工作的人，然后用卡车直接拉他们去干活。

两人朝着车站走去。因为这起案件，他们对大宫町以及这里的道路都变得熟悉起来。车站前面的食堂依然如同前几天一样，摆着一些看上去很美味的蜡制食物样品。

2

须藤他们出了上野站后没有回本部，而是乘坐都营电车去了三轮。职业介绍所的建筑走到哪里都是一样简陋的外观。

这会儿正是介绍所冷清的时间，几乎看不到什么人影。招聘室里静静地摆着几个长凳以及供职员和求职者面对面使用的桌子，看上去阴郁昏暗毫无光泽，仿佛失业者生活中的艰苦也渗入了其中一般。三个年轻的职员正各自低着油光发亮的脸整理着卡片。

须藤向身边的一个人打了声招呼,接着和关并排在椅子上坐下了。那副样子,正像是来找工作的一样。

"楢山源吉……啊,就是那个以前做园艺师的……"

看起来,他对源吉记得很清楚,恍惚的眼神看上去像是在缅怀这位上了年纪的劳工一般。

"听说楢山在车上生病去世了,真是可怜。"

"这位楢山,有没有人来这里找过他呢?"

"找他?这个嘛……是男的还是女的?"

"应该是一位三十岁左右的女性。给你看一下照片,长得挺漂亮的。"

须藤从笔记本中取出了从人名录中复印的照片,他伸出手接了过去,垂着的头发下是一张油光满面的脸,上面充满了想要看美女的世俗的兴趣。

"怎么样?"

"这个嘛,我没见过。你们见过吗?"

他把那张照片递给两位同事。两人都一直抬头听着这边的对话,因此省去了第二遍说明。

其中一个人摇了摇头,然而第三个顶着大扁脑袋的职员却使劲地点着头,表示自己见过照片中的女人。

"我见过她。"他一边拿着照片移到这边的桌子处,一边说道,"她当时戴着墨镜,所以我不敢完全确定。不过,我记得她脸部的轮廓。"

"是什么时候见到的?"

"这个倒是不记得。大概一个月前吧,不对,应该更早一些吧?"

他一个人自问自答着。这个职员皮肤白皙,身材高大,看上去是个热心的人。

"能从开头详细地讲一下吗?"

"嗯。"

他站在那里,歪着头像是在略作思考一样。头部正上方的金属丝上挂着一个写有求职条件的半纸大①的传单。由于他身材高大,所以传单都能触到头发。

"正如我刚刚说的那样,大概是一个月到四十天前差不多。时间差不多就是这会儿吧,总之,就是这屋子静下来的时候。一个戴着墨镜的美人来到这里说,有一个叫楢山源吉的人住在山谷的简易旅馆里,问我们知不知道他。"

"她有没有说目的呢?"

"没有,目的倒是没说……楢山的话我们也挺熟悉,所以就把他住在山谷町一家叫作'橘屋'的旅馆,每天早上会拿着劳务册子来这里之类的情况告诉了她。"

他当然不会知道,文江正在怀里打磨着一把利刃。更何况像她这样的美人出现在乏味无聊的招聘室里的话,职员们会更加亲切地回答问题,这种心情是很容易理解的。

菱沼文江和楢山源吉的关系逐渐显现出来了。两位刑警用手

---

① 半纸指长二十四到二十六厘米,宽三十二至三十五厘米的日本纸。

帕擦掉额头上的汗，一边不断地扇着扇子，一边道谢离开了职业介绍所。

"不知道为什么，有种连我也失业了的感觉。"

"心情是会变得郁闷啊，在那种地方。"

关应声道。他觉得自己也能更好地理解那些手里拿着求职卡，一边在心里为明天的面包发愁，一边来职业介绍所找工作的人们那种不安与无望的心情了。

3

距离村濑去世已经过去了五天。在这期间，鬼贯他们的调查没有一点进展。西之幡豪辅在两大师桥被杀的时候，菱沼文江正在远离案发现场的大宫药店里买止痛药，这个不在场证明无论他们怎么绞尽脑汁都破解不了。丹那对这个不在场证明的证人进行二次调查的时候，对于他那些纠缠不休的问题感到恼火的红头发药剂师，整张白皙的脸都红到了头发根，大声地嚷道"没有再回答的必要了"。对此，丹那也变得哑口无言，最终从店里落荒而逃。

把放跑的鱼想象得比实际要大，这种错觉是垂钓者共同的心理。丹那为村濑的死觉得遗憾不已，他觉得只要知道他手中是怎样的一张牌，就能很快解开西之幡案件之谜。然而，这些也不过是一个愚者的车辘辘话而已。

村濑说自己在"兰兰"吃饭的时候是和朋友一起的。如果能够见到那位朋友，或许当事人也和村濑看到了同样的事物，这么一来或许能够得到一些有关村濑所发现的问题的提示。出于这种考虑，他们各方联络，希望能够找到这位朋友，但目前还没有任何回应。也不能就这样无所事事地等下去，而且就算找到了这位朋友，他是否也注意到了村濑所注意到的事，这也是有疑问的。

鬼贯和丹那都知道，要打开停滞不前的调查局面，就应该采取一些积极的行动，然而究竟应该做些什么，当前两人都束手无策。在这种时候，就不太愿意看到课长的脸。而搜查本部发现了文江和源吉的关系这一报告也很快传入了他们的耳中，这就更增加了两人焦急的心情。

那天也是从一大早就很热，插在花瓶中的粉色大丽花虽然花朵的精神很饱满，叶子却失去了吸收水分的力气，无精打采地耷拉下来。丹那也觉得口干舌燥到了极点。

鬼贯坐在桌子前，反复地读着搜查记录。这些资料他已经浏览过好多次，相关的讨论也已经结束了，因此他并不期待能有新的发现。只是，在使出了浑身解数的现在，要说还有什么能做的，也只有翻看记录了，起码这样比用手托着腮发呆要像样一些。

丹那拿起茶碗，从水壶里倒了些温水。拿到嘴边时，一股漂白粉的气味隐隐地掠过他的鼻子，这水真是难喝。小的时候，从屋后的水井中打上来的水非常清凉，而且有一种说不出来的香甜。每当喝到这种温暾的自来水时，丹那总是不由得回想起少年时代。

忽然，他听到了拨电话的声音。转过头去，发现拿着听筒的鬼贯眼里有着不同于以往的光彩，丹那心想，发生了什么事吧。鬼贯长着一张没有表情的脸，几乎很少将内心的活动表露出来，就连笑的时候也绝不会开怀大笑，只会淡淡地微笑，仅此而已。现在，虽然也在克制着情绪，但他眼里的光辉却出卖了他，一只手里的铅笔也在焦躁不安地敲打着桌子。

"喂，请问是尾久的机务段①吗？"

丹那对于他冷不丁地打到这个令人意想不到的地方很是意外。鬼贯究竟想问些什么，这个小个子刑警完全是丈二的和尚摸不着头脑。

"……六月一号的晚上，在东十条车站前面不是发生了一起撞车事故吗？嗯，对对……"

说到十条的事故，丹那也想起来了。那是一起很大的事故，当天晚上十一点十分，大型卡车与下行货车相撞后造成多人伤亡，东北本线和京滨东北线也因此停运了好几个小时。不过，事到如今为什么又提起这事了呢？

"我想问一问有关那之后从上野出发开往青森的普通列车的情况，具体是，二十三点四十分发车的一百一十七次列车。"

丹那的听觉神经突然绷紧了，一百一十七次列车不就是那辆载着西之幡豪辅的尸体行驶的那辆尸体搬运车吗？

---

① 机务段是铁路运输系统的主要行车部门，主要负责铁路机车的运用、综合整备、整体检修。

"我想，当时由于发生在东十条的事故，东北本线应该也是不通的，那么这辆列车当时走的是哪条线路呢？"

听到这里，丹那总算发现了鬼贯的疑问。正如他所说的那样，这个事故发生在一百一十七次列车开出上野的三十分钟前，上下线一直到半夜两点多应该都是无法运行的。可是，那辆一百一十七次列车却在第二天早上，仅仅迟到了二十分钟就抵达宫城县的白石站，这一点从刷漆工的话里就可以得知。从这里判断的话，可以想象，一百一十七次列车并非一直等到凌晨两点东十条的事故恢复之后才开出，而是走了其他什么路线。

"……经过了池袋？那就是赤羽线了？"

道完谢后鬼贯放下了听筒。丹那发现，虽然他的表情没有什么变化，但他的动作却说明他非常满意。

"有什么情况吗？"

他的手里还拿着茶碗。

"嗯。"

"您要出门？"

鬼贯急匆匆地站了起来。

"没错，凶手总算露底了。我想去实际验证一下自己的想法是否正确。"

"是什么想法呢？"

"你跟来就知道了。"

他很少见地用生硬的语气说道，接着大步流星地走出了房间。丹那也急忙抓起帽子跟上去。从鬼贯少言寡语的态度中，丹那可以看出他正在竭力地压抑着内心的兴奋。

4

第二次换乘的公交是开往小岩的,从这里差不多就可以知道鬼贯要去的是哪里了。只是,鬼贯始终都沉默不语,一直在思考的样子,因此丹那也同样沉默着,不去打扰他的思绪。

正如丹那料想的那样,公车快要到泪桥的时候,鬼贯催促丹那起身下车。几乎可以确定,他想要访问的是楢山源吉住宿的简易旅馆"橘屋"了。只是,他要去那里调查什么,丹那还想象不出来。总之,他只能像个笨蛋一样跟在他后面。

鬼贯像须藤部长刑警曾经做过的那样,站在道路示意图的前面确认"橘屋"的地点。

"要拐过鞋店的一角呢。"

他低声嘟囔着,接着迈开了脚步。

在"橘屋"前,有两个老板娘正站在道路中央,一边吃着冰棍,一边高声说着某个人的闲话。不知说着什么有趣的事情,两人拍着手笑得前仰后合,就连拉着拖车的轿车按响喇叭也毫无避让之意。

"喂,没长耳朵啊,你们这两个笨蛋!"

"你说什么!说谁是笨蛋?"

老板娘立马就翻脸了。两人脸上刚刚的笑容都消失得无影无踪,气得眼角往上吊。其中一个看上去很强硬地将手里拿着的冰棍摔到路上，然后一把抓住了轿车的方向盘。

"有种你再说一遍！"

"真叫人为难啊，发这么大的火。我也不是带着恶意那么说的，您就饶了我吧，啊。"

开车的男人被女人们气势汹汹的样子吓到了，态度立刻软下来，露出了谄媚讨好的笑容。两个女人看出来对方是个纸老虎，越发变本加厉起来。

"说什么呢，你就不能像个男人一样？"

"所以我这不是在跟你们求饶呢嘛。"

他的样子越来越胆怯，一旁路过的丹那也不能熟视无睹，他一边苦笑着一边走到他们之中。那个按着方向盘的女人就是他们要拜访的"橘屋"的老板娘。

"哎呀，真讨厌，居然让你们看到我这个样子……"

刚刚还一副巴御前①般女中豪杰的样子，这会儿一下子就变得娇媚起来，她像是在意自己的发型一样用手摸着头。

"那就再见啦。"

她跟另一位老板娘打了声招呼，然后招呼鬼贯他们进了狭小的正门，接着脱掉了自己脚上的凉鞋，咚的一声坐在了铺板低台上。

"我老公他干了什么事儿吗？我还真是拿我家那位没办法。"

她的语气变得很谄媚。

---

①平安时代后期的女子，木曾义仲的侧室，智勇双全，跟随义仲屡建战功。

"不是的，我们想向您打听一些有关之前住在您这里的楢山源吉先生的事情。"

"真是的，阿源也真够可怜的。什么时候才能抓到凶手啊？即便是现在，一想起阿源的事，我就异常痛心，连头都跟着疼起来了。"

老板娘说话的速度很快。

"有关这位阿源……"

鬼贯的声音变得很沉稳。

"什么事情？"

"我想让您好好回想一下，六月一号的晚上他在干什么，您还记得吗？"

老板娘睁大眼睛，像是吃了一惊似的看着他。她的表情像是在问，事到如今，为什么会问起这个事情。

"前一天正好是除夕，所以您应该记得蛮清楚的吧？"

"我想想。"

老板娘眨着双眼皮的眼睛望着停在家门前电线杆上的两只燕子。丹那心想，这个女人眼神真好看。

"……除夕的事情我倒是记着。我去催要欠交的住宿费，结果他在那儿装睡。"

"还望您一定要想起第二天晚上的事情。"

鬼贯用缓慢的语调追问道。在这种情况下，他绝不会去催促对方。

女人身上的连衣裙浆得很好，看上去干净利落。她将手放在膝盖上，又抬头看着房檐上的电线。丹那又在心里想，这目光可真妩媚。

"六月一号的晚上嘛……"

她自言自语般嘟囔着。

六月一号就是西之幡豪辅被杀的日子，同时也是楢山源吉充当替身出现在"兰兰"的日子。不过，鬼贯为什么要反复纠缠这个问题，丹那依然无法把握他的真意。

"啊，我想起来了！"

女人突然叫了一声，激动得鼻翼都在颤抖。

"正如我刚刚说的那样，三十一号的晚上我去催缴房租，看到他在那儿装睡。我还以为他身体不舒服，结果第二天他居然提着烧酒回来了，然后跟我家那位喝了起来。他还给我带了豆馅团子当礼物，阿源这个人在这种地方很有心的。"

楢山原来是这样一个人吗？

"有买酒钱的话，给我稍微交点儿房租也好啊。"

"他们喝到几点？"

"我想想，大概喝到十二点了。我记得我跟他们说，都半夜了，别打扰到邻居们，差不多就行了吧，他们这才结束。"

蓦地，丹那又看了一眼老板娘的脸。她的脸上看不到明显是在撒谎的表情。可是，如果她所说的是事实的话，出现在"兰兰"吃荞麦面又是怎么一回事呢。

丹那偷偷地看了一眼鬼贯。然而，鬼贯像是早就料到这样一般，没有露出吃惊的样子。

"确定吗？阿源和您的夫君一直喝到了半夜？"

"怎么了？"

老板娘看上去好像对于鬼贯再三确认这个问题有些不明就里，用清澈明亮的眼睛看着他。

"三十一号我去催了房租，然后一号的时候他提着酒回来了，绝对没有问题。"

"好的，这就够了。多谢。"

鬼贯突然，而且很满足地接受了她的说法。这一唐突的转变似乎惊到了老板娘，她把眼睛瞪得更圆更大了。

"阿源以前喜欢吃糖醋酱白鲸。"

两人要回去的时候，她用手扶着格子门，一改刚刚泼辣勇猛的样子轻声说道。

5

"我已经完全搞不明白了。"

来到外面的丹那对鬼贯说道。

一个戴着墨镜路过的男子将留着长长鬓发的脸转向这边，用怀疑的眼神看着两人。

"为什么呢？事情不是渐渐明朗起来了吗？"

"可是，根据刚刚讲的，结果在'兰兰'吃荞麦的替身不就不是源吉了？"

"没错，那个不是源吉。我就是为了听她亲口说这个才来到这里的。"

"您是怎么知道他不是替身的呢？"

"因为我读了记录。那个记录里从一开始就清楚地写了在'兰兰'吃饭的不是楢山源吉这件事，而我却看漏了这一点，直到今天早上才终于发现。"

"发现了什么呢？"

"你自己再重新读一遍，只要稍微认真点儿，很快就能明白。"

他故意使坏不告诉丹那，那双望向正前方的眼睛像是想让丹那着急一般。两人从鞋店的拐角处转了过来，朝着电车路走去。

"行，我自己去查。"

丹那也较起真来，挺了挺肩，一副要挑战的样子。

"可是，这样的话，跟案件没有任何关系的源吉为什么会被杀呢？我一直以为是因为他充当了替身，而凶手怕他泄露了秘密，为了封口才杀他的。"

"不是的，凶手必须要杀了他，有着充分的理由必须杀他。"

"这样啊。"

丹那半肯定地说道。因为如果再问理由然后又被说"自己去想"的话，心里会很不舒服的。

"去哪儿喝点冷饮吧？边喝边聊。"

来到电车路上的时候，鬼贯环顾了一下四周。可是，山谷一带连好一点的咖啡厅都没有，结果两人一直坐车回到了浅草，上了一家不太有人气的什锦摊饼店的二楼。

"正好，没客人。"

"什锦摊饼我还是第一次吃呢，因为我一直觉得这东西大多是女孩儿吃的。"

丹那一边在意着裤子的膝盖部分，一边在垫子上弯膝坐下，然后稀奇地看着周围。墙上到处都装饰着彩纸，上面用毛笔画着武打戏女演员的自画像或群像。他用端上来的毛巾擦了手，接着又擦了擦额头上的汗。

"真安静啊，平时都是这样的吗？"

丹那问女店员。

"是的，一到夏天客人就变少了。"

女子拿着脏了的毛巾回答道。她的头顶上，风扇正如同倒着的直升机一样转着。

"不好意思，我得去打个电话。"

鬼贯像是突然想起了什么似的去了走廊，大概过了五分钟后回到座位坐了下来。

"有关你刚刚的疑问，"鬼贯用两个胳膊肘撑在桌子上开口说道，"从刚才的调查中我们知道，有问题的六月一号晚上，楢山源吉在旅馆里喝酒。也就是说，来'兰兰'吃饭的并不是他，我们先前的看法都是错的。"

"所以充当替身的一定是其他什么人。"

丹那说完后，鬼贯用怀疑的目光盯着他看。

"是吗？找替身是一件多么危险的事，从凶手为了封口最终杀了楢山源吉这件事中你应该也能明白吧。你认为凶手会重复一次这种危险的举动吗？"

"但是事实上凶手不是的确找了源吉以外的其他人做了替身吗？还是说，'橘屋'的老板娘撒了谎？"

"你只会从一个侧面去看事情，一味地认为出现在'兰兰'的那个人是替身。"

丹那凝视着鬼贯的眼睛，暂时屏住了呼吸。他凭直觉感到对方所说的事情意义重大，但是要理解其中的意思还需要一些时间。

"……您是说，来'兰兰'的男人不是替身？"

"没错，那就是他本人。"

丹那问话的语气非常不确定，而与此相对，鬼贯的语调则充满了自信。

"你听着丹那，回想一下调查记录。那天傍晚，他没有吃晚饭，只是稍微吃了点三明治。所以到了十一点多的时候不正好肚子饿了吗？在通过池袋的时候偶然看到'兰兰'亮着灯，想进去吃点夜宵也没什么奇怪的吧。"

"可是……"

丹那的声音比正常情况下大了许多。当他意识到的时候，急忙降低了声调。

"他吃了三明治的事情我也记得，所以我不反对他中途会肚子饿这种看法。可是西之幡落在列车顶部是在十一点四十分的时候，而同时这个男人还能在中餐馆里吃饭，这个我是怎么都无法相信的。"

然而，对于他的抗议鬼贯没有表现出任何的惊慌。他打开扇

子,一边用它往脸上扇着风,一边用能使人信服的缓慢语调解说道:

"因此,我们认为他是从两大师桥上被扔下去的这种观点是错误的。那个死去的声优说搜查本部的想法从根本上就是错误的,我想他指的就是这个。虽然,他为什么会发现这一点依然是个谜。"

鬼贯说自己不明白声优村濑是如何发现这一点的,而在丹那看来,鬼贯是如何看穿这一点的则更加不可思议,他想快点回到官厅重新翻看一下记录。

"这么说来,两大师桥上的血迹……"

"那是伪装,为了把那里伪装成行凶现场。我想,把被害者的车扔在国立博物馆前,也是凶手为了强调凶杀现场是在上野所做的伪装工作。"

"凶手指的就是那位菱沼文江吧?"

丹那又一次确认道。自从原有的观念被摧毁了一次后,他对任何事都失去了自信。

"没错。"

"这样的话,真正的行凶现场是哪里呢?从尸体落在列车顶部这个情况来考虑的话,无论如何天桥都是一个必要条件吧。"

"嗯。不过好慢啊,肚子都饿了。"

鬼贯看了一眼走廊,接着又看向丹那。

"距离上和时间上都有制约,而且还得熟悉天桥附近的地理,考虑到这些,我认为最合适的地方就是大宫了。"

"有天桥吗，那个地方？"

前些天去的时候，丹那完全没有注意到那里还有天桥。

"从这里过去，就在车站前面。之前我从大宫下车的时候，走错路从北口出去了。没办法就通过那个天桥走到了南口那边。不过当时我也没有料想到，那个地方居然会是行凶现场呢。"

听他的说法，鬼贯好像认定那里十有八九就是现场。

从上野经由池袋到大宫的区间有好几个天桥，无论是哪一个，扔下尸体的时候应该都会沾上被害者的血迹。只要委托给鉴定人员，要得出结论非常容易，这一点是很乐观的。

丹那突然惊愕地意识到，一直挡在眼前的壁垒悄无声息地瓦解，不知何时已经变成了一堆土块。

"这么一来鬼贯刑警，文江在药店买药的不在场证明岂不是完全没有价值了？"

"没错，我刚刚给大宫站打电话询问了一下，得知那天晚上一百一十七次列车从大宫站出发的时间是午夜零点四十七分，比规定时间晚了三十分钟。因为绕着池袋行驶了，所以才花了那么多时间。"

"原来如此。"

丹那点头说道。晚了三十分钟的一百一十七次列车在中途加快了速度，到白石站的时候，成功地将时间差缩短到了二十分钟。

"也就是说，她扔下尸体的时间正好是那个零点四十七分左右。因此，她所声称的十一点半去买了止痛剂，无论是不是事实，都完全没有关系了。"

听了这样的说明，丹那终于理解了今天早上鬼贯为何会表现出那种沉静的兴奋了。正因为他是鬼贯，所以才能够将感情克制到那种地步，这一点自己无论如何是做不到的。

"如此一来，我们的工作也就结束了。"

在一阵沉默之后，丹那说道。

"没错，接下来的工作就是搜查本部的了。"

"怎么样，什锦摊饼店里好像没有啤酒，我想我们必须得举杯庆祝一番呢。"

丹那舔了舔嘴唇，环顾了一下四周。

屋顶上的对话 ———

1

在声优村濑死去的一周后,鸣海秀作也停止了呼吸。在这期间,敦子仅有一次在费了好大劲后得以看望了他。

由于工会那边派了女员工轮流在病床边照顾他,而敦子又为大家所熟知,因此她没法光明正大地去医院。她谎称是从鸣海家乡来的表妹,想方设法地见到了鸣海,然而他却毫无意识,被绷带裹成一片白色的脸上看不到曾经直挺的鼻梁和凛然的样貌。敦子一边将鸭嘴壶贴在秀作的嘴唇上喂他喝果汁,一边流下了眼泪。这是她认识鸣海以来第一次濡湿脸颊,两人的爱恋快活而幸福,在此之前从不需要泪水。

整整过了两天后的第三天,她从父亲的口中得知了鸣海的死讯。当然不是父亲特意告诉她的,只是在吃过晚饭一家人其乐融融地聚在一起的时候,这一消息作为茶余饭后的闲谈被提到了而已。瞬间,敦子像是失明般觉得眼前一黑,接着就产生了想要呕吐的反应,她好不容易才忍住了。

鸣海的死讯没有很快传到毫不相干的敦子这里是理所当然的,然而这种时间之墙的厚度却变成了距离上的宽度,使两人到最后都没能靠近对方。敦子无法参加葬礼,甚至都不能将悲伤表现在脸上。为了不被任何人发觉,她只能在胸膛最深处的那颗红心上系上丧章。

鸣海告别仪式的当天，敦子以头疼为借口，躲在自己的屋子里，细细地回想并体味着去年夏天与鸣海的邂逅。厌倦了自家别墅所在的逗子的海边，她一个人游到了叶山前面的森户海岸，在快一百米的海面上突然开始抽筋，就在她快要溺水的时候，是鸣海秀作救了她。

被横放在沙滩上的敦子一边吃惊于那消瘦的身躯怎么会有如此大的力气，一边仔细地注视着鸣海。她还清楚地记得，在游向岸边的途中，鸣海的背部被水母蜇到，红肿的样子如同被鞭子严刑拷打过一般惨不忍睹。

鸣海作为工会副委员长，对于公司的不当做法采取了毅然的态度战斗到底，同时也对自己的方针抱有非常坚定的信念。他之所以拒绝了来自其他工会的援助，始终坚持靠自己，也是因为他不愿意受到他们的牵制。鸣海打心底里蔑视那些组织游行并让队伍在大马路上缓缓前行妨碍交通的指挥者。此外，当其他委员提出要缠上白头巾的时候，以一句"这不是白虎队[①]的剑舞，你把罢工当作什么了"而断然拒绝的也是鸣海。他的身上有着某种独特的气质，这种气质不同于简单的装腔作势，敦子在爱着他的同时，也深深地尊敬他这一点。敦子深知，在当今这个时代，值得尊敬的男人已经不多见了。然而，她这份幸福的恋爱却只是一个连一年都不到的短暂的梦。

[①] 一八六八年，为了迎战维新政府军的进攻，会津藩集结十六七岁的藩士子弟组织而成的少年队，以二十名队员在饭盛山自杀的悲剧而著称。

文江邀请敦子去晚上的银座散步是在告别仪式的第二天。虽然她并不怎么想去，但是由于自己也没有可以拒绝对方的合适理由，就答应并提前定好了碰面的时间和地点。她想，时隔许久与文江外出或许也能帮助自己忘记悲伤。敦子希望能永远保留着对鸣海的回忆，但她也想尽早逃离这种令人撕心裂肺的悲恸之情。

那天的天空与敦子的内心正相反，澄澈明净得令人难以置信。站在约定好的日本剧场前的遮阳罩下面，即使敦子的双眼努力不去看，但穿着夏威夷衫和太阳裙的年轻男女的身影仍会进入她的视线。每一对情侣看上去都很活泼快乐，好似相信自己的幸福可以永远地持续下去一般。但其实，那只不过是建立在极其脆弱的基石之上的错觉，而在这种幸福破灭之前他们是不会发现这一点的。

就在前些日子，直到她和鸣海肩并着肩走在这条路上的时候为止，不，是鸣海出了事故被救护车运走为止，坐在咖啡厅的包厢里等着他的到来的敦子也曾相信，他们的幸福会永远持续下去。敦子原本是为了忘却悲伤才外出的，而如今她发现，自己反倒变得更加抑郁了。

因此，当文江在约定的五点准时出现时，敦子松了一口气。文江不常见地穿着一身白色的中国旗袍，漂亮的胳膊下夹着一个白色的包。白色的轻便女鞋每在人行道上迈出一步，从裙子上开得长长的细缝中都会露出纤细的腿。

"等了很久吧？"

站到敦子面前后文江问道。

"没有,我也是刚来的。"

"太好了,那我们去银座喝点冷饮吧。"

文江用超薄棉布质地的手帕轻轻地沾了沾额头上的汗,接着提议道。

虽说不是周末,但从有乐町到银座一路上的人群却川流不息。两人混入人潮中过了数寄屋桥的路口。信号灯从绿色变成橙色后,敦子一边迈着匆忙的脚步走着,一边想起来去"黑色天鹅"侦察灰原的不在场证明的时候,她也曾和鸣海肩并肩地走过这条马路。在人行道上握着手告别,是她最后一次看到朝气蓬勃的鸣海。

随着逐渐接近尾张町,她的记忆变得更加栩栩如生,村濑那辆闯了红灯的轿车以发疯般的速度飞奔过去的样子清楚地浮现在眼前,敦子的耳边仿佛都能听到路人惊叫的声音。

"我们去这边吧。"

敦子不由分说地拉着对方的手拐到了右边,她已经没有心思去顾虑对方的想法了。走了一会儿,她才意识到这里是林荫大道。

"怎么了?"

文江诧异地问道。

"没事,没什么。"

她简单地答道。或许是从她的语气中听出来不愿意被继续深究下去的意思,文江也没有再说什么。

"前些日子和敦子散步的时候也经过了这里呢。"

文江看着服饰店的窗户开口说道。

敦子也想起了当时的情形。每一家店的氛围以及陈列橱窗的样子都和大约一个半月前散步的时候几乎没什么变化,变了的是望着这一切的敦子。当时她想买的金耳坠现在依然被珍贵地摆在玻璃架的最上面,然而如今已经感受不到任何魅力了。深爱的鸣海离开以后,敦子也没有心思打扮自己了。

她突然想起,自己今天是为了忘却悲痛才出来的。而且,如果一直这样哭丧着脸,没准会被文江胡乱猜测。文江的注意力好像被一家一家的橱窗所吸引,并没有注意到敦子消沉抑郁的举止。

"哎呀,之前那个军刀形状的领带夹被卖掉了。"

她突然用充满朝气的声音叫道,回头看着文江。

"还是说,被你买了?"

"不是我买的。不过真是可惜啊……这可真是。"

文江的表情像是记起来了一样。

"对了,之前我们是在'普斯里普'吃的午餐,这会儿虽然有点早,不过今天也去那里吃晚餐吧?"

"好啊,今晚我来请客。"

"那可不行,不是我邀请的你嘛。"

两人离开了陈列橱窗,迈着缓慢的步伐朝着意大利餐厅的方向走去。夏季的出更,天色还是明亮的,但所有的店里都亮起了灯。在这个不尴不尬的时间被点亮,霓虹灯睡眠不足的脸上露出了困惑的表情,模模糊糊地闪耀着。

敦子和文江上了"普斯里普"的二楼，坐在了一个大花盆的旁边。不同于上次来时的情况，桌子几乎都是满的，棕榈树也不见了，取而代之的是海枣树。不变的，是贴了瓷砖的水池以及前来提供服务的皮肤黝黑的男服务员。他好像还记得文江她们一样，微笑着行了个礼。

　　"敦子，想吃什么？"

　　"我要个卡鲁索通心粉，因为上次觉得特别好吃。"

　　"这样啊，大家都这么说。"

　　服务员亲切地说道。

　　由于自己稍不留神就会陷入抑郁的心情，因此敦子勉强地使情绪高涨起来，努力营造一种欢快的就餐氛围。虽然在这样的场合下讲公司的事情不太合适，但是社长的死却成为劳资双方对立缓解的一个转机，资本家与工会双方都因此舒展了眉头。不论是对于敦子还是对于文江来说，这都是一个相当欢乐的话题。

　　鸣海如果还活着，应该会很高兴吧。敦子的心中条件反射似的冒出了这个想法。她连忙摇了摇头，打消了这个念想。

　　"我非常明白敦子你的心情。"

　　喝着饭后的咖啡，文江一边点着烟，一边冷不防地说道。

　　手里拿着杯子，一直在出神地追忆着鸣海的敦子，一瞬间没有理解这句话的意思。

　　"啊？"

　　"我是说，我非常理解你悲伤的心情。"

　　被她那双深不可测的大眼睛紧紧地注视着，敦子一下子有些惊慌失措。

"悲伤的心情是指？"

"你爱着鸣海吧，不是吗？"

"鸣海？"

"别再隐瞒啦。我跟你说了灰原和'黑色天鹅'的事情后，鸣海不是立刻就去了那家酒吧，然后到处打听灰原的情况吗？知道这个的一瞬间，我很快就想到，啊，原来敦子和鸣海是一对啊。"

……

"刚刚你不也是不想看鸣海他们出事故的现场，所以才拐到小路上的吗？"

……

"没关系，不要担心，我不会告诉任何人的。"

她用温暖的声音说道，接着将茶碗端到了嘴边。不仅是声音，连那双大大的眼睛中也包含着一种安抚她的温柔在里面。看着这双眼睛，敦子的心情也恢复了平静。突然被指出自己和鸣海的关系，她虽然也吃了一惊，但对方是文江的话应该也别无他意，她只是想确认一下自己的推测是否正确吧。

敦子将杯子放在了托盘上。

"不要告诉任何人……"

"没问题。"

"为了我们两人的秘密不被泄露，我可是吃了好多苦。"

"也是呢。"

"在长冈被杀的那个叫作知多半平的人还为这事儿勒索过我。"

"哎呀。"

这回轮到文江吃了一惊,放下杯子的时候都发出了声响。

"什么时候?"

"之前我们不是在这儿吃过饭吗,就是吃完饭回家的途中,他在涩谷车站跟我搭话了。那种人就算被杀了我也不会同情的。"

"是啊,他从骨子里就是个勒索犯。"

文江深有感触地说道。不过对于她如此感慨的原因,敦子既无法理解,也不感兴趣。

"不说那个了,总之,你可得跟我保证不会告诉任何人。"

"会的,咱们拉钩吧。"

文江把一只手伸到桌子上方,和敦子钩了钩小指。

"那,作为交换,我也有事想讲给你听。今天就是为了这个才见你的。"

"哦,洗耳恭听。什么事呢?"

"你别着急呀,一会儿慢慢说,啊。"

她像是要岔开话题般说道,丰满的脸颊上浮现出了微笑。

2

两人来到商场的时候,距离关门还有三十分钟。文江很随意地走进了商场,敦子以为她想买点儿东西,于是就跟了进来。电梯在每一层都停了,然而文江到最后都没有下去,一直坐到了屋顶。

"有可爱的熊宝宝哦。"

来到露天屋顶的时候,文江回过头来说道。以前的她几乎很少对孩子或是小动物表现出兴趣,甚至都不曾因为和丈夫之间没有孩子而觉得寂寞,因此,有一瞬间敦子对她想要看小熊的态度感到有些奇怪。但是,虽说她没有对小动物表现出过兴趣,但也有可能是敦子正好没碰到过这种情况,或许对方实际上是很喜欢小猫小狗的。这么一想,敦子也就没再多想。

文江掏出零钱买了饲料,扔到熊宝宝的围栏里,逗着那些毛茸茸的动物开心。接着她穿过屋顶,将身子靠在厚厚的混凝土围栏上。

虽然快要关门了,但周围还有一些带着孩子的客人。小卖店的吧台处有不少父母给孩子喝着冰牛奶或果汁,花坛周围有几组父亲正以那里为背景,一边调着光圈一边给心爱的孩子拍照片。还有更多的父母无所事事地坐在长椅上,任由孩子们开心地玩耍。

"是什么呢,想告诉我的事情?"

敦子将视线收回来问道。文江将手放在扶手上,凝视着颜色逐渐鲜艳起来的霓虹灯之海。

"你得保证听完以后不要吃惊。"

文江迅速转过头来说道。

"哎呀,为什么呢?"

"先别管为什么,你会跟我保证的吧?"

她的语气非常强硬，好似不由分说就要取得对方的承诺一般。敦子用充满不安与好奇的表情注视着对方，沉默着点了点头。同时，她也有一种已经上了船，到了这会儿也不好下去的踌躇。

"那，我就讲了。"文江瞥了一眼四周，接着压低声音继续说道，"杀了社长的人是我。"

"啊？"

"杀了那个勒索你的知多半平的也是我。此外，在滨松站的候车室里死掉的日工大叔，同样是我杀的。"

敦子没有感到半点震惊。她并非不震惊，而是无法震惊。她的大脑还没来得及转过来，有种连续被机枪射中的感觉。

文江闭口不言，好像在等着敦子的反应一样，用那双深邃美丽与众不同的眼睛注视着敦子。

"吃了一惊吧。"

"是……不过其实也不吃惊，如果这是事实的话，那你一定有杀了社长和那个勒索犯的充足理由。"

"谢谢你能理解我。"

"如果有原因的话，我也可能杀人的，只是我没有足够的勇气而已。"

"再跟你说声谢谢，能理解我的也只有你了。所以，我只想告诉你我所犯下的一切罪行。你不需要批判我，我是个很要强的人，不喜欢被别人指指点点。你只要听我讲就好了。"

"明白。"

敦子说道。如果是正当的批判自然另当别论，一般情况下她自己也不愿意听一些没谱的评论。

文江像是在整理讲话的概要般，稍微沉默了一会儿。在斜着照过来的夕阳的光线下，她的鼻子和眼睛的轮廓显得分外清楚，只有嘴唇看上去有些发黑。

"在我读女子大学的时候，我的父亲去世了。他是在博多遭到格鲁曼①的机枪扫射而亡。正好是停战那年，那年的春天。"

文江以这样的开头讲起了自己为了赚取学费卖身到大阪花柳巷的经历，她的语气非常平静，没有丝毫的难为情。敦子虽然出于自身的洁癖，对妓女、情妇之类下贱的女人充满了嫌恶与轻蔑，但当听到文江是为了继续学业才选择了这条路时，她对这一充满决断力的行动赞叹不已，完全没有产生要用不同于以往的有色眼镜来看她的感觉。

"我原本打算用两年时间赚到需要的学费，结果却花了四年。随后，我离开那里回到了家乡，等着新学期开始，又从当初的学年开始读起。大阪不同于东京，在那里我不会碰到朋友，所以没有人知道我曾经在飞田干过。我跟过去的同级生说自己的胸膜炎痊愈了，结果大家都相信了我的话。"

她在聊完校园生活的乐趣后，又讲了自己在大学的圣诞义卖会上与当时身为部长的菱沼信太郎相识，之后两人发展为恋爱关系，最终在她毕业后走入了婚姻殿堂的故事。谈到第一次见

---

①指格鲁曼公司制造的美国海军的舰载战斗机。

面的回忆时，她的脸颊看上去有些发红，或许是受到晚霞映衬的缘故。

菱沼信太郎经历过一次失败的婚姻，这事敦子从自己的母亲那里也听说过。那位前妻虚荣心很强，举止浮夸又好耍花样，作为丈夫的信太郎为此很是苦恼。再婚之后的信太郎从新婚妻子身上追求着在前妻那里没有得到满足的爱情，而文江也以自己的方式温柔地拥抱丈夫，替他疗好内心的伤口。在结婚半年后的人事变动中，信太郎升职成了专务。因此，两人的婚后生活既有甜蜜的爱情，又有丰富的物质，一切都一帆风顺，这一点敦子可以很容易地想象到。

文江第一次见到社长是在她的婚礼上。当时作为新娘的她有些紧张怯场，完全没有发现对方是"梦殿"时期自己曾经接过的男客。不，之后大约两年时间她都没有察觉。这是因为以前社长还没有留着那个很有特点的八字胡，而社长这边，不知是因为没有想到下属的新婚妻子居然会是曾经与自己共度一夜的妓女，还是虽然发现了但由于某些原因没有立刻采取行动，总之，这两年时间都相安无事。

"虽然可能是我在胡思乱想，但我怀疑，派我老公去兰开夏就是他的阴谋，他想趁着我老公不在的时候对我求爱。因为，社长给我打电话就是在那天晚上。"

"打电话做什么？"

"总之，就是说想见我。最开始，他以我老公为借口说是想跟我谈谈公司的许多事情，被我果断地拒绝后，他就暗示他知道我曾经在'梦殿'做过妓女的事,逐渐地跟我说一些类似'夫人,如果这件事传入了菱沼专务的耳中你认为会怎样呢'之类带有威胁性质的话。有个词叫奄奄一息,我那会儿真的快被气得停止呼吸了,自己历尽千辛万苦才构筑起来的幸福婚姻,突然就出现了一个足以摧毁一切的裂痕。"

她停了下来,长叹了一口气。为了不被别人发现自己过去的身份,在做妓女的时候,她就留心不让自己被拍到。结婚的时候文江改了名字,婚后外出的时候也戴着墨镜,有意识地避开人群,谨慎到神经质般的地步。毕竟,"梦殿"的客人都是上流阶层的人,成为实业家的夫人后,指不定哪天就会碰上谁。然而,她的这些努力最终还是白费了。

敦子环视了一下四周,屋顶上的客人已经非常稀疏了。

"没错,社长就是那种人。我听说过他很放荡,但没想到会这样卑鄙。"

听了敦子的话,文江沉默着点了点头。她的样子像是在极力地克制着自己高涨的情绪。

"……六月一日正午过后,社长不是拒绝了秘书的同行,一个人开着车出去了嘛。那是为了在近代美术馆见我。然后,他拿出了不知何时搞到手的我在'梦殿'时的照片,威胁我说如果不按他说的做,就要公开那张照片。我当时突然就冲上去想要夺过照片,在我们争抢的过程中,照片被撕成了两半,上半身留在了我手里。我疯狂地将手里的照片撕成碎片朝他扔了过去。可是……"

她降低了音量。

"虽然照片被撕碎了,但是知道我秘密的人绝不能让他活着。你不认为每个人都有权利保卫自己的幸福吗?所以,我才奋力地要靠自己去守住这份幸福。"

"我明白,这种想法。"

"被社长威胁后失眠的夜晚,我突然想到,如果杀了他的话就可以永绝后患高枕无忧了。于是我就一夜没睡,绞尽脑汁想了各种即使杀了他也能自保的方法。在近代美术馆见面的时候,我之所以邀请社长来家里,就是出于这一打算。那个人对此全然不知,错以为我终于向他投降了,高兴得不得了,完全没有发现自己已经被判了死刑……"

虽然已经六点半左右了,但周围还是挺亮的。敦子清楚地看到,文江的双眸正散发着痛快的光芒。

"我以不想被邻居发现为借口,跟他约定过了半夜,十二点十五分的时候在大宫站北口见面,这也是我的作战计划。因为,将那个人的尸体扔到零点过后从大宫站发车的列车顶部是计划的第一步。"

敦子一直都以为尸体是从上野的两大师桥被扔下的,她用意外的表情回头看着文江,不过她没有提问,而是继续听对方讲。

"我在车站附近等社长的车的时候,听到广播里说由于在东十条发生了事故,因此列车将晚到三十分钟。虽然我觉得这事故发生得不是时候,但是只要把计划往后推相同的时间就好了,所以也没有什么大的影响。只是,我想如果当时没有听广播的话,一直等不到指望着的列车，自己应该会惊慌失措吧。"

"杀人的地方不是上野吗？"

"是大宫。列车进站的时候，我邀请社长上了大宫站的天桥，发车汽笛响的一瞬开了手枪，然后就只剩下抛尸了。那会儿列车的速度还没提上来，所以不会扔偏，很简单的。"

"不过，没被发现可真是万幸啊。"

敦子像是庆祝侥幸般地说道。

"因为是半夜，所以没有人路过。即使有，也都从道口过去了。不会有人怪异到专门走楼梯爬上爬下地过天桥，因为我都在那里站了三个晚上调查过了。"

对于文江这种慎重的做法，敦子一言不发，深深地感到佩服。不过，为什么要给两大师桥沾上血迹，将那里伪造成案发现场，其中的原因敦子还无法理解。

3

随着屋顶的客人逐渐减少，四周也慢慢变得寂静下来。文江又用低沉的声音继续讲述。

"仅靠这些，我的计划只进行了一半。接下来，我必须将那个人停在天桥下面的车开到上野公园。这么做是因为，将上野伪装成杀人现场的话，在那个时间我人还在大宫市内这一不在场证明就会自然而然地产生了。"

"我不太明白，你再讲具体一些……"

敦子说完，文江点了点头，将重心移到另一只脚上。

"我们坐在长椅上吧。"

敦子提议道。

"好啊，就坐这儿吧。明确地说，我的计划是这样的。你听好了，我计划用来运社长尸体的那辆列车会在十一点四十分从上野的两大师桥下面经过。因此，如果将两大师桥伪装成杀人现场的话，大家就会深信杀人时间就是那个时候。而那个时候，我正在大宫市内的药店里以出现胃痉挛为借口让药剂师给我配药呢。这就是我的目的。"

"我懂了。"

敦子回答道。

"不过，真是正好就有那么一辆合适的列车呢。"

"只要看看列车时刻表，就能产生许多想法。我原本就对铁路很感兴趣，而且也喜欢旅行。"

文江说道，一副不足为奇的样子。

她把车停在国立博物馆前，将帽子扔在车里，然后敞开车门，这些就是为了给人一种社长是从那里逃出去的印象，而事实上，当局就是那样解释的。说到这里，文江的脸上浮现出了一丝得意的微笑。敦子一边点着头，一边在心里想起自己之前就想到过，那个强硬的社长是不会轻易地被带到上野公园里面的。

"那之后，我把吸在海绵里的社长的血擦在两大师桥上，还把他的一只靴子扔到了莺谷。那一带交错着山手线、京滨东北线和常盘线，弄错路线的话就毫无意义了。这一点我也事先仔细观察过，明确地记住了东北本线的下行线路是哪一条。"

做完这些工作的文江先后乘坐了六辆出租车，终于在凌晨四点左右回到了大宫的家中。为了隐瞒行踪，每次换乘出租车的时候她或是装成夫人的形象，或是装成女招待的形象，还曾经绕到相反的方向，总之可以说是煞费苦心。

"不过，到家的时候你应该松了一口气吧。"

敦子问道。

"可是，还不能在这里松懈。我的工作并没有结束，这之后还必须做一件事，还剩一件很麻烦的事。"

"什么事呢？"

"社长无意中说起自己在来大宫的途中吃了中餐。"

"这个怎么了……"

"问题在于他在餐馆吃饭的时间。我吃了一惊，装作若无其事的样子问了下，结果得知他从那家位于池袋的店里出来的时候是十一点四十分。明白了吗？那个时候他是不可能在两大师桥被杀的。"

"哦……"

"他又是那么有特征的一个人，一定会有人记住他的。如果这件事被警察知道的话，我好不容易费尽心思制造的不在场证明一下子就瓦解了。"

回到家里还没来得及松口气，她就必须思考对策了。

敦子被文江的话所吸引，连失去鸣海的悲伤也忘记了。屋顶上已经几乎没有人影了，虽说是白昼较长的盛夏，但建筑物的角落周围已经逐渐暗了下来。

"直到天亮，虽说只有两个小时，但我却使出了浑身解数拼了命地思考对策。然后终于想到，只要让大家以为出现在池袋那家叫作'兰兰'的餐馆中的人不是社长，而是一个长得很像社长的替身，这样就万无一失了。也就是反着来用事实，要让大家认为，社长其实是在十一点四十分的时候在两大师桥上被杀的，而凶手却伪装成被害人在那个时间活着出现在完全不同的地点，企图以此伪造行凶时间来为自己制造不在场证明。"

"就那么巧，有个跟社长相似的人吗，还要留着那样的胡子……"

"社长留着八字胡反倒是帮了我的忙。只要找个年龄相仿身材略为相似的人，给他戴上八字胡，大家就会被胡子的形状所迷惑，没留神就看漏了长相。人的眼睛是靠不住的，我想，大胆去做的话一定会成功的。"

"这倒是，或许真是这样的。"

敦子记得，自己曾在心理学的书中读到过，人的视觉是不可靠的。可是，西之幡豪辅的大头照经常出现在周刊杂志和报纸上，就算身材再像，脸不一样的话还是会被怀疑的吧。

文江像是看出了她的疑问，于是讲了楢山源吉的事。

"我的脑海中之所以浮现出这个方案是因为我想起来，过去出入我家的一位叫作源吉的园艺师不仅是身材，连脸都和社长很相似。"

可是，她不知道源吉的行踪。文江曾听说，源吉由于酗酒被好几户人家解雇，现在沦落为日工，在东京过着贫苦的生活。于是，她立刻拜托了自己所认识的植辰，成功地找到了他的住所。

源吉原本就是个热心人，更何况是曾经关照过自己的夫人，他完全没有怀疑对方会有杀意。

"其实，如果能不杀源吉就了事的话，我也不愿意这么做。但是为了自保，就必须漠视这种慈悲心肠。对这一切一无所知的源吉相信了我编造的谎话，以为关西的一位富翁想雇他做园艺师，踊跃地出发去面试了。我偷偷地给他衣服的口袋里装进了社长的照片和假胡子，这样一来，大家都会深信，是源吉以那张照片当作参考化妆成了社长吧。"

行事果断的文江，到了关键时刻或许会采取那种大胆的做法，但即便如此，敦子还是无法立刻认同她这种，自己被逼到绝境后为了生存下去牺牲源吉的生命也是迫不得已的想法。敦子想，文江事先禁止她进行批判，恐怕是料想到了这一点吧。

总之，作为临别的礼物，楢山源吉得到了衣服，甚至还收到了威士忌，然后兴高采烈地前往大阪，接着，按照文江的计划在那辆车中被毒死了。

回过神来时，屋顶上终于只剩下敦子她们了。或许是为了在守卫前来通知关门前结束讲话，文江加快了语速，不给敦子留下提问的余地。

"但是，到这里还是不能放下心来。"她继续说道，"为了不让故事听起来很混乱，我刚刚没讲这事儿。就在我杀了社长的第二天下午，知多半平突然来找我了。"

文江与这个新兴宗教的保镖没有什么交集。就在她试图在门口打发掉对方的时候，知多一双白眼放着光芒，告诉她自己目击了她杀害社长的现场，一副要勒索她的样子。

"我也很讨厌西之幡社长。所以那天晚上，我想着要打死那个家伙，就跟在了他的后面。可谁曾想，这煮熟的鸭子居然给它飞了，惊得我半天都目瞪口呆啊。夫人，从大宫的桥上到两大师桥，我可是全程观看了呢。"

知多的脸上浮现出冷笑，他不紧不慢地恐吓着对方。怎么偏偏被这个毒蝎般的男人目击到了大宫的现场，文江的震惊不亚于从社长那里听到自己卖春经历的时候，她屏住呼吸一直站在那里一动不动。

"不过夫人，在想要社长的命这一点上，我们却是志同道合呢。如果不是在这种情况下，我们也许会成为可靠的伙伴呢，不是在这种情况下哦。"

"行，我懂了。是想勒索吧？"

"夫人，请不要用这么粗俗的词语，我希望您能说这是一笔交易。在这儿不好说话，去客厅会方便一些。"

他变得越来越厚颜无耻。

从惊愕中恢复过来的文江，同时也迅速地就如何避开这个从天而降的灾难做了决断。具体的方法她还不知道，但总之，除了杀掉他别无他法。

"五百万成交，如何？"

他往沙发上一坐，满不在乎地开口说道。

听到这里，敦子觉得知多半平这个样子和他勒索自己时的态度一模一样，她又一次想起了在涩谷遇到的男子所营造出的那种荒凉寂寥的氛围。

"那么一大笔钱，没办法立刻筹到啊。"

文江说道。如果从一开始就拒绝的话事情就不妙了，反正也没有要付钱给他的意思，必须先假装出妥协的样子，让对方安心。

"我没说要一次付清。要是被你老公发现了可就不好办了。"

"你再来一趟吧，在那之前我会想出具体方法的。"

"喂，警察可怀疑那些事儿都是我干的，正在到处追捕我呢。你就不能快点决定吗？"

"不行啊，就算你说再多遍可以分期付款，五百万也不是个小数目啊，怎么可能那么容易就凑到。而且我现在心里乱得跟一团麻似的，根本没法给你个正式的回复。五天后你再来吧，那之前我一定会定下来的……"

当然，这五天不是为了准备钱，而是为了研究作战方案。要应付知多这个难缠的对手，她需要几天时间仔细地思考一下。

很意外地，知多对文江的哀求让步了。她做妓女时练就的一身本领到了这种场合倒是用上了。

4

社长的下葬仪式在长冈市举行，这是早就定好了的。在五天后知多再一次来的时候，文江已经完全制定好了利用长冈的下葬仪式杀掉对方的计划。

杀社长的时候，她怕帮佣大桑苔会碍事，于是打发她回了岩手的老家，现在也已经叫她回来了。同时，她也向母校的人事科询问了打工学生的情况。接下来，就是要将这个勒索犯拉进自己的计划，然后按下启动按钮。

从报纸和广播的报道中，文江知道当局将很大一部分重心放在了知多身上，正在搜寻他的去向。这个知多半平也不知用了什么办法潜伏在了哪里，总之到了约定的日子，他丝毫没有落魄的样子，悠然从容地现身了，看上去甚至像是在享受着被追捕的乐趣一样。

"我先问一下，你从我这儿拿了钱后打算怎么办？警察以为你是凶手呢，指不定什么时候你就被抓住了。到时候受了审讯把我给供出来了，那还得了。"

带他来到客厅后，文江立刻问道。

"我要去台湾，加入那边的军队，再闯他一番。那边的朋友一直在招呼我过去。"

"真的？"

"我骗你做什么。就算你这个案子的时效过了，我也不打算回到内地。我可不是在瞎吹，这么大点儿日本，我已经住腻了。"

他摆出一副忧国之士的样子耸了耸肩。文江假装终于放下心来，重重地叹了一口气做给对方看。

"话说回来，钱那边呢？"

"嗯，你觉得这么着行不？"

文江重新坐好，进入了正题。

"十五号在长冈要举行下葬仪式，我也必须参加。到时候我在长冈给你三百万，之后再分成四个月每月付给你五十万。如何？"

"就算我说不行，你拿不出钱来也是没辙的吧。行，我等着。"

"你先我一步去那边，我现在给你十万元作为旅费和住宿费。"

"行。"

"东京很危险的，就像我刚刚说的那样，你如果被捕了，我的名字很快也就暴露了……"

"你放心吧，打仗的时候我可是待过特务机关的。一旦决定保密了，就绝不会说漏嘴，即便是受到拷问也不会，日本警察的拷问都是小儿科。"

他那张鲜有表情的脸第一次露出了冷笑。

文江指定了长冈的旅馆后又商定了联络方法和联络地点，然后给了知多十万元让他回去了。她的计划已经步入轨道了。

"妓女的手腕正经人虽然会蔑视，但在应付男人的时候是可以派上大用场的。我想，我能到最后都操控着知多就是得益于这些技巧，和老公的关系一直都很圆满融洽也是因为这个。女人在结婚前如果可能的话还是学一下这些方法的好，我可不是在开玩笑，我是很认真的。如果能办一所类似女性美学校[①]的学校，在

[①]教女性美容、礼仪、举止等的学校。

那里教一些挑逗男人让他们神魂颠倒的方法就好了。魏宁格①应该也说过,夫妇之间是需要一些娼妇的技艺的。"

敦子第一次听说魏宁格说过那样的话。不过,虽然她的话敦子听不大明白,但也是有一番道理的。敦子把这些当作学姐热心的建议接受了。

蓦地,文江看了下手表,敦子也随之看了看自己的手表。已经过了关门时间快十分钟了。用不了多久,守卫一定会来巡视的。

"我快速地讲一下。"

她开始用略微加快的语速讲起来。

"这次的计划,是要隐瞒去长冈坐了上越方向的列车的事实,而要伪装成走了信越方向。"

信越本线的三百一十一次列车和上越线的七百二十九次列车的列车号虽然是不一样的,但实际上是作为一辆列车从上野站出发的,她从这里讲起,接着说到了经由上越方向的列车要早四小时四十二分到长冈。

"具体来说就是,我们所坐的上越方向的七百二十九次列车是十二点五十六分到长冈。到了以后,我立刻让苔去旅馆休息,接着在约定好的北长冈车站旁边与知多见面,随后邀他去了一个没人注意的地方刺死了他。因为提前在他喝的茶里加了催眠药,所以他本人也是一种半睡半醒的状态,老老实实地被我刺死了。"

---

①奥托·魏宁格,奥地利哲学家。他所著的《性与性格》畅销国际,被译成数十种语言。

对于知多被杀这件事，敦子也是没有异议的。自己如果也有勇气一刀刺死这个社会害虫一样的男人的话，估计心里会痛快许多吧。

"按照计划，那个时候，我应该还在信越线的三百一十一次列车上。所以，我必须尽快回到三百一十一次列车上，让某个人目击到我实际乘坐了那辆车的情形。"

文江的语速更快了。银座的上空仿佛出现了极光般，被反射光装点得五彩缤纷。这个百货店差不多也要关门了，她担心如果不快一点的话，两人都有可能被关在里面。

"实际上，这个问题非常简单，也不需要那么慌张。只要坐上十五点五十一分抵达长冈的前往大阪的列车就可以了，所以时间是很充裕的。按照时刻表，这辆列车抵达第七个叫作北条的车站时是十六点三十七分，在这里停车一分钟（参照列车时刻表二）。而我应该坐的信越方向的三百一十一次列车比它晚到一分钟，十六点三十八分到站三十九分出站（参照列车时刻表三）。所以，只要在这里下车，然后换乘到三百一十一次列车前往长冈就可以了。"

"可是，如果前往大阪的列车晚点的话不就糟糕了吗？"

"这一点我也考虑过了。杀社长的时候，开往青森的列车也晚到了三十分钟呢。所以我为求小心，实际上在前一站越后广田下了车，这样一来我就有了十三分钟的富余。"

文江将视线投向屋顶的一处，之后就不再看敦子了。四周已经快黑了，只有她的眼睛还在闪闪发亮。

文江干脆利落地讲了自己以弄丢邮戳册子为借口在乘务员室露面，然后让对方记下自己的姓名与地址的经过。敦子漫不经心地望着她，她那发黑的嘴唇动起来时，隐约可以看到其间露出的皓齿。然后，她的故事结束了。

一阵沉默突然蔓延开来，从很远的下方传来汽车的排气声。待敦子回过神来的时候，她看到文江仍在凝视着一点。

"我只有一个地方不明白。"

敦子说道。仿佛受到沉默气压的影响般，她的声音也很微弱。

"什么呢？"

"为什么要把这事告诉我呢。"

"因为已经没有必要保密了。"

文江拿出手帕，一边沾着额头上的汗一边答道。敦子也用手帕擦了擦汗，刚刚完全沉浸在文江的故事中，连自己在出汗都没有察觉到。

"这世上的人总是想把别人批评成恶人，但我希望仅有一个人能知道真实的情况。"

"那，为什么没必要保密了呢？"

"因为这些事情警察已经基本都知道了。我跟植辰询问源吉住处的事刑警也都调查到了。他们查完的第二天，植辰就来告诉我这件事了。"

"哦。"

"我们坐的不是信越线，而是上越线，这事警部也从苔的口中问出来了。"

"哦。"

"鉴定人员在大宫站的天桥上检测出血迹，这事我也从在场的人那儿听说了。所以，我做的事，有百分之九十警察应该已经知道了。不过他们是如何看穿行凶现场不是上野的天桥的，只有这一点我怎么也想不明白。"

说到句尾，她的声音越来越小，几乎是在自言自语了。随后，她的情绪又一次高涨起来，声音听上去带有略微的颤抖。

"从我出门的时候开始，就一直有刑警躲在后面尾随着我。你没发现？"

"没有。"

"那个熊的围栏的另一端，不是有一个灰色的建筑物嘛。他们就躲在那个角落里，从很早起就在观察这边的情形了。"

在文江视线延伸过去的地方，有一个混凝土小屋，那里曾经是大象的围栏。

"你一直盯着看，很快就会看到他露出头的。是个戴着鸭舌帽，给人一种阴郁感的人。"

敦子按照文江所说的那样，凝神注视着那个建筑物的后面，试图看清那里的人。

山脊在装扮成暗褐色的瓷砖地面上画了一个黑色的三角形。眼看就要从那个小屋的背光处看到鸭舌帽了，但是，刑警的头仍无法轻易地看到。

时间过了些许。突然，在离背后一段距离的地方有些动静，好像是用鞋子摩擦坚硬的墙壁般的声音。敦子不由得回过头去，屏住了呼吸。

　　宽阔的隔墙上只有文江的包和手帕落在那里，却看不到她的身影。在晚霞的晕染下，手帕看上去宛如一朵橙红色的蔷薇花。

　　伴着夏季傍晚清爽的凉气，从东京湾吹过了一阵风，一直呆立着不动的敦子一瞬间觉得，那是秋天的风。那阵风猛烈地刮过她空虚的内心，让她产生一种那是秋风的错觉。

尾声

1

日比谷一家叫作"维多利亚"的餐厅里,鬼贯和丹那正一边喝着格瓦斯一边等着客人。这种俄罗斯饮料喝上去像是将啤酒与汽水兑在一起一样,连喝不了酒的鬼贯也觉得味道不错。

"这是酒还是饮料呢?"

丹那注视着浮着褐色泡沫的液体,露出了好奇的表情。

"不是酒,嗯,算是汽水的一种吧。因为是用裸麦粉和麦芽制成的,所以味道有些像啤酒,没什么可奇怪的。"

"没有酒精的饮料总觉得喝着不过瘾,不过,这个倒是意外地还不错呢。"

他一边挑着刺,一边又仿佛觉得很美味似的一口气喝完了。

"要再来一杯吗?还有一种叫作 Buzzer 的格瓦斯,是用苹果和梨做成的白色饮料,味道酸甜,口感滑溜溜的。"

"为了学习,我一定要尝一尝。"

丹那说着舔了舔嘴唇。

两人一直被杂务缠身,这顿饭也是一拖再拖。今晚,为了庆祝西之幡案件告破,他们要在这家俄罗斯餐厅里举办一场内部宴会。或许是因为俄罗斯菜还没有普及开来,偌大的店里几乎看不到什么客人,仅在对面的角落里有几个看上去很激进的学生,一边啃着油炸香肠喝着伏特加,一边议论着。鬼贯很是中意客人少这一点。

鬼贯叫来服务员点了 Buzzer 后,丹那掏出一根烟抽了起来。

"是谁呢,今晚的客人?"

"是你不认识的人,因为连我也是第一次见。"

"那人貌似很忙啊。"

丹那看了看表。

"很忙。对方说,最多只能抽出十到十五分钟的空闲,都没法好好地请他吃顿饭呢。"

"是报社记者吗?"

"不是,应该就快到了。是个演员。"

丹那露出了惊讶的表情。

"嗯,本职工作是表演,不过也活跃在广播和电视上,叫广田仙介。"

"广田仙介啊,感觉好像听说过这个名字。不过,为什么演员会来呢?"

丹那吐了口烟,弹掉了烟灰。

"死于交通事故的村濑不是说,他在'兰兰'目击到被害者的时候还有个朋友一起吗,那个朋友就是这个人。"

"哦。"

"我们千方百计地寻找他,之所以一直都没有反应是因为他所在的剧团去北海道公演了。之后他回到了东京,好像知道了我们在找他,于是表示虽然已经晚了,不过今晚还是要告诉我们声优发现了什么。"

那个新剧演员终于在盛着 Buzzer 的杯子几乎变空了的时候出现了。

"一会儿我又得去演第三幕了,所以就坐个十分钟。"

他说道。这是个身材很瘦,瞪着一双大眼睛,看上去有三十多岁的男人。前面的头发已经掉得非常稀疏了,但本人看上去很享受拍戏的乐趣,这一点从他充满霸气的动作中就可以看出来。

鬼贯又点了红茶和俄式油炸包子[①]。这个用油炸成的肉包子正如三明治一般,吃起来很方便。

"我们把村濑发现了什么这个问题搁到后面,先来谈一谈日语的发音。"

广田仙介一边咬着肉包子,突然来了这么奇怪的一句。丹那吃了一惊,一直盯着演员的脸。

"近来,由于地方上的人都来到了东京,所以东京本地人在许多方面都受到了影响。比如,一直到二战前都很清楚的,说葱,指的肯定是日本葱,说葱头,指的肯定就是洋葱。可是到了现在成什么样了?都把日本葱不叫葱,专门起了个名字叫大葱。而且如今连报纸、广播、电视里都在公然地使用这个说法。再举个身边的例子,过去东京人烤秋刀鱼都是从中间切开,分成两半之后再放到烧烤网上的。因为东京人对于优雅有着深刻的理解,

---

[①] 俄罗斯风味的肉包子,以面粉作皮,肉馅、粉丝、蘑菇等作馅,包好后用油炸或煎着吃。

即便是烤秋刀鱼这种廉价的鱼也会考虑到长度,他们知道切成两半看上去更美。可是现在呢,连电视上的美食节目里也是把一条长长的秋刀鱼直接放在烧烤网上的。这就是东京人一直受到外地人压迫的证据。"

"原来如此。"

"地方上的人给豆子后面也加さん①,给芋头后面也加さん,叫什么豆子さん啦土豆さん啦,从这种不分对象,认为只要加上个さん就显得比较高雅的想法里就可以看出他们的感觉是有偏差的。我是个东京人,我觉得被这种地方来的人慢慢地毒害是一件非常令人遗憾的事。"

原本以为会听到有关日语发音的讲解,结果却冒出来了秋刀鱼和芋头。鬼贯在认真地听着,而丹那,因为是从地方上来的,对方反复地说外地人、外地人的,就让他有些抵触感,不太爱听。因此,他一副稍有不悦的样子吃着油炸包子。

"语言也是这样的。在我们这些受过语言训练,对语言变得非常敏感的人看来,最近的青少年都变得不会发が行②的鼻浊音这件事着实是令人遗憾啊。"

"が行的鼻浊音是怎样的呢?"

丹那对语言的问题不太有兴趣。

---

①日语中"さん"是接尾词,接在人名或职位名后表示轻微的敬意,或接在动物名后表示亲爱的意思。文中加在植物后面的用法是不正确的,这里是在叙述外地人对"さん"的滥用。
②日语发音的五十音图中与か(ka)行对应的一行浊音,指"が(ga)、ぎ(gi)、ぐ(gu)、げ(ge)、ご(go)"这五个发音。

"が、ぎ、ぐ、げ、ご是普通的浊音发音，但还有一种发音方法是が、ぎ、ぐ、げ、ご①，写法完全一样，不过是用鼻子来发音的，这种发音叫作鼻浊音。"

"这样啊，原来如此。"

"名词的情况下，如果が行的音节出现在单词前面，那应该读作浊音。但如果是夹在复合词中间的话，没有疑问应该读作鼻浊音吧。举个例子，'蛾'和'学问'这两个词分别读作'が'和'がくもん'②，但是像'雨合羽'和'佐贺町'之类的就必须用鼻浊音读作'あまがっぱ'和'さがチョウ'③。'银行'的'ぎ'发作一般的浊音，而'代议士'的'ぎ'则是鼻浊音④。当然，我讲的只是原则，像'众议院议员'这样，第一个'议'是鼻浊音，但第二个'议'却是普通的较为生硬的浊音，这种情况也是有的⑤。不用说，因为这是合成词，所以一眼看上去也就会出现这种矛盾了……"

"真难啊，如果不学这些就不能上台的话，我肯定是当不了

---

①这里写法是一样的，但声优两次的发音是不同的。第一次是普通的浊音发音，第二次是鼻浊音。
②这里が出现在单词音节的前面，因此广田的发音是普通的浊音。
③"雨合羽"的意思是"雨斗篷"，"佐贺町"是地名。这两个单词中"が"都出现在单词音节的中间，因此广田是用鼻浊音发音的。
④"银行"中"ぎ"是第一个音节，因此普通浊音，而"代议士"中是"议"读作"ぎ"，处于单词中间，因此读作鼻浊音。
⑤"众议院议员"是由"众议院"和"议员"两个词合成的。两个单词中的"议"均读作"ぎ"，原本前者中的"ぎ"发作鼻浊音，后者中的"ぎ"发作普通浊音，合成后依然按照原来的情况发音。但是如果将其看作一个独立单词的话，两个"ぎ"都处于单词中间，但是却采取了不同的发音规则，这样乍一看就会觉得与广田所讲的规则相矛盾了，因此他在这里举出这一特例并解释了矛盾产生的原因。

演员的。"

"不，你的发音非常正确。一般来说，北海道、东北、关东到关西的人都能自然地发出鼻浊音，发不出来的是九州地区的人。还有，很奇怪的是，群马县的人也发不出来。你可以听一下在高崎和太田那一带录音的广播节目，肯定会错以为是在九州录的。"

"发不出鼻浊音的日语确实比较难听。"

鬼贯表示了同感。

"没错，就是这样的。可是，就像我刚才说的那样，或许是受到了从山口往西那边出身的人的影响，最近即使是出生在东京的青少年也有相当多的人发不出鼻浊音。这个您也是，听一下广播的话立刻就明白了。不过……"

演员一口吞下了油炸包子，接着继续说。

"或许是在模仿爵士歌手的过程中逐渐被麻痹了也说不准。虽然不知道是什么缘故，不过爵士歌手用日语唱歌的时候，都刻意地不使用鼻浊音。有一种说法是，因为在日本第一个唱爵士歌曲的是群马县人，他发不出鼻浊音，后面的人都毫不批判地追随他，结果就变成现在这样了。总之，我认为我们必须有意识地珍惜日语这门语言，尤其是政治家所用的语言。"

丹那觉得无聊极了。然而，广田仙介却不然。看起来他好像认为，只要自己觉得开心了，别人也会开心。

"不过呢，能发出鼻浊音的东京人又有一种什么都想发成鼻浊音的倾向。有一个国营广播电台的播音员有时就会这样，

把'ファゴット'说成'ファゴット',把'オルガン'说成'オルガン'之类的①,这就是过犹不及了。"

"还真是,从您这儿学到了不少知识呢。"

丹那半叹气半讥讽地说道。

"哪里哪里。"

演员一脸认真地应声着,丹那慌忙垂下了双眼。

"另外,普通话里,地方出身的人难以掌握的还有一个カ行和夕行的清音的问题。"

丹那抬起了头,一脸不耐烦的样子。那张脸几乎就要说出"差不多就给我进入正题吧"了。

"比如呢,到了冬天,从天上下的这个雪,'ゆき'的'き'是浊音。但是如果是小孩的名字里有雪,像'ゆきちゃん'里的'き'就是清音了。如果全都发成浊音的话,总觉得有些散乱。同样的道理也适用于'つ',我们在发桌子'机'这个单词的时候,'つ'就是清音,用罗马字写出来的话就是'tskue',而不是'tsukue'。另外插一句,我是不能立刻认可罗马字论者的观点的。因为,写成罗马字的话,浊音和清音的区别就更混乱了。话说,刑警们如果能懂得这些知识的话,或许有时能派上用场呢。"

"哦。"

---

① "ファゴット"意思是低音管,"オルガン"意思是风琴。这两个词都属于外来语,其中的"ご"和"が"不需要发成鼻浊音。广田此处说的播音员都发成了鼻浊音。

丹那的表情看上去并没有在佩服对方。

"那个，话题转到村濑身上。在滨松站的候车室里被毒死的那个人没有离开过东京一步，我听说村濑很重视这一点。"

"没错，他应该是在广播电台读着报道，然后根据那个得出的结论。"

鬼贯点了点头应道。因为话题突然就变成村濑了，所以丹那又吃了一惊，一直盯着对方看。

"我觉得以那个为依据，我也可以得出和村濑相同的结论。那个叫楢山什么的是个地地道道的东京人，如果他为自己没出过东京感到自豪的话，他说起话来应该是非常纯正的普通话。估计他是在东京的平民区长大的，说他说的是普通话多少有些欠妥当，但总之应该是接近普通话的语言。"

"确实是。"

"可是，在'兰兰'吃饭的那个留着八字胡的人，表面上虽然说的是普通话，但是正如我刚刚说过的那样，他完全发不出が行的鼻浊音。不仅如此，か行和た行应该发成清音的地方，他全都发成了浊音。正如画家对色彩有着敏锐的感觉，音乐家对不协调的音调非常敏感一样，我们是绝不会听漏这些地方的。看了西之幡的经历，他从小就是在九州长大的，所以发音是那样也是说得通的。而同时，我们就可以知道，搜查本部所认为的，那个叫楢山什么的乔装打扮后出现在'兰兰'的事情是绝对不可能的。"

说到中途，演员看了眼手表略微欠身，话一讲完说了句"舞台表演的时间马上到了",然后就站了起来。他感谢两位邀请自己吃饭,并对中途离开表达了歉意,随后急匆匆地离开了。四周骤然安静下来,好似一直在发声运转着的电动机突然停下来了一样。

过了一会儿,两人的视线碰在一起,不约而同地苦笑了一下。这种微笑来自于时隔许久谜底终于解开所带来的解放感,以及解决的方式过于简单所带来的虚脱感。

"嗯,原来是这样啊。"

一直在沉思的丹那自以为懂了。他的样子好像是在为刚才觉得演员啰里啰唆,自己没有认真听他讲话而羞愧。

"怎么样丹那,光这些东西是吃不饱的。虽然不太适合夏天吃,不过要不要来点儿罗宋汤?"

鬼贯提议道。

2

上来了一大碗热菜汤,这就是罗宋汤。它是用番茄沙司将马铃薯、胡萝卜、卷心菜等蔬菜和细嫩的牛肉放在一起熬煮而成的。就像鬼贯说的那样,这道菜比较适合冬天吃,夏天吃实在是不合时宜,汗出得更厉害了。

"这个应该是在下雪的西伯利亚用来招待客人的吧,身子的确会暖和起来。"

丹那一边撕下黑面包大口地吃着,一边说着感想。

这道菜里，牛肉软嫩鲜香，蔬菜也非常入味，煮得恰到好处。丹那一边品味着美食，用手帕擦着汗，一边暗暗地思考要怎么说出遗留下来的疑问。

声优声称自己从那个人的发音看出来在"兰兰"吃荞麦面的人不是楢山源吉，而鬼贯又是从案件的记录中发现这一点的。那之后，丹那又尝试着翻了好几遍记录，但无论如何都看不出端倪。他只能厚着脸皮问鬼贯了。

吃完饭后，侍者上了咖啡。鬼贯的体质不太适宜喝咖啡，他一言不发地望着四周。丹那想，正是提问的好时机。

"我怎么想都想不明白，出现在'兰兰'的男人不是楢山源吉这件事，您是从哪里推断出来的呢？"

"那个啊，你的表述在意思上有些不准确，虽然最终结果是一样的。我看了记录后注意到的是，出现在'兰兰'的人不一定就是楢山源吉，也可以是西之幡豪辅。接着，我去'橘屋'调查后得知，楢山本人在那天晚上并没有外出。因此，我才可以断定在'兰兰'被目击到的人一定是西之幡社长。"

"所以我就是想知道，您从记录中发现了什么。"

丹那放下了咖啡杯。

鬼贯打开包，拿出了一个很大的笔记本放到桌上打开，接着用钢笔在上面画了一个大大的圆，随后又从圆外的一点拉了两条切线。

"我可不愿意复习几何，好不容易吃下的美食都要消化不良了。"

"别担心。这个圆圈是山手线，两条切线一样的线，一条是连接池袋和赤羽的赤羽线，一条是从上野到途径赤羽前往大宫的东北本线。"（参照第四十一页的交通图）

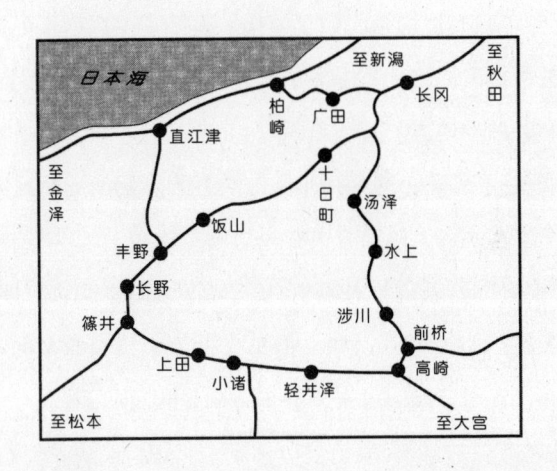

丹那向前探了探身子，露出了认真的表情。他对于接下来的解说抱有巨大的兴趣与期待，自己反复读过记录后仍然漏掉的问题究竟是什么呢？

"六月一日晚上十一点十分，在这里发生了冲撞事故，正如你所知道的那样，上下线都瘫痪了。这样一来，在事故发生三十分钟后从上野始发的前往青森的一百一十七次列车，这是末班列车了，它就无法通过东十条了。于是我打了电话，得知它经由池袋，绕了赤羽线开过去了。这个你也已经知道了。"

"嗯。"

"但是，这个其实不用打电话就可以知道。因为有数据显示，这趟列车在第二天早上仅比原定时刻晚了二十分钟开出了白石站，所以它一定是绕了赤羽线。三角形的一边没办法通过的话，就只能绕着另外两边过去了。"

"哦。"

"这样，我们把这个火柴盒当作一百一十七次列车吧。"

鬼贯拿过来"维多利亚"的广告用火柴盒，将它放在笔记本上画了上野站的地方。

"你听好了丹那，这辆列车从池袋开上赤羽线的情况下……"

他一边在铁路上移动着火柴一边继续说着。

"是没有办法就这样往前开的。从这个图上就可以明白，它必须得先往新宿方向开一些，把车头拆下来接到原本的车尾上。也就是说，首尾要颠倒过来，行进方向是相反的。"

"明白。"

丹那随意地答道。这些就算对方不这么没完没了地说明他也能一眼看懂。

"我们再让一百一十七次列车回到出发点。这辆列车在二十三点四十分从上野站发车后不到一分钟时会通过两大师桥的下方，尸体就是从上面被扔下去的。尸体流出的血因为受到风压的影响都朝着后方，也就是变成了感叹号一样的形状。"

他用钢笔在火柴盒上画了一个感叹号，然后将它移向池袋方向。

"好了，到池袋了。前面的车头换到后面，然后通过赤羽线经由大宫，朝着仙台方向开去。问题就在这里，丹那。"

鬼贯抬起头，一直注视着丹那，像是要引起他的注意一般。

"我想你或许已经注意到了，仙台给出的报告里面有说，列车顶部的血迹都是朝着后方吹散的。

"而实际上，因为列车在池袋调转了行进方向，所以血迹都应该是朝着相反的方向的。用这个火柴盒来说的话，到了仙台站的时候，感叹号应该都是反着的。"

"确实是。"

"可是，仙台那边调查的时候，血迹是朝着行进方向的反方向散开的。从这里只能得出一个结论，那就是尸体被扔下的时候一百一十七次列车的首尾已经调换过了。确切地说，是在列车从池袋发车以后，因此上野的两大师桥就不是行凶现场了。"

鬼贯热心而缓慢地详细解说道。

丹那所有的疑问终于都解开了。

"因此，两大师桥不是杀人现场，也就意味着十一点四十分不是行凶时刻了。这样一来，当时在'兰兰'吃饭的人即使是受害者本人也是没有什么问题的。这就是我推理的出发点。"

他突然停止讲话竖起了耳朵。俄罗斯民谣《黑眼睛》[1]的唱片刚刚开始播放前奏，接着在巴拉莱卡[2]的伴奏下，俄罗斯女高音开始用颤音歌唱起来："啊，这双黑眼睛……"那旋律听上去颇有吉卜赛风格。

"……话说，菱沼夫人的双眼也很美。"

---

[1]《黑眼睛》是著名的俄罗斯民歌。这是一首求爱的歌曲，旋律深情而活泼。
[2] 俄罗斯、乌克兰的民俗拨弦乐器，有三角形的共鸣箱，用指尖弹拨三根弦演奏。

鬼贯突然小声地自言自语道。对俄罗斯民谣没有兴趣的丹那，不明白他为什么会突然提到文江。

"的确是啊。"

丹那有力无气地说了这么一句。

作品中的时刻表来自日本交通公社（JTB认可）。

创作笔记

文/鲇川哲也

我在上一次也说过,《黑色天鹅》与《憎恶的化石》是同时写成的。成为流行作家的话,同时撰写几本小说是很普通的现象,不足为奇。不过繁忙的情况下,大脑会混乱也是理所当然的,有时就会出现正在 A 刊连载中的小说中的人物忽然在 B 刊中登场这种令编辑慌乱失措哭笑不得的错误。可是,如果是推理小说,并且是古典推理小说的话,读者的眼光就会比较挑剔,对这种错误就不会一笑而过了。更何况在英美国家这些古典长篇推理小说的主战场上,要写出一部作品最少也得花一年时间。因为再增加产量的话,密度就会变薄,质量也会下降。可是,这个时期的我或许是因为年轻,竟然毫不费力地顺利完成了作品。平日里我都在执笔撰写《憎恶的化石》,距离月刊杂志的截稿日期还有十天的时候,我就转而撰写《黑色天鹅》,每回完成一百页,然后交给编辑部。

近年来,推理小说热潮已在日本扎根。作为一名推理作家,一方面我觉得是好事,但另一方面,由于这势必会导致作家被过度使用，因此也不能光顾着开心。写《黑色天鹅》的时代，因为与一般的周刊杂志合作的推理作家只有寥寥数人，因此其他人虽然在经济上并不富裕，但却有足够的时间来潜心完成一部作品。当时，推理小说杂志的编辑认为，推理小说应该是在对一个想法进行充分的发酵后，缓慢地提笔去写的，而作家对此也没有异议。大家认为，无论篇幅长短，推理小说都应该是这样的。

"现在的新人很可怜。一获奖，到处的杂志社都要跟你合作。如果拒绝的话，就会被说'那家伙真是狂妄自大'，所以他们根本没有充足的发酵时间。"

此外，虽然现在听起来有些像传说，不过在那时，编辑和老一辈的作家之间都流传着这样一句话，那就是"长篇推理小说谁都能写出个一两篇，但问题就在第三篇"。所以我想，当时的新人在提笔写第三部长篇小说的时候，应该多少都会有些紧张吧。最近的年轻作家如果听了这样的倒霉境遇一定会捧腹大笑，但或许应该说，当时作家们的纯真由此也可见一斑吧。推理作家变得坚强起来是很有必要的，否则的话，就有可能像过去传说中预言的那样，在第三篇的时候销声匿迹了。不过，无论是什么年代，无论推理作家的笔力如何旺盛，一年出一本成功的古典长篇推理小说应该就是极限了。因为绝妙的点子不可能那么频繁地从大脑中冒出来。全盛时期的约翰·狄克森·卡尔曾经创下了一年四本的记录，但也只有他能做到这一点了。

不过，这里有一个奇妙的现象。那就是我的长篇出版之后，指出错误的读者有95%都居住在关西或关西的周边地区。虽然他们这种严谨的态度和大家所说的关西人性格还是略有不同的，但总之，我必须感谢大家能如此深入地阅读我的作品。与此相对，东京这边的读者或许是因为读得比较粗略，几乎没有什么反馈。而到了北海道和九州南部的话就接近零了。因此，那个爱好者俱乐部"SR会[①]"在京都成立也不是毫无来由的。

这个"SR会"提议要对最近的长篇推理小说进行"缺席裁决"，有两三部有名的作品接受了裁决，而在这之后被置于刀俎之上的就是《黑色天鹅》。"检方"列出了各种各样的罪状，我记得首当其冲的是"有关从两大师桥上的尸体投放"。他们给出的"论告[②]"是，那条线当时已经电气化了，被扔下去的尸体会碰到电线上，不可能落到火车顶部。不知他们抨击的是迷惑一无所知的善良读者这一点，还是说作者的疏忽应该问罪，具体内容我不太记得清了，但幸运的是辩护团的辩论被认为是有理有据的，因此最终被判无罪。当时担任那个可憎的"检事"，判了我死刑的是本全集的解说者之一河田陆村。这个笔名不用说是根据狄克森·卡尔起的[③]，他的本职工作是在大阪的《读卖新闻》社做一名经济记者。

在开始写这篇小说之前，我拜访了位于港区芝西九保巴町的

[①]日本老牌推理小说俱乐部，里面的成员都是爱好推理小说的人。这里作者是说关西人比较严谨认真，京都属于关西地区，因此在京都成立这样一个俱乐部也不是毫无原因的。
[②]刑事诉讼中，证据调查结束后，由检察官进行的有关事实及法律适用的意见陈述。
[③]河田的日语发音和卡尔的英文发音很接近。

岩谷书店编辑部，与大坪直行总编辑去了附近的咖啡厅，向他讲了《黑色天鹅》开头的部分。结果，同时在座的田中润司哧哧地笑着，指出了和前面说的河田"检事"所提出的同样的问题。我当时没有反驳，只是同样哧哧地笑了笑，因为我想，为了完成小说，在一定程度上歪曲事实也是迫不得已的。当时的我非常清楚那个天桥下面通着电线。在往返"侦探实事"的编辑部的途中，我经常会靠在厚厚的混凝土围栏上，一边俯瞰着蒸汽车与电车通过那里，一边就自己作为一名推理作家的前途进行着各种思考。

然而，连载开始后没有收到读者的抱怨。又或许是，即便是有写着抱怨的话的明信片寄到了编辑部，但大坪总编辑照顾我的心情，不想使我烦躁，因此将它们全都束之高阁了。总之，我得以悠然自在地完成了半年的连载。

本篇作品与松本清张的《零的焦点》是同时登载的，双方的小说都进展到大约三分之二的时候，我基本上就能够猜出他的作品中杀人的动机等内容了。即使编辑和读者都还不懂，但我作为一个作家已经能够看清内幕了。也就是说，我看出了"《零的焦点》的结局走向与我的长篇是相似的"这一点。我觉得很伤脑筋，虽然这完全是巧合，但如果动机相同的话，读者会觉得扫兴吧。总编辑会着急，落后的那一位作家也定会非常为难。最好的办法就是有一个人改变构思。然而，唯独古典派推理小说在这一点上并不灵活，因为作者都是在动笔前进行了细致的构思，然后照着设计图写故事的。正是因为如此，才可以写出前后呼应、构架精美的长篇小说。

如此一来，这种情况下的次善之策就是同时结束连载，除此之外别无他法。

幸运的是，《零的焦点》也接近大团圆的结局了，这样的话就可以如我所愿同时写出最终回。这么想着，我默默地放下了一颗悬着的心。可是，事情进行得并没有那么顺利。对方由于太忙，在临近最终回时停止连载了一个月。

当时的负责人好像是谷井正澄，后来他曾跟我追述道："清张都生气了，说你为什么不事先告诉他《黑色天鹅》的结局是那样的。他跟我说也没用啊，因为我事先也不知道。"虽说因为我没有告诉他自己的构思，导致很不幸地被谷井抱怨了，但松本不愧是松本，由于他早就准备了精彩的结局，所以成功地完成了连载。

这里我想简单提一下，我认为经典推理小说的有趣之处就在于意外的震惊。真凶的意外性和密室的不可思议性都是作者为了让读者感受到震惊而费尽心思想出来的。伪造不在场证明的计策也不例外。因此，即使对方是责任编辑，唯独结局部分我还是没有说明。在写长篇时，写了好几本草稿，虽然都让女孩（有时也会是留着胡子的男人）帮我誊写，但即使是这种情况下，最后一册我还是会留在手边，然后自己誊写到稿纸上。这么做也是为了不从她那里夺走震惊的乐趣。

最近，一部分古典推理作家提出要就"诡计的原创性与道德"问题进行再讨论。这么说读者可能不太好理解，简单来说就是，大家呼吁要尊重作家想出来的诡计。为了向作家表达敬意，就不能盗用他所创造出来的诡计，这就是讨论的目的。

说盗用有些过了，我觉得可以换成擅自借用。不管怎样，我认为其他作家使用首创者拼命想出来的（江户川乱步使用的是"发明"这一说法）诡计是一种不尊重发明者的做法，除此之外，我可能有些啰唆，不过这样做也会从读者那里夺走震惊的乐趣，这也是一种失礼。

假设有一个使用钟表的诡计，它是A花了好些天绞尽脑汁终于想出来的。A将其写成了长篇小说并发表，过了几年后，B又用同样的诡计写了短篇小说。如果读者按顺序读下来的话，就会批判"B这个家伙居然狡猾地盗用人家的计策"。可是，如果有人先读了B的短篇小说，之后再读到A的长篇时，就会对最后的场景大失所望吧。花了近一千日元买了书又耗时读完的结果就只有"失望"，这位恼怒的读者的脑海中就会给A贴上盗用者的标签，而且这个标签直到他通过某个机会得知了作品发表的顺序时为止，是不会被撕下来的。

从这个意义上来说，我对于少年小说的出版社将被称为名作的推理小说缩编后进行出版的做法更多的是持批判态度的。虽然可能有不同的论调，认为少年时期读过的推理小说成年后就会完全忘记的，这样太小题大做了。但是，果真是这样的吗？从我个人的经验来看，我在幼年时期从"小学生全集"中读到的柯南·道尔的《四签名》、莫里斯·卢布朗的《奇岩城》以及麦考利的《地铁萨姆》，等我长大后再读时，那种感动已经非常稀薄了。所以，还是应该让儿童读一些面向儿童而写的推理小说，奎因有少年小说，而日本除了《怪盗二十面相》以外，还有小酒井不木、大下宇陀儿、甲贺三郎等人发表了优秀的少年小说。少年读物的出版社是不是更应该挖掘这些人的才能呢？

话题可能说得有些远了，总之我想说的是，我写的长短篇小说中的诡计都是我的原创，这也是我一贯的创作态度。同时，我也拒绝自己苦心孤诣想出来的诡计被别人轻易地借用。

但是这个问题里面也有一些不能一概而论的情况。例如，既没有盗用也没用借用，而是偶然地与前人想出了同样的诡计并写了长篇小说的情况。有一个先例是，英国的一位作家在几十年前发表了一部作品，有两位日本作家并不知情，偶然地，并且几乎是在同一时间使用了同样的诡计写了长篇小说。当然，他们的作品中动机各不相同，文章不同，凶手不同，案件解决的过程也不同，即使放在一起来读也是非常有趣的。遇到这样的佳作，我也只能勉强改变自己的主张了。

立风书房《鲇川哲也长篇推理小说全集3　黑色天鹅》
　　　　　　　　　　　　　　　一九七五年

谷井正澄是《宝石》的总编辑，问了他幼时的事情，得知他小时候父母先后去世，这一点给我的印象非常深刻。

让别人帮自己誊写草稿的故事是虚构的，无论多忙我都是自己写作的。只不过曾经有过一两次通过出版社找来打工的人帮忙的情况，而那个人恰好就是女性，仅此而已。

晶文社《欣赏古典侦探小说的方法》
一九八六年

两大师桥

文／鲇川哲也

如今想来恍如隔世，但那个时候推理小说的读者也很少，因此专门的杂志也只有三家。在这三家杂志中，愿意登载我的作品的只有 T 杂志。为了让 T 杂志使用我的作品，我孜孜不倦地写着小说。

当时的我住在团子坂附近，而 T 杂志的编辑部在台东区稻荷町，我都是拿着写好的稿子和翻译的补白短文之类的东西从团子坂徒步走过去。走过樱木町，再穿过可以听到大提琴声及女高音歌声的艺术大学，就到了两大师桥的混凝土天桥了。

我经常会像个孩子般伫立在桥的中间，漫不经心地眺望着停在上野站的远途列车以及频繁地穿梭在桥下方的上下行列车的车顶，慢慢地就成了一种习惯。一到晚上，这里就会出没着"夜猫子"男女，桥和周围的风景也会受到些许污染，变得不是那么纯净了。

虽然这个时候，我已经写好了长篇小说《黑色天鹅》，但是愿意出版这样一部多达六百页的作品的出版社自然是没有的，当然也不可能有杂志社愿意连载。只要我呕心沥血写出来的作品没有变成活字，我的能力就不会得到世间的认可。那个时候推理小说的世界也很狭窄，对我来说，那是一个希望渺茫的时代。

我靠在两大师桥的扶手上，想匆忙地与这个世界告别，曾经好几次动过纵身跳下的念头。最终没有跳下去，是因为自己没有足够的勇气，除此之外我也找不出其他理由了。

之后过了几年，众所周知，推理小说的有趣之处开始得到正当的评价，普通的读者数量也增加了。而且，令我没有想到的是，居然开始有杂志社委托像我这样的理论派作家连载长篇小说。我想着在新作品中，让其中的人物代替我从两大师桥上跳下去，试图通过这种方式抛却有关两大师桥的灰色记忆，而这也成了撰写《黑色天鹅》的灵感。

这个时候我住在茅崎，一边在脑海中浮现着自己过去曾经走过的两大师桥，一边想象着受害者的鲜血从那里滴下的样子。我并没有沉浸在肤浅的伤感中，因为在写纯粹的古典推理小说时，作家必须让理论的线索纵横交错，根本不会有闲暇去理会那种无聊的心情。

幸运的是，这部厚达四百多页的小说得到了真正理解推理小说的读者的好评。不过，即使是现在，笔者似乎仍然忘不了两大师桥的扶手那种冰冷粗糙的触感。

刊于《东京新闻晚报》

一九六二年八月十八日

KUROI HAKUCHOU by Tetsuya Ayukawa
© Sumiyo Koike, 1960
All rights reserved.
Original Japanese edition published by Kobunsha Co., Ltd.
Publishing rights for Simplified Chinese character arranged with Kobunsha Co., Ltd.
through KODANSHA LTD., Tokyo and KODANSHA BEIJING CULTURE LTD. Beijing, CHINA
Simplified Chinese edition copyright: 2019 New Star Press Co., Ltd.
All rights reserved.

本书由日本光文社正式授权，版权所有，未经书面同意，不得以任何方式做全面或局部翻印、仿制或转载。

著作版权合同登记号：01-2012-0744

图书在版编目（CIP）数据

黑色天鹅 /［日］鲇川哲也著；王倩译. —北京：新星出版社，2019.11
ISBN 978-7-5133-3781-6

Ⅰ. ①黑… Ⅱ. ①鲇… ②王… Ⅲ. ①长篇小说－日本－现代 Ⅳ. ①I313.45

中国版本图书馆CIP数据核字(2019)第228883号

午夜文库
谢刚 主持

黑色天鹅
［日］鲇川哲也 著；王倩 译

责任编辑：王　萌
责任校对：刘　义
责任印制：李珊珊
封面设计：Caramel

出版发行：新星出版社
出 版 人：马汝军
社　　址：北京市西城区车公庄大街丙3号楼　100044
网　　址：www.newstarpress.com
电　　话：010-88310888
传　　真：010-65270449
法律顾问：北京市岳成律师事务所

读者服务：010-88310811　service@newstarpress.com
邮购地址：北京市西城区车公庄大街丙3号楼　100044

印　　刷：大厂回族自治县彩虹印刷有限公司
开　　本：910mm×1230mm　1/32
印　　张：13.5
字　　数：170千字
版　　次：2019年11月第一版　2019年11月第一次印刷
书　　号：ISBN 978-7-5133-3781-6
定　　价：49.00元

版权专有，侵权必究；如有质量问题，请与印刷厂联系更换。